dtv *galleria*

Welche Witze wurden weitergegeben in den fünfzig Jahren der Bundesrepublik Deutschland? Wie hat der Witz auf Zeitströmungen reagiert, auf Pille, Strumpfhose, abstrakte Kunst, moderne Technik und »Väterchen Alkohol«? In der DDR waren die politischen Witze die einzige Munition, mit der die Unzufriedenen das Regime angreifen konnten. Sie wurden meistens im Flüsterton verbreitet. Im Westen sagten die Meinungsforscher: Wer als Politiker Objekt von Witzen ist, hat es geschafft, ist populär. – Fünfzig deutsche Jahre im Spiegel ihrer Witze: »Der deutsche Humor lebt!« (Stuttgarter Nachrichten)

Michael Lentz wurde 1926 geboren. Er war Professor an der Kunsthochschule für Medien in Köln und starb 2001.
Dieter Thoma, 1927 in Paderborn geboren, war Kabarettist und freier Autor, bevor er Journalist wurde. Der ehemalige Chefreporter des ›Kölner Stadt-Anzeigers‹ war später Chefredakteur des WDR-Hörfunks und Moderator u. a. des ›Mittagsmagazins‹, des ›Kölner Treffs‹ und des ›Presseclubs‹. Heute arbeitet Dieter Thoma als Buchautor.
Chris Howland wurde 1928 in London geboren und kam als Soldat nach Deutschland. 1948 begann er als Ansager bei BFN in Hamburg. Bekannt wurde er auch als Humorist (»Heinrich Pumpernickel«) und Schlagersänger (›Fräulein‹). Er spielte in rund 30 Filmen mit und war erfolgreich mit Fernsehsendungen wie ›Musik aus Studio B‹ oder ›Vorsicht Kamera‹.
Peter Jamin, Jahrgang 1951, arbeitet als Schriftsteller, Journalist und Filmemacher in Düsseldorf.

Ganz Deutschland lacht!

50 deutsche Jahre im Spiegel ihrer Witze

von Michael Lentz und Dieter Thoma
mit Beiträgen von Chris Howland

Redaktion und Konzeption:
Peter Jamin

Deutscher Taschenbuch Verlag

Von Dieter Thoma, Chris Howland und Peter Jamin
ist im Deutschen Taschenbuch erschienen:
Kennen Sie den ...? Die Lieblingswitze der Deutschen (24377)

Von Dieter Thoma
ist im Deutschen Taschenbuch Verlag erschienen:
Zweitausend zierliche Zitate (20790)

Ungekürzte Ausgabe
Januar 2005

www.dtv.de
Umschlagkonzept: Balk & Brumshagen
Umschlagbild: Illustration von © Michael Sowa
Satz: Fotosatz Reinhard Amann, Aichstetten
Gesetzt aus der Aldus (QuarkXPress)
Druck und Bindung: Druckerei C. H. Beck, Nördlingen
Gedruckt auf säurefreiem, chlorfrei gebleichtem Papier
Printed in Germany · ISBN 3-423-20768-x

Inhalt

Zugaben

Dieter Thoma

Ein Vorwitzwort

Es gibt kaum eine schlechtere Idee, als ein Buch über Witze zu schreiben. Schlechter wäre nur, kein Buch über Witze zu schreiben. Sie würden dann nur im kleinen Kreis bekannt.

Aufgeschrieben jedoch fehlt dem Witz eine Dimension. Es ist wie beim räumlichen Sehen und bei der Fotografie. Der Witz braucht einen, der ihn erzählt, einen, der ihn hört, und mindestens einen dritten, der mitlacht. Die drei oder mehr bilden eine geschlossene Gesellschaft. Sie sind Vertraute der Heiterkeit. Das Buch, die Platte oder CD, Fernsehen und Radio können nur zwei Dimensionen bieten. Deswegen haben es Witze dort vergleichsweise schwerer. Sie müssen entsprechend ausgewählt werden.

Es können ja auch nie alle über dasselbe lachen, dieselbe Pointe witzig finden. Wer Witze erzählt hat, kennt das. Was in der einen Runde einen sensationellen Lacherfolg verbucht, fällt in einer anderen durch, als habe der Erzähler chinesisch gesprochen.

Sigmund Freud hat gesagt, Witze mache man nicht, sie ereigneten sich. Das können wir leider nicht bieten. Was wir wollen und hoffentlich erreichen, ist, Witz mit Ereignissen zu verknüpfen. Für uns selber konnten wir dabei diese dritte Dimension schaffen. Wir haben jeden Witz zu dritt laut vorgetragen, in seiner Wirkung überprüft und dann erst aufgeschrieben. Wie sagte die Mottenmutter zu ihren Sprößlingen: »Und jetzt zeige ich euch mal, wie man Rotweinflecken entfernt!«

Das Wort Witz kommt von Wissen. Wenn wir noch sagen: »Der Witz der Sache ist ...«, so gehen wir damit auf die ursprüngliche Bedeutung ein. Aber die zwanziger Jahre, als Witze sogar zum Kulturgut gehörten, sind sehr lange vorbei.

Welche Witze wurden erzählt in den jetzt fünfzig Jahren der Bundesrepublik Deutschland? Und wann? Vielleicht wird der eine oder andere sagen, daß er einen Witz, den wir den Jahren nach 1960 zugeordnet haben, schon früher gehört hat. Es sei ihm gegönnt. Wir können nur unsere eigenen Hörerinnerungen verwerten. Vielleicht waren wir dann gerade hinter unserer Zeit zurück. Auch die Internationalisierung des Witzes führt gelegentlich zu Zeitsprüngen. Manche Details, die unserer Erinnerung entfallen waren, haben wir dann wie gewissenhafte Restauratoren ergänzt.

Viele beklagen oder bestaunen, wie rasant sich unsere Welt und damit unser Leben verändert. Sie sollten aber auch nicht übersehen, was sich in fünfzig Jahren Bundesrepublik schon alles bewegt hat. Das Fernsehen im Wohnzimmer ersetzte das Familienleben. Das Auto als Verkehrsmittel für jedermann revolutionierte Freizeitgewohnheiten. Der Kunstbegriff wurde völlig neu interpretiert. Wenn wir weitere Beispiele, wie Waschmaschinen, Ölheizungen, Massentouristik und das Zusammenwachsen der Welt durch Flugreisen und nicht zuletzt die »Pille« einbeziehen, hat sich in diesen fünfzig Jahren, in der Zeit eines Menschenlebens, mehr verändert als je zuvor in friedlichen Zeiten.

Es kommt uns nur nicht mehr so vor, weil wir derzeit in der größten technischen Transformation der Menschheitsgeschichte leben und die Wandlungen der Vergangenheit schon für ein behagliches Zwischenspiel halten. Manchmal hört man vom Fortschritt sogar in fröhlichen Verkürzungen, so durch den Freund, der einem erzählt: »Meine Frau hat jetzt Servolenkung!«

Wer 1949 jung war, erinnert sich an »Sonntagsanzüge« und familiäre Hausmusik, an häusliche Eßordnungen, die ein Stück Fleisch höchstens für den Sonntag vorsahen und Wurst unter

Luxus verbuchten; an den wöchentlichen Waschtag der Hausfrau; an nächtliche Fußmärsche in Nachbarstädte, weil sogar ein Fahrrad als Transportmittel fehlte; an das Erstaunen über den alltäglichen Luxus, der ja zunahm, obwohl so unvorstellbar gespart wurde. Eine Tante, bei der ich als Junge zu Besuch war, rief immer, wenn ich zur Toilette mit der neu installierten Wasserspülung ging: »Zieh nicht ab, ich muß auch noch!«

Verzicht, noch nicht Anspruch, prägte unseren Alltag, Prüderie beengte jeden Versuch auf Freizügigkeit. Fast alles galt als unmoralisch und verwerflich, was wir inzwischen als selbstverständliche Lebensbedingungen einplanen.

Der Witz überlebt solche hektischen Zeiten wie in einem Museum, scheint als Kunstform vor Verfall geschützt zu sein. Über die meisten Witze der fünfziger Jahre können wir auch heute noch lachen. Lediglich Scherze über vergilbte Gesellschaftsformen haben sich überlebt. Schnoddrige Offiziere, Dienstboten und alte Jungfern, die Jungfräulichkeit als Wert, das waren einmal bevorzugte Themen. Witzblätter des vorigen Jahrhunderts und der zwanziger Jahre beweisen, welch »andere Zeit« damals war.

Vor allem ein Thema hat die fünfzig Jahre unverändert aktuell überstanden: »Thema eins« des Witzes war immer der Sex. Mit Potenzprotzen und Nymphomanie (deutsche Übersetzung: »zwangsläufig«), Ehebruch und Entdeckung, Heimlichkeit und Verbot. Die Tabugrenzen haben sich nur insoweit geändert, als solche Witze heute in aller Öffentlichkeit erzählt werden.

Einen Toleranzschub können wir alle fast auf ein Datum genau festlegen: Die Diskussion um die Potenzpille »Viagra« hat auch Witze über das vorher tabuisierte Thema an den Familientisch geholt.

Wie Witz auf Zeitströmungen reagiert, auf Pille, abstrakte Kunst, Computer und moderne Technik, auch daran erinnern wir uns vielleicht noch alle. Auch an die Dummenwitze, an Ostfriesen, Manta-Fahrer, Blondinen etc. Aber solche Scherze gab es auch schon bei den alten Griechen. Und das beeinträchtigt ihren zeitgeschichtlichen Wert.

Die meisten Witze warten irgendwo wie unsterbliche Wegelagerer auf ihre Opfer. Viele Jahre und Jahrzehnte lang bleiben sie verschollen, bis sie sich plötzlich an eine Person oder Situation binden, mit der sie wieder ins Leben zurückkehren. Wirklich neue Witze hören wir selten. Auch wenn Friedrich Torberg vielleicht übertrieben hat, wenn er versichert, es gebe überhaupt nur zehn bis zwölf »Fundamentalwitze«. Sie würden stets aus einem aktuellen Anlaß »neu eingekleidet«. Sie tun nur wie neu. Vorurteile helfen ihnen dabei. Der Besucher sagt dem Beamten am Schreibtisch: »Sie haben aber viele Fliegen hier.« – »Ja«, erwidert der, »374.«

Je größer die Übereinstimmung mit der aktuellen Situation zu sein scheint, desto schwerer können die Lacher erkennen, daß sie denselben Witz in einem anderen Zusammenhang schon einmal gehört haben. Über das ›Neue Deutschland‹, die Parteizeitung der DDR, wurde z. B. behauptet, sie veranstalte ein Preisausschreiben für den besten politischen Witz. Erster Preis: Zehn Jahre Zwangsarbeit. Dieser Witz wurde aber schon über das nationalsozialistische Parteiblatt ›Das Reich‹ erzählt und auch über die Moskauer ›Prawda‹.

Witze über Diktatoren erhalten sich oft ohne Namen. Die können dann einfach eingefügt werden. Der Kabarettist Werner Finck erzählte die Geschichte von dem Mann, der einen verhaßten Tyrannen vor dem Ertrinken rettet. Gefragt, welchen Wunsch er zur Belohnung erfüllt haben möchte, antwortet er: »Sagen Sie ja niemandem, wer Sie gerettet hat!«

Daß dieser Text inzwischen auch Helmut Kohl zugeschrieben wurde, beweist, wie wenig sich manche Witzsucher um Treffsicherheit bemühen. Die Gefahr des primitiven Nachplapperns ist beim politischen Witz besonders groß.

Es wurde schon mal die Frage gestellt: »Welches ist das dünnste Buch der Welt?« Die Antwort lautete: »Zweitausend Jahre deutscher Humor«.

Haben wir Deutschen Humor? Der Vorwurf, keinen Humor zu haben, beunruhigt vor allem den Teil unseres Volkes, der Humor besitzt. Wer keinen Humor hat, vermißt ihn auch nicht. Der Wiener Kritiker und Schriftsteller Alfred Polgar urteilte: »Der deutsche Humor trägt eine Tarnkappe. Immerzu schreit er: ›Hier bin ich!‹, und keiner sieht ihn.«

Der polnische Romancier Thadäusz Nowakowski erzählte, er sei, als er 1956 von London nach Deutschland kam, von Heinrich Böll gewarnt worden: »Erzählen Sie nur keinen Witz bei uns. Zuerst wird er mit herzlichem Beifall quittiert, aber kurz danach wird jemand im Saal aufstehen und die Frage stellen: ›Was wollten Sie eigentlich damit sagen?‹«

Was uns fehlt, ist vermutlich der englische »sense of humour«, der den ganzen Alltag prägt und schon in der Schule eingeübt wird. Er schafft in Debatten und Unterhaltungen jene besondere Atmosphäre, in der keiner mehr übelnimmt und den Saal verläßt, sondern in der Bonmots und Treffer der anderen Seite mit beklatscht werden.

Das »Volk der Dichter und Denker« sei zu ernst für Humor, habe ich oft gehört. Bei uns prallen immer gleich Weltanschauungen aufeinander, gilt jemand, der lustig ist, nicht als seriös. Dabei meinte schon Schopenhauer: »Je mehr der Mensch des ganzen Ernstes fähig ist, desto herzlicher kann er lachen.«

Und die deutsche Literatur ist gewiß nicht humorlos. Heinrich Heine, Jean Paul, Wilhelm Busch, Karl Valentin, Christian Morgenstern, Joachim Ringelnatz und Eugen Roth waren brillante Humoristen, von Karl Kraus und Kurt Tucholsky gar nicht zu reden.

Marcel Reich-Ranicki hat mal versichert, er halte den Mephisto im ›Faust‹ für die am stärksten mit Humor gesegnete Figur der Weltliteratur. Manche möchten einwenden, es handele sich eher um Ironie und Witz. Aber wenn Humor die Fähigkeit ist, über sich selber zu lachen, sich selber witzig zu finden, dann kann man diese Wertung verstehen. Obwohl ich die Iren immer noch um Shaw und Oscar Wilde beneide.

Deshalb ist in unserem Team der Engländer Chris Howland als Sammler und Autor persönlicher Erfahrungen dabei. Und deswegen soll dieses Buch auch ein Versuch sein, der deutschen

Ernsthaftigkeit und dem weltanschaulichen Ballast eine vergnügliche Perspektive zu geben.

Sie sollten dann allerdings auch darüber lachen können, daß dem Amt Blank in Bonn, dem Vorläufer des späteren Verteidigungsministeriums, bis 1953 die Telefon-Nummer 1870/71 zugeteilt worden war. Es war die Jahreszahl des einzigen Krieges, den das deutsche Reich gewonnen hat.

Was unterscheidet Witz und Humor? Humor heißt lateinisch Feuchtigkeit, ist einer der Körpersäfte, die Temperament und Charakter bestimmen. Otto Julius Bierbaum wird gern zitiert mit seinem Spruch: »Humor ist, wenn man trotzdem lacht.« Demnach wäre Humor nicht viel mehr als Resignation.

Jean Paul jedoch sieht im Humor das »umgekehrt Erhabene«. Das ist eine Definition, die auch für den Witz zutrifft. Und schon Karl Kraus hat ja festgestellt: »Es gibt keinen Humor ohne Witz«.

Horaz witzelt in seinen Satiren: »Lieber einen guten Freund verlieren als einen guten Witz.« Wie entsteht Witz? Vor allem durch die Fähigkeit, Ereignisse aus einer inneren Distanz zu sehen, ruhig zu beobachten, wie sich andere aufregen. Man darf sich nur nicht selber aus der Fassung bringen lassen. So werden schreiende Vorgesetzte zu komischen Figuren, wandelt sich Hektik zu Slapstick-Szenen, wird man selber überlegen.

Der Mann, der das Telefon abhebt, als es klingelt, und gefragt wird: »Ist da Rothschild?« Er antwortet: »Meine Güte, haben *Sie* sich verwählt!«

Das Lachen gleiche dem Triumphgeschrei der Gänse, meinte der Verhaltensforscher Konrad Lorenz. Cicero hielt Lachen für Hochmut. Nietzsche sagte, der Mensch leide so tief, daß er darum das Lachen erfinden mußte.

Lacht der Mensch künftig allein am Computer, wenn er übers Internet Witze abruft? Oder bleibt dann nur noch eine Dimension von den drei gewünschten übrig, und als trauriger Rest ein Konsument, dem das Lachen vergangen ist?

Kommen Witze als Kunstform deswegen aus der Mode? Das wäre schade, und ich glaube es auch nicht. Wie sagte der Betrunkene, der für jeweils fünfzig Pfennig das 38. Brötchen aus dem Automaten zog: »Stören Sie mich ja nicht! Wo ich gerade so schön am Gewinnen bin!« Ich kenne einen berüchtigten Witzeerzähler, dessen Erfolg vor allem darin besteht, daß er selber immer am stärksten über die Pointe lacht, sooft er sie erzählt. Er brüllt so lauthals und mitreißend los, daß er die Zuhörer ansteckt wie ein Lachsack. Das kann dann auch schlechten Scherzen zum Erfolg verhelfen. Diese Chance haben wir nicht. Unser Lachen bleibt ungedruckt. Wenn wir den Geschmack unserer Leser nicht treffen, können wir auch die Frivolität des Erzählten nicht mehr schönlachen.

Über Geschmack läßt sich nicht streiten, heißt es im Sprichwort. Aber das ist sprichwörtlicher Unsinn, denn über nichts wird so viel gestritten wie über Geschmacksfragen. Deswegen haben wir uns bei unserer Auswahl streng an Fritz Kortner gehalten, von dem der Ausspruch stammt: »Sie haben einen Adlerblick für das Unwesentliche!«

Chris Howland

Neandertal oder Die Entstehung des Witzes

Angefangen hat es mit einer Bananenschale, achtlos weggeworfen von einem prähistorischen Affen. Sie landete zwischen den riesigen Füßen eines unserer Ahnherren. Der Vorfahr, behaart und mit buschigen Brauen, trat auf die Bananenschale und rutschte aus. Augenzeuge seines spektakulären Sturzes war einer seiner Zeitgenossen, der seine Keule fallen ließ, sich die Seite hielt und ein seltsames Geräusch von sich gab.

Es war das erste menschliche Lachen.

Später erzählte der zweite Höhlenmensch die Geschichte einem behaarten Freund, fügte aber ein paar Tupfer hinzu, damit sie farbiger wurde. Als er sie hörte, ließ auch der behaarte Freund seine Keule fallen, schlug sich auf die Knie und gab dieses seltsame neue Geräusch von sich. Ohne es zu wissen, hatte er an einem Ereignis von großer Tragweite teilgenommen.

Er hatte den ersten Witz der Welt gehört.

Bald verließen die behaarten Männer ihre Bäume und Höhlen und bauten sich Hütten aus Steinen und Lehm. Sie lebten in Gruppen, um sich vor wilden Tieren zu schützen, und wählten Anführer. Eigentlich stimmt das so nicht. Die Anführer wählten sich in der Regel selbst, indem sie alle übrigen Aspiranten mit der Keule totschlugen. Dies rief natürlich heftige Kritik hervor, aber niemand beklagte sich. Aus Angst, er würde wie die anderen kurzerhand ins Jenseits befördert.

Bis dann eines Tages ein behaarter Mann, der einen Tick mutiger war als der Rest, bei einer Stammesversammlung aufstand und mit dem Kopf wackelte. Und zwar genauso, wie der Anführer mit *seinem* Kopf wackelte.

Sekundenlang herrschte Stille, während sich die beiden Männer kopfnickend und kopfwackelnd gegenüberstanden. Dann hörte der Anführer auf. *Jetzt passiert's,* dachten die zitternden Untertanen. Aber nein. Der Anführer glotzte, schluckte und bog sich vor Lachen.

Und da erhob sich der ganze Stamm und fiel in sein Lachen ein. Sie prusteten, schlugen sich auf die Rippen und kugelten sich vor Vergnügen auf der Erde.

Das politische Kabarett war geboren.

(Später zog der Anführer den Imitator hinter einen Felsen und knüppelte ihn tot. Somit etablierte er den Sachverhalt, daß diese Art Humor denjenigen, der ihn auszuüben wagt, sehr teuer zu stehen kommt.)

In jener Zeit war das Leben einfacher, weil es nur zehn Regeln gab, eine für jeden Finger. Aber auch für einfingrige Stämme galt die eine Grundregel: *Hände weg von meiner Frau!*

Daher war es unvermeidlich, daß eines Tages ein behaarter Mann, neugieriger als die anderen, einem Paar in den Wald folgte. Hinter einem Baum versteckt, sah er gebannt zu, wie die beiden alle möglichen akrobatischen Übungen vollzogen, auf die ausnahmslos – nach Regel Vier oder Regel Eins, je nach Anzahl der Finger – die Todesstrafe stand.

Er konnte es kaum abwarten, seinen behaarten Freunden von seiner köstlichen Entdeckung zu berichten; und ebensowenig konnte er widerstehen, die Schilderung aus Gründen der Dramaturgie weiter auszuspinnen.

Jubel, Trubel, Heiterkeit. Die ausschließlich männlichen Zuhörer (in jenen Tagen hatte noch niemand von Alice Schwarzer gehört) benahmen sich so, als wäre etwas Sensationelles passiert.

Das war auch der Fall. Der *schmutzige* Witz war auf der Welt.

(Diese Art Witz unterscheidet sich übrigens von den beiden

anderen, weil er sich seit seiner Entdeckung zur Zeit der Neandertaler um keinen Deut entwickelt hat.)

Später, als Dörfer zu Städten und Stämme zu Nationen wurden, lachten die Männer dieser Erde in vielen verschiedenen Enklaven. Um mündig zu werden, mußte der Witz emanzipiert werden; er mußte von seiner geographischen Lage und Sprache befreit werden und seinen Platz auf einem internationalen Markt einnehmen. Die Lösung kam nach dem Zweiten Weltkrieg. Und zwar in Gestalt des Flugzeugs.

Flugreisen wurden Anfang der fünfziger Jahre populär – und mit ihnen ging der Witz auf Reisen. Piloten schnappten in Hamburg eine Geschichte auf, und 18 Stunden später lachten Leute in New York darüber. Genauso ging's in umgekehrter Richtung.

Flughäfen wurden rasch zum Zentrum des internationalen Humors. Piloten, Stewardessen und Passagiere ließen ihre Koffer fallen, schlugen sich auf die Knie und lachten.

Sie brachten uns Witze aus Australien. Beispielsweise den von dem Känguruh, ...

... das plötzlich anfängt, sich den Bauch zu kratzen. Schließlich zieht es ein Känguruhbaby heraus, schüttelt es wild und schreit: »Wie oft habe ich dir schon gesagt, du sollst im Bett keine Kekse essen?«

Oder die Geschichte von der afrikanischen Elefantendame.

Sie war auf einen Strauch getreten, und nun steckte ein langer Dorn in ihrem Fuß. »Kann ich dir helfen, Schätzchen?« fragte eine kleine Maus. Die Elefantendame hob den Fuß. »Könntest du das bitte herausziehen?« Die kleine Maus machte sich an die Arbeit und hatte den Dorn nach kurzer Zeit mit den Zähnen herausgezogen. Voller Dankbarkeit fragte die Elefantendame:
»Gibt es etwas, das ich für dich tun kann?«
»Ich würde gern mit dir schlafen«, sagte die Maus.

»In Ordnung«, entgegnete die Elefantendame.
Die kleine Maus kletterte hoch und gab sich redliche Mühe, aber die Elefantendame spürte, natürlich, überhaupt nichts. Nach einigen Minuten wurde ihr langweilig, und sie lehnte sich an eine Kokospalme. Da löste sich eine Kokosnuß und fiel der Elefantendame auf den Kopf.
»Huu-huu-huu!« schrie sie.
Die kleine Maus war äußerst besorgt.
»Tut mir leid, Schätzchen. Tu ich dir weh?«

Aus dem Norden Kanadas:

In diesem Teil der Welt wird ein Mann erst dann als echter Mann angesehen, wenn er zwei Aufgaben bewältigt hat: Er muß (a) einen Bären gefangen und (b) mit einer Frau geschlafen haben.
Unser Kandidat marschiert also in den Schnee hinaus und kehrt wenige Tage später in schrecklichem Zustand zurück. Sein Gesicht ist zerkratzt, die Kleider hängen in Fetzen herab, überall hat er blaue Flecken.
»Was ist denn mit dir passiert?« fragt sein Freund.
»Die erste Aufgabe mit dem Bären habe ich erledigt«, antwortet der Möchtegernmann, »aber ich hab' vergessen, was ich mit der Frau machen muß.«

Wer hat nur all diese Witze erfunden?

Auf der Erde leben heute annähernd 5,4 Milliarden Menschen. Einmal angenommen, jeder zehntausendste erfindet einmal in seinem Leben einen neuen Witz. Das würde heißen, es gibt etwa alle 70 Jahre 540.000 neue Witze, und das wiederum bedeutet jeden Tag 21 neue Witze. Gar nicht so viel, oder?

Lentz/Thoma

1945 – 1949

1945, im Wonnemonat Mai, fuhr ein russischer Panzerspähwagen durch die Straßen Berlins. Auf seinem Dach hatte ein Offizier der Roten Armee ein Koffer-Grammophon montiert, darauf kreiste eine alte Schellack-Platte. Das dünne Stimmchen des UFA-Stars Lilian Harvey war zu hören; der ›Blonde Traum‹ sang ein Lied aus dem Film ›Der Kongreß tanzt‹, das die Aufpasser des Propaganda-Ministeriums aus guten Gründen verboten hatten: »Das gibt's nur einmal, das kommt nicht wieder …«

Da stiegen die Berliner aus ihren Kellern und Bunkern, denn der fröhliche Schlager signalisierte ihnen: Der Krieg ist aus, die Verbote der Nazis gelten nicht mehr.

Eines der blassen Kellerkinder stand damals vor der endlosen Trümmerlandschaft und witzelte beim Anblick der zerstörten Häuser sarkastisch:

Berlin ist die Stadt der Warenhäuser. Da war'n Haus, da war'n Haus, da war'n Haus …

Vielleicht der erste Witz der Stunde Null.

Frühling 1945 – die Niederlage kam bei strahlendem Wetter. Energisch, doch viel zu früh, schlugen die Bäume aus, und vom blauen Himmel lachte die Sonne. Sie schenkte den besiegten Deutschen, die damals nichts zu lachen hatten, jene Wärme, die sie zur Heilung ihrer Blessuren so dringend benötigten.

Auch die erste Parole der neu organisierten Gewerkschaften gab sich wolkenlos und ermunternd: »Ein neues Leben blüht aus den Ruinen« lautete die Botschaft, obwohl sich im Land aus Schutt und Asche, das von den Siegermächten schnell in vier Besatzungszonen aufgeteilt wurde, zunächst nur Veilchen und Löwenzahn regten.

Aber dann besannen sich die verarmten Deutschen auf ihre gründlichste Tugend: den Fleiß. In den Städten räumten die Trümmerfrauen auf. Wer noch die Kraft hatte, Ziegelsteine, Speisvögel (Tragekästen) und Zementsäcke zu schleppen, begann mit dem Wiederaufbau. Doch der Hunger machte den Arbeiterkolonnen zu schaffen, er verschonte nur die Schwarzhändler, die neureichen Schieber und die Bauern. Also fuhren die darbenden Deutschen in überfüllten Zügen aufs Land, um zu »hamstern«. Sie boten an den Türen der Bauernhöfe ihre letzte Habe an, tauschten Teppiche, Schmuck, Familiensilber gegen Kartoffeln, Speck, Eier. Den Landwirten wäre es nach der Währungsreform 1948 leichtgefallen, einen schwungvollen Teppichhandel aufzumachen.

Apropos Eier. Auch das Federvieh hatte es in den ersten Nachkriegsjahren nicht leicht. Der Spruch »Da lachen ja die Hühner« traf nicht mehr zu, weil hungrige Hamsterer oder streunendes Gesindel Hahn und Henne zu nachtschlafender Zeit in ihren Ställen enthaupteten und als Beute heimwärts trugen.

In jenen himmelblauen, hühnerlosen Tagen zog die leichte Muse ihre ersten, auf dem Schwarzmarkt eingekauften Nylonstrümpfe an, überholte ihr Akkordeon und spielte in Dorfkneipen und notdürftig reparierten Sälen zum Tanz auf. Sie besang den Frühling und die Liebe – was sonst? Die Schlagertexter hatten der Muse bald nach dem Krieg die ersten einschmeichelnden Produkte ihrer Phantasie zugeliefert: »Mich hat der Frühling wachgeküßt«, »Rosemarie, wann kommst du wieder, der weiße Flieder blüht schon für dich«. Oder – eine schöne Erfindung des Liederschreibers Robert Gilbert:

»Es wird in hundert Jahren wieder so ein Frühling sein,
genauso schön, mein Schatz, wie heut',
vielleicht steht unsere Bank dann immer noch im Sonnenschein,
doch die da sitzen, das sind leider and're Leut'.«

Mit ›Wenn bei Capri die rote Sonne im Meer versinkt‹ schenkte die leichte Muse ihren Zuhörern einen langlebigen »Ohrwurm«; sie weckte damit die Sehnsucht nach südlichen Gestaden, die für »Otto Normalverbraucher« damals noch nicht erreichbar waren. »Otto Normalverbraucher« war die leibhaftige Karikatur des Nachkriegsdeutschen, die Günter Neumann und Robert A. Stemmle für ihre geistreiche Film-Satire ›Berliner Ballade‹ erfunden hatten. Der damals noch spindeldürre Gert Fröbe spielte ihn als hinfälligen Kauz, der durch die Ruinen Berlins stiefelte. Der Wind pfiff ihm durch die Backen, und er trug eine alte Wehrmachtsmütze auf dem Kopf, die vom Volksmund »Arsch mit Griff« genannt wurde.

Am 8. September 1945 eröffnete mit ›Orpheus und Eurydike‹ in Berlin das erste Opernhaus, München folgte am 18. November mit ›Fidelio‹, und am 10. Dezember öffneten die Hamburger Kammerspiele den reparierten Vorhang.

Wo blieb der Witz? Schlief er noch im Luftschutzkeller, weil sein Hauptlieferant, der Volksmund, nichts zu lachen hatte? Es gab ein paar zeitbezogene Miniaturen.

Tünnes trifft Schäl am Bahnhofsvorplatz in Köln.
»Wo kommst du her?« fragt Tünnes.
»Du, ich war in Düsseldorf.«
»Gibt's da was Neues?«
»Ja, stell dir vor«, sagt Schäl, »sie haben den Adolf-Hitler-Platz in Graf-Adolf-Platz umbenannt.«
»Na ja«, meint Tünnes, »das hat er schließlich auch verdient.«

War Tünnes ein unverbesserlicher Parteigenosse?

»Ein neues Leben blüht aus den Ruinen« – auch das Kabarett wurde neu geboren. Das »Kom(m)ödchen«, die »Lach- und Schießgesellschaft«, die »Amnestierten«, die »Insulaner«. Auch über alte Profis wie Werner Finck kehrte der Witz via Kleinkunstbühne in unser Leben zurück. Im Düsseldorfer »Kom(m)ödchen« wurden seit dem 29. März 1947 Witze gespielt und klangen so:

Zwei Freunde betrachten ein Klassenfoto.
»Das ist doch Erwin, was macht der denn jetzt?«
»Erwin ist für Hagenbeck in Indien und fängt Tiger.«
»Und da, Alfred, was tut der?«
»Alfred reist für ›Bayer‹ durch Lateinamerika. Er fängt Schlangen, preßt denen das Gift aus und läßt sie wieder laufen. Das Gift wird für Heilmittel gebraucht.«
»Und Hannes?«
»Hannes ist hier im Lande geblieben.«
»Ja«, sagt der andere nachdenklich, »der war ja schon immer so eine Abenteurernatur!«

Kurze Zeit nach dem Waffenstillstand verbot die amerikanische Militär-Regierung ihren in Deutschland stationierten Soldaten, sich mit den Besiegten zu verbrüdern. Aber nur die wenigsten GIs hielten sich daran. Allein oder mit anderen versuchten sie, die Objekte ihrer Begierde – entgegenkommende deutsche Fräuleins – mit all den begehrten Sachen zu ködern, die auch der Hollywood-Star Tyrone Power in Billy Wilders Film ›Zeugin der Anklage‹ der schönen Marlene Dietrich in der Rolle einer Hamburger Barsängerin anbot: Seidenstrümpfe, Schokolade, Bohnenkaffee, Whisky, Zigaretten.

Hinz aus der Ostzone trifft seinen Vetter Kunz aus der Westzone in einer Berliner Kneipe.
»Na, wie geht es denn so?« erkundigt sich Kunz.
»Wir können nicht klagen«, sagt Hinz. »Abends, wenn wir mit der Arbeit fertig sind, fahren uns die Russen sogar mit

Lastwagen nach Hause. Und wie sieht's bei euch im Westen aus?«
»Sagenhaft«, meint Kunz. »Man wird von den Amerikanern mit Luxusautos abgeholt und in eine Villa gefahren. Dort gibt es Sekt, Zigaretten, ein heißes Bad. Und nach der Arbeit wird man wieder nach Hause gefahren.«
»Toll«, sagt Hinz, »und das passiert dir jeden Tag?«
»Mir nicht«, antwortet Kunz, »aber meiner Schwester.«

Kleine Scherze zur Lage. Chris Howland hat sie besungen, die »Frolleins«.

Die meisten Witze, die nach 1945 vorwiegend unter Männern erzählt wurden, lagen unterhalb der Gürtellinie und waren altersschwach. Es gab aber auch Beispiele eines leiseren Humors, der mit seinen weniger eindeutigen Pointen und absurden Zwischentönen aus der Provinz weitergereicht wurde, aus den Kleinstädten und Dörfern. Oder die Flüchtlinge aus Schlesien oder Ostpreußen hatten sie mitgebracht.

Mutter Frintrop kommt mit ihren dreizehn Kindern zum Fotografen, um ein Familienfoto zu bestellen. Der Meister bringt die Gruppe in Position und drückt auf den Auslöser. Einige Tage später kommt er bei Mutter Frintrop vorbei und zeigt ihr die Bilder. Die gute Frau betrachtet die Fotos aufmerksam. Plötzlich stutzt sie und sagt: »Das ist ja alles schön und gut, aber unser Hännesken ist nicht mit drauf.«
»Doch, doch«, sagt der Fotograf, »euer Hännesken ist schon mit drauf. Er steht hinter dem Jupp. Der Jupp hat ihn nur verdeckt.«
»Na, dann ist ja alles in Ordnung«, meint Mutter Frintrop. »Hauptsache, er ist drauf!«

Zwei Ostpreußen treffen sich. Sagt der eine: »Weißt du zufällig, was es Neues in Insterburg gibt?«
»Oh«, sagt der andere, »da gibt es gar nichts Neues in Insterburg, rein gar nichts.«

»Wirklich überhaupt nichts?«
»Na ja, höchstens ... dem Tantchen sein Hundchen ist gestorben.«
»Dem Tantchen sein Hundchen ist gestorben? Ja sach mal, wieso ist das denn gestorben? Wie kommt denn das?«
»Das Hundchen ist überfahren worden.«
»Das ist überfahren worden? Ja sach mal, womit denn überfahren worden? Wie kommt denn das?«
»Das ist mit dem Leichenwagen überfahren worden.«
»Mit dem Leichenwagen? Ja, da muß doch einer gestorben sein. Sach mal, wie kommt denn das? Wer ist denn gestorben?«
»Na ja, das Tantchen ist gestorben.«
»Das Tantchen ist gestorben? Ja, woran ist es denn gestorben? Wie kommt denn das?«
»Das hat sich geärgert.«
»Was, das Tantchen hat sich so geärgert, daß es gestorben ist? Worüber hat es sich denn so geärgert?«
»Den Onkel haben sie eingesperrt.«
»Was, den Onkel haben sie eingesperrt? Dann muß er doch was verbrochen haben. Sach mal, wie kommt denn das?«
»Der Onkel hat Geld gefälscht.«
»Der Onkel hat Geld gefälscht? Nu, das hat er doch schon öfters gemacht. Das ist doch nichts Neues.«
»Na ja, sag ich doch. Es gibt nichts Neues in Insterburg!«

Das Großbauern-Ehepaar Prechtel aus Pfaffenhofen hat acht gesunde Kinder. Nur der Nachkömmling Gustl kann im Alter von fünf Jahren immer noch nicht sprechen. Alle Ärzte und auch einige befragte Heilpraktiker stehen vor einem Rätsel, denn die Organe des Jungen sind in Ordnung.
Eines schönen Tages sitzt die Familie am Mittagstisch und löffelt eine Leberknödelsuppe. Plötzlich verzieht Gustl angewidert das Gesicht und sagt mürrisch: »Die Suppe ist versalzen.« Die Familie ist zunächst sprachlos vor Glück. Dann springen alle auf und umarmen den Kleinen.

»Mein Sohn, mein Sohn«, jubelt der glückliche Vater, »du kannst ja sprechen! Warum hast du denn nicht schon eher ein Wort gesagt?«
»Bis jetzt hatte ich nichts auszusetzen«, antwortet Gustl.

In jenen Tagen, als die Deutschen mit aller Kraft das Wirtschaftswunder vorbereiteten, hatten die Kirchen bedeutenden Einfluß. Sogar in der Schule wurde darauf geachtet, daß die katholischen Kinder zur Beichte gingen.

Im Unterricht stellt die Lehrerin ihren Schülern eine Frage: »Was ist das? Es ist klein, braun, hat spitze Ohren, einen buschigen Schwanz und ißt gern Nüsse.«
Da meldet sich der Sohn einer Flüchtlingsfamilie und sagt: »Wenn man mir diese Frage in meiner Heimat gestellt hätte, würde ich antworten: das ist ein Eichhörnchen. Aber wie ich den Laden hier so kennengelernt habe, ist es sicher wieder das liebe Jesuskind.«

Gleichzeitig hatten die Wunderheiler Hochkonjunktur. Wer ihnen glaubte, ließ sich auch Trephon-Eier, angebrütete Eier, aufschwatzen. Sie wurden von ihren Vermarktern als Allheilmittel gegen alle nur denkbaren Krankheiten angepriesen. Wie die Kinder im Märchen hinter dem Rattenfänger von Hameln herliefen, pilgerten die Wundergläubigen damals zu einem Mann mit langer Mähne, der in Rosenheim seine heilenden Hände speziell auf Frauenscheitel legte: Bruno Gröning. Über solche Zeiterscheinungen machten die Spötter ihre Witze.

Großer Menschenauflauf am Marktplatz von Hattingen. Die Musik spielt einen Tusch, der Wunderheiler Jablonski erscheint und breitet auf der Bühne segnend die Arme aus. Er verkündet: »Meine Damen und Herren, die Presse hat in letzter Zeit sehr böse über mich geschrieben. Man wirft mir vor, ich sei ein Scharlatan und nur hinter eurem Geld her.

Um zu beweisen, daß das nicht stimmt, werde ich heute meine ersten beiden Heilungen umsonst ausführen.«
Der Wunderheiler winkt einem Mann aus der ersten Reihe zu, der sich mühsam an zwei Krücken voranschleppt. Und aus dem Hintergrund kommt in Windeseile ein Junge auf die Bühne gelaufen.
»Ihr Problem ist klar«, sagt der Wunderheiler Jablonski zu dem ersten. »Aber was ist mit dir, Junge? Du scheinst doch ganz gesund zu sein.«
»B...b..bin ich a...a...auch, bis auf d..d...das Sto.. Sto... Stottern.«
»Also gut, ich will eure Namen nicht wissen, jeder bleibt anonym. Sie mit den Krücken nenne ich ›Nummer 1‹ und dich mit dem Sprachfehler ›Nummer 2‹. Und jetzt geht bitte hinter den Vorhang.«
Die beiden verschwinden, der Wunderheiler konzentriert sich, schließt die Augen und ruft: »Nummer 1, werfen Sie jetzt Ihre linke Krücke über den Vorhang!«
Die Krücke kommt geflogen, fällt auf die Erde.
Die Menge jubelt, die Musik spielt einen Tusch.
»Ruhe bitte«, befiehlt Jablonski. »Und jetzt, Nummer 1, werfen Sie Ihre zweite Krücke über den Vorhang!«
Die zweite Krücke kommt auf die Bühne geflogen, großer Beifall, Tusch.
»Und jetzt werde ich Nummer 2 heilen«, sagt Jablonski. Er schließt wieder die Augen, breitet die Arme aus, und ruft: »Nummer 2, sag uns bitte laut und deutlich, was soeben passiert ist!«
Pause. Dann kommt die Antwort: Nu...Nu...Nummer 1 ist g...g...gerade unhei...heimlich auf d...d...die F...F... Fresse gefallen.«

Eine Variante des Witzes vom stotternden Jungen hört sich so an:

Eine Familie aus Aachen hat dreizehn Söhne, einer davon kann nicht sprechen. Kein Arzt kann dem Jungen helfen. Da beschließt der Vater, mit ihm zum Wallfahrtsort Lourdes zu fahren. Dort angekommen, taucht er den Kopf des Jungen in die Heilquelle. Der schüttelt sich und schreit: »Mensch, Papa, hör auf mit dem Scheiß. Das Wasser ist eiskalt!«
Der Vater macht Luftsprünge vor Freude, rennt zum Telefon, ruft seine Frau an und sagt: »Stell dir vor, Mutter, es ist ein Wunder geschehen! Unser Junge kann sprechen!«
»Das glaub' ich auch«, antwortet die Frau, »du Idiot hast den Falschen mitgenommen.«

Ein Lahmer, ein Blinder und ein Tauber beschließen, gemeinsam eine Wallfahrt nach Lourdes zu machen. Der Lahme sitzt in einem Wägelchen, der Blinde schiebt ihn, und der Taube weist den Weg. Sie kommen mit einiger Mühe auch an die wundertätige Quelle, drängen sich in der Schlange langsam vor, bis sie vornan stehen.
Der Blinde betupft als erster seine Augen mit dem Wasser. Dann starrt er, noch ungläubig, auf seine Gefährten: »Halleluja«, ruft er aus, »halleluja, ich kann sehen!«
Der Taube nimmt nun auch Wasser und läßt es in seine Ohren fließen. »O Himmel«, jubelt er dann, »ich kann hören, ich kann hören!«
Jetzt wird der Lahme in seinem Wägelchen ganz nervös. »Hebt mich rein«, schreit er, »schnell, hebt mich rein!«
Das tun die beiden anderen. Nach einer Weile holen die beiden Freunde des Lahmen das Wägelchen wieder aus der Wunderquelle. »Gratuliere«, rufen sie wie aus einem Mund, »vier neue Reifen!«

Es gab auch Witze in der Nachkriegszeit, die unter die Haut gingen. Sie wurden in den Besatzungszonen zuerst von Juden und Emigranten erzählt, waren aber an die Adresse der ehemaligen Volksgenossen gerichtet, die sie nur zögernd und mit schlechtem Gewissen zur Kenntnis nahmen.

Mit einem jüdischen Witz, der die abgestandene Figur des preußischen Herrenmenschen geistreich veräppelt, hatten die Deutschen allerdings noch keine Probleme.

Moische sitzt in einem Eisenbahnabteil erster Klasse und liest. Kommt ein hochgewachsener, blonder Preuße ins Abteil: Stiernacken, Schmisse auf der Backe, Monokel im Auge.
Der Mann wuchtet seinen Koffer ins Gepäcknetz und fragt Moische: »Sagen Se mal, fahren wir schon?«
Moische läßt die Zeitung sinken und sagt: »Nein, wegen Ihnen schieben se vorbei die Häuser.«

Bei anderen jüdischen Witzen, die mit ihren melancholischen oder traurigen Pointen auch zum Kapitel »Vergangenheitsbewältigung« gehörten, blieb einem das Lachen im Halse stecken.

In einer Nacht schleicht ein alter Jude durch die Straßen des Warschauer Ghettos. Als er um die Ecke biegt, hinter der seine Behausung liegt, stellt sich ihm ein SS-Offizier in den Weg und sagt: »Ich werde dich jetzt erschießen!«
Während der SS-Offizier seine Pistole entsichert, fährt er fort: »Ich gebe dir aber noch eine Chance, dein Leben zu retten. Ich habe ein Glasauge, es ist von einem richtigen Auge allerdings nicht zu unterscheiden. Wenn du herauskriegst, welches das Glasauge ist, lasse ich dich leben.«
Der Jude schaut den SS-Offizier lange an. Dann sagt er: »Es ist das rechte Auge.«
Verblüfft steckt der SS-Mann seine Pistole ein. »Richtig Jude«, sagt er, »aber jetzt erklär mir mal, woran du das erkannt hast.«
Der alte Jude zögert. Nach einer Weile sagt er: »Es blickt so menschlich.«

Als Hitler in Deutschland die Macht übernahm, wanderte Aaron nach Amerika aus. Dort baute er sich eine gutgehende Firma auf. Nach Kriegsende sorgte er dafür, daß sein Bruder Moische, den regimefeindliche Deutsche in ihrer Hamburger Wohnung versteckt hatten, in die Vereinigten Staaten einreisen konnte.
In Aarons Wohnung umarmen sich die Brüder. Da fällt Moisches Blick auf ein Bild an der Wand. Es ist ein Porträt Adolf Hitlers.
Moische erbleicht und fragt: »Gott der Gerechte, Aaron, warum haste dir bloß aufgehängt dieses Bild?«
»Gegen das Heimweh«, sagt Aaron.

Zwei Juden gehen durch die Trümmerlandschaft Berlins. In einem ausgebombten Kaufhaus entdecken sie ein Schild mit der Nazi-Parole »Die Juden sind unser Unglück«. Sagt der eine zum anderen: »Schön wär's.«

Um 1947/48 machte in den Westzonen eine Kollektion von Witzen die Runde, die dem eher vordergründigen deutschen Humor ein Schnippchen schlugen. Sie waren nicht jedermanns Sache, mit Vorliebe wurden sie von Studenten und Pennälern erzählt. Ihr Kennzeichen war der pure Nonsens, und ihre Wurzeln lagen eindeutig in England und Amerika. Besatzungssoldaten, die aus dem Heimaturlaub in ihre Kasernen zurückkehrten, importierten sie nach Westdeutschland. Shaggy-Dog-Stories war ein Gattungsbegriff, der sich wörtlich mit verwahrloster oder ungekämmter Hund übersetzen läßt. Gemeint ist damit aber eine Geschichte, bei der es mehr um den gut erzählten Inhalt geht als um die verrückte Pointe. »Jetzt geht's rund«, sagte der Spatz, als er in den Ventilator flog. Die Shaggy-Dog-Stories aber kamen auf Taubenfüßen.

Ein Mann sitzt im Park auf einer Bank. Eine Taube kommt geflogen, setzt sich auf die Lehne und sagt: »Es ist angenehm warm heute.«

Der Mann wundert sich: »Du kannst ja sprechen!?«
»Warum nicht?« fragt die Taube.
»Das glaubt mir kein Mensch«, sagt der Mann, »würdest du mir einen Gefallen tun? Ich habe heute abend eine kleine Gesellschaft bei mir, gute Freunde, kannst du da mal vorbeikommen?«
»Aber gern«, sagt die Taube, »wenn du mir die Adresse gibst ...«
Sie verspricht, gegen acht Uhr dreißig da zu sein.
Der Mann erzählt seinen Freunden, daß gleich eine sprechende Taube zu Besuch kommen werde. Die sehen ihn an, als habe er schon zuviel getrunken. Es wird halb neun, es wird neun Uhr und halb zehn, der Gastgeber ist ganz unglücklich.
»Nun hör doch endlich mit deiner blöden Taube auf«, schimpfen die Freunde. Da klingelt es.
Draußen steht die Taube. »Ich bitte meine Verspätung zu entschuldigen«, sagt sie, »aber es war so schönes Wetter, da bin ich den ganzen Weg zu Fuß gegangen!«

Ein Mann geht an der Isar spazieren. Da taucht ein Kopf aus den Fluten auf und fragt: »Verzeihen Sie, bin ich hier richtig auf dem Weg nach München?«
»Immer geradeaus«, sagt der Spaziergänger, »Sie können sich gar nicht vertun.«
Der Kopf bedankt sich und verschwindet.
Der Mann geht weiter. An einer Gabelung des Flusses taucht der Kopf erneut auf. »Mal eine Frage«, sagt der Schwimmer. »Muß ich hier rechts oder links abbiegen?«
»Nach rechts. Aber Sie müssen sich beeilen! Es wird gleich dunkel, und bis München sind es noch vierzig Kilometer.«
»Das macht nichts«, antwortet der Kopf, »ich habe ein Fahrrad bei mir.«

Kommt ein Mann zum Arzt und sagt: »Herr Doktor, ich hab da 'ne Wunde hinterm linken Ohr, können Sie die mal behandeln?«
Der Doktor sieht sich die Wunde an und fragt kopfschüttelnd: »Donnerwetter, wie ist das denn passiert?«
Sagt der Patient: »Mich hat gestern jemand geärgert, und da habe ich mich vor Wut hinters Ohr gebissen.«
»Sie haben sich hinters Ohr gebissen? Reden Sie doch keinen Quatsch!«
»Doch, doch, Herr Doktor, Ehrenwort, ich hab mich hinters Ohr gebissen.«
»Dann erklären Sie mir doch mal, wie Sie das gemacht haben.«
»Ganz einfach«, sagt der Mann, »ich bin auf'n Stuhl gestiegen.«

In einem Holzfällerlager mitten im Bayerischen Wald taucht ein Fremder auf. Ein schmales Handtuch, nicht größer als ein Meter sechzig. Der kleine Mann geht zum Vorarbeiter, stellt sich vor und fragt: »Kann ich bei Ihnen arbeiten, Chef?«
Der mustert den Winzling mit einem breiten Grinsen und meint: »So wie Sie aussehen, können Sie ja nicht mal'n Beil halten. Schauen Sie sich doch mal meine Kerle da hinten im Wald an. Von denen fällt jeder 'ne Eiche in 'ner halben Stunde.«
»Das schaff' ich schneller«, sagt der kleine Mann.
Der Vorarbeiter zieht die Stirn kraus, holt eine Axt, drückt sie dem Fremden in die Hand und sagt: »Na, dann zeigen Sie mal, was Sie können.«
Die beiden gehen in den Wald, und der Vorarbeiter deutet auf eine umfangreiche Eiche. Das Männlein nickt, zieht eine Feile aus der Tasche, feilt damit die Schneide der Axt messerscharf und schlägt zu. Nach genau einer Viertelstunde fällt die Eiche um.
Die Holzfäller, Männer wie Bäume, stehen da mit offenen

Mündern. Auch ihr Chef ist fassungslos. Er schlägt dem Kleinen begeistert auf die Schulter und ruft: »Toll, so was habe ich ja noch nie gesehen. Selbstverständlich können Sie sofort bei uns anfangen. Aber sagen Sie mir doch bitte mal eins: wo haben Sie bis jetzt gearbeitet?«
»In der Sahara«, sagt der schmächtige Mann.
»Was? In der Wüste? Da gibt es doch gar keine Bäume.«
»Jetzt nicht mehr«, sagt der Kleine.

Der beträchtliche Aberwitz solcher Späße gibt auch einem verwandten Genre die Würze: dem Irrenwitz. Die entsprechenden absurden Fundsachen wurden wiederum aus den angloamerikanischen Ländern nach Deutschland eingeschleust, wo die »Geistig Behinderten«, wie sie heute genannt werden, keinen Zutritt zur Gesellschaft hatten. Sie wohnten in abgelegenen Irrenanstalten, den »Klapsmühlen«, und der Volksmund bezeichnete ihre Insassen als plemplem, balla-balla, bekloppt oder verrückt. Der Irrenwitz bescheinigte ihnen Hintersinn und Schlagfertigkeit.

Ein Mann wird in ein Irrenhaus eingeliefert. Er sieht eine Uhr über dem Eingang und fragt den Wärter: »Sagen Sie, tickt die Uhr richtig?«
»Natürlich«, antwortet der Wärter.
»Und warum ist sie dann hier?«

Eine Gruppe von Irren steht im Anstaltshof und beobachtet, wie einer von ihnen die Fahnenstange hochklettert, oben einen Zettel anbringt und wieder herunterkommt. Voller Neugier fragt sich die Gruppe, was wohl auf dem Zettel stehen könnte. Einer nach dem anderen klettert auch hoch, nickt ernst mit dem Kopf und rutscht wieder herunter.
»Jetzt schauen Sie mal nach, was auf dem Zettel steht«, befiehlt der Anstaltsleiter einem Wärter.
Der holt eine Leiter, steigt hoch, nickt auch und kommt wieder zurück.

Der Anstaltsleiter ist ungeduldig. »Was zum Teufel steht denn da?«
»Ende der Fahnenstange«, antwortet der Wärter.

Die meisten Witze aus der Zeit nach 1945 wurden aus der untersten Schublade der Vergangenheit geholt, und ihre konstanten Hauptfiguren, die Inhalt und Pointe oft in Reimen weitergaben, bildeten eine große Familie. Was ihre Mitglieder sich einfallen ließen, hatte nur selten mit höherem Blödsinn zu tun. Sie verband eine Vorliebe für die Fäkalsprache und rücksichtslose Zoten. Oberst von Zitzewitz, Bonifazius Kiesewetter, Graf Bobby, Marjellchen oder auch die namenlose Frau Wirtin »sauigelten« gern, wie man damals sagte.

Der unsterbliche Oberst von Zitzewitz könnte eine Erfindung jener Soldaten gewesen sein, die in den Regimentern Kaiser Wilhelms II. dienten. Sicher wollten sie sich am Typ des adeligen preußischen Offiziers rächen, der sie mit schnarrender Stimme über die Truppenübungsplätze gescheucht hatte. Also statteten sie ihre Witzfigur von Zitzewitz mit Eigenschaften aus, die sie karikierend überzeichneten: Hochnäsigkeit, Standesdünkel und einer gehörigen Portion Begriffsstutzigkeit. Das Spielfeld, auf dem sich der Oberst lächerlich machte, lag zwischen Manöverball und Offizierskasino.

Oberst von Zitzewitz wird im Offizierskasino gefragt: »Gestatten Herr Oberst eine Scherzfrage?«
Er antwortet etwas mürrisch: »Von mir aus, aber nichts Unanständiges, wenn ich bitten darf!«
»Selbstverständlich nicht, Herr Oberst. Die Frage lautet: Wo sind die Eier am wärmsten?«
»Und wo?«
»Die Antwort ist: in der Bratpfanne.«
Da lacht der Oberst kurz auf und fragt: »Sagen Sie, welcher Idiot setzt sich denn mit dem Arsch in die Pfanne?«

Vor dem Auszug ins Manöver erklärt von Zitzewitz seinen Rekruten die Bedeutung des Kommandos »Helm ab zum Gebet«.
»Also, wenn der Befehl kommt«, sagt der Oberst, »nehmen alle Haltung an, setzen den Helm ab und zählen langsam bis fuffzehn. Es gibt Kompanien, die zählen bis fünfundzwanzig. Halt' ich aber für Frömmelei ...«

Von Zitzewitz fragt seinen Friseur: »Sagen Sie mal, haben Sie nich' was Witziges auf Lager, das ich heute meinen Kameraden im Kasino erzählen kann?«
»Vielleicht eine Scherzfrage«, erwidert der Friseur, »die geht so: Es ist nicht mein Vater oder meine Mutter, nicht mein Bruder oder meine Schwester, nicht Onkel oder Tante, nicht Neffe oder Nichte – und doch mein eigen Fleisch und Blut. Wer ist das?«
»Keine Ahnung«, stellt von Zitzewitz fest, »nun sagen Sie schon: Wer ist es?«
»Das bin ich selber«, erklärt der Friseur.
»Na, fabelhaft!« Von Zitzewitz ist begeistert und gibt abends die Frage an seine Kameraden weiter.
»Das sind Sie selber«, rät einer der Offiziere sofort richtig.
»Quatsch«, schnauzt von Zitzewitz, »das ist mein Friseur in der Bahnhofstraße!«

Bonifazius Kiesewetter, »dieses alte Rübenschwein«, war da von anderem Kaliber als sein trotteliger adeliger Verwandter von Zitzewitz. Schlagfertig, schlitzohrig und tückisch gab er sich als Bruder im Geiste des braven Soldaten Schweyk zu erkennen. Viele seiner Verse waren »staatsfeindlich« und im »Dritten Reich« deshalb streng verboten, weil sie das Regime und dessen Gefolge auf die Schippe nahmen. Nach dem Krieg wurden sie besonders gern von ehemaligen Parteigenossen zitiert, die mit ihren Kenntnissen subversiver Kiesewetter-Witze beweisen wollten, daß sie mit Hitler und seiner Partei nie etwas verbunden habe. Ein Beispiel:

Einst auf einem Reichsparteitag,
wo die Hitler-Fahnen wehten,
war auch Bonifazius
als SA-Mann angetreten.
Doch als dann die große Menge
dreimal laut »Sieg Heil« gebrüllt,
schrie er dreimal kräftig »Scheiße!«,
was dort als verboten gilt.
Doch wie staunte erst die Kripo,
als er beim Verhör erklärt,
daß die viele braune Farbe
ihm total den Sinn verstört.
Moral:
Nicht jeder, der laut »Scheiße« schreit,
zeigt damit Volksverbundenheit.

Graf Bobby kam aus Wien und näselte den Dialekt seiner Heimat. Man muß ihn sich als trottelhaften Adeligen mit Monokel und goldverzierter Uniform vorstellen; vermutlich haben sich schon der alte Kaiser Franz Josef und die halbe k.u.k.-Monarchie über seine Scherze amüsiert. Sie liefen meistens auf die schlicht verkleidete Ferkelei hinaus, spielten manchmal aber auch mit dem absurden Hintergedanken.

Graf Bobby sitzt in der Opernloge und beobachtet mit einem Fernglas die Reihen der Besucher. Plötzlich stutzt er und sagt zu seinem Freund Rudi: »Schau, da unten in der ersten Reihe sitzt die Gräfin Esterhazy.«
»Ach, geh her«, meint der Rudi, »die ist doch schon seit fünf Jahren tot.«
»So so«, sagt Bobby, »aber eben hat sie sich noch bewegt!«

Als Graf Bobby vierzig geworden ist, wünscht sich seine Mutter, daß er endlich heiratet. Sie schlägt verschiedene junge Damen vor, die er alle mit der Begründung ablehnt:

»Du hast gut reden, Mama. Du hast einfach den Papa geheiratet, und mir mutest du zu, einen wildfremden Menschen zu nehmen!«

Das ostpreußische Marjellchen – jüngstes Mitglied der Witzfiguren-Familie – war die sprichwörtliche Unschuld vom Lande. Der frühreife Teenager setzte gegen die sexuellen Angriffe der Männer, die seinem kleinen Leben schon früh zu schaffen machten, eine Waffe ein, die wahrhaft entwaffnend war: seine Naivität. Marjellchen dürfte ein »Dienstmädchen« gewesen sein, wie man das damals nannte.

Eines Tages geht Marjellchen mit der gnädigen Frau zum ersten Mal auf Reisen. Sie übernachten in einem Gasthof. Dort hat die gnädige Frau für sich eine Suite bestellt und Marjellchen in einer Kammer untergebracht. Am nächsten Morgen treffen sich die beiden beim Frühstück. Die gnädige Frau erkundigt sich: »Nu sach mal, Marjellchen, wie war es denn heute nacht?«
»Och«, sagt die, »eigentlich war nichts weiter. Bißchen fremd war es schon, aber geschlafen habe ich gut.«
»Ja, und sonst ist gar nichts passiert in der Nacht?«
»Nee«, sagt Marjellchen, »och ja, höchstens, da war ich schon eingeschlafen, so um Mitternacht rum. Kommt doch wahrhaftig so ein Lorbaß in mein Zimmerchen. Na, was soll ich sagen? Der zieht sich die Hose aus, zieht sich die Jacke aus, legt sich bei mich bei, bedient sich einmal, bedient sich zweimal, bedient sich dreimal ... Na ja, dann geht er wieder raus aus dem Bettchen, zieht sich Hose und Jacke an und schleicht aus dem Zimmerchen. Und nu sagen Sie mir mal eins, Gnädige Frau, was wollte der eigentlich?«

Es mag nur auf den ersten Blick verwundern, daß diese einleuchtende Pointe in fast allen regionalen Witzsammlungen von Tünnes und Schäl bis Klein Erna in irgendeiner Variation ihren Platz gefunden hat.

Die Gnädige Frau fährt mit Marjellchen zu einem Fest bei Verwandten, wo sie auch übernachten. Während der Rückfahrt fragt sie: »Sag, Marjellchen, hat man dich denn auch als Dame behandelt?»
»O ja, gnädige Frau«, bestätigt sie, »zweimal auf der Treppe und dreimal auf der Terrasse!«

Ein ganz besonderes Prachtexemplar war die »Frau Wirtin«, um die es in den letzten Jahren sehr still geworden ist – wahrscheinlich aus Altersgründen. Sie wirkte in einem Wirtshaus an der Lahn, und man kann sich vorstellen, daß sie dort als pralle Schankmamsell die Gäste bediente – nicht nur mit Bier und Wein. Vermutlich war sie unverheiratet, vielleicht auch Witwe, weil ihr Mann aus Kummer über den lockeren Lebenswandel seiner besseren Hälfte früh verstorben war.

In ihren auch gesungenen Reimen hatte »Frau Wirtin« oft nur die Funktion einer Stichwortgeberin, die ihre Einfälle an alle möglichen Partner weitergab und ihnen auch die Formulierung des gedankenvoll ausklingenden Schlußsatzes überließ. Aber zu Anfang ihrer Frivolitäten gab sie immer den Ton an.

Frau Wirtin hatt' auch einen Inder,
der war im Bett ein großer Sünder,
doch selbst im schärfsten Lustgekeuche
behielt er seinen Turban auf –
so streng sind da die Bräuche.

Frau Wirtin hatt' auch einen aus Wien,
der furzte Schlagermelodien,
›Deutschmeister‹, ›letzte Rose‹,
nur ›Donauwellen‹ konnt' er nicht –
da schiß er in die Hose.

Frau Wirtin hatt' auch einen aus Meißen,
der konnte Blumenmuster scheißen,
und einst auf einem Gartenfeste

schiß er Girlanden auf den Tisch –
wie staunten da die Gäste!

Das Hauptwort Scheiße bildete in den Nachkriegsjahren den Humus, auf dem viele Pointen wuchsen. Auch Bonifatius schmückte seinen Schwank vom großen Unbekannten, der Kiesewetters Trompete als Klosett benutzt hatte, so daß die Exkremente seinen Gästen beim ersten Trompetenstoß um die Ohren flogen, mit dem tiefsinnigen Nachsatz: »Scheiße im Trompetenrohr, kommt Gott sei Dank nur selten vor...«

Einsichten wie diese wurden zu geflügelten Worten und gingen damals auch in den deutschen Sprachgebrauch ein, ohne daß sich die Erzähler die nicht standesgemäße Herkunft klarmachten. Die Zitate verflüchtigten sich aber wieder, als ihre Erfinder das Rentenalter erreicht hatten oder das Zeitliche segneten.

Scherze aus der untersten Schublade gehörten auch zu den bescheidenen Mitbringseln, die von den entlassenen deutschen Kriegsgefangenen nach Hause getragen wurden. Kaum genesen, hochgepäppelt von Frau oder Mutter, machten sie es sich nach des Tages Müh' in jener Bleibe gemütlich, die – auferstanden aus Ruinen – neben den eigenen vier Wänden ihr liebster Zufluchtsort war: in der Kneipe am Stammtisch.

Hier war die Welt noch mit Dachpappe zugenagelt, floß ein Dünnbier aus den Zapfhähnen, von dem selbst ausgepichte Zecher nur den Schaum abtranken. Aber unter den Theken hatten die Wirte ihre selbstgebrannten Schnäpse versteckt, und die handgedrehten Zigaretten, Marke Eigenbau, qualmten mit den Kanonenöfen um die Wette.

Was hatten sich die Kriegsheimkehrer, die Flüchtlinge aus dem Osten und die alten Kameraden, die den Krieg hinter wichtigen Schreibtischen überstanden hatten, am Tresen oder Stammtisch zu erzählen?

Thema 1: Die Erlebnisse an der Front.
Thema 2: Der auf den Wiesen bolzende, neugeborene Fußballverein.

Thema 3: Die altbackenen Witze der Firma Frau Wirtin – Marjellchen – Kiesewetter & Co.

Schüttelreime brachten die ehemaligen Landser mit in die Kneipe, harmlose und happige Zweizeiler.

Oft hängt bei einem forschen Mädchen
die Tugend nur am morschen Fädchen.

Zum Dank, daß er sie stets gefickt,
hat sie ihm einen Fez bestickt.

Selbst auf das erhabene Volkslied nahm die schmutzige Phantasie der Stammtischbrüder, womöglich auch ihrer Zechkumpanen aus den Studentenverbindungen und Abiturienten-Jahrgängen keine Rücksicht.

Es waren zwei Königskinder,
die hatten miteinander viel Müh,
sie konnten zusammen nicht kommen,
denn er kam immer zu früh.

An den Theken und Stammtischen gab es bis zu der von den Besatzungsmächten verordneten Sperrstunde keine Tabus mehr. Doch was da unter Männern von Mund zu Mund ging, durfte offiziell in der obersten Etage der »feinen Leute« nicht über die Türschwelle.

Seltsam genug war, daß solche »Herrenwitze« und Parodien während ihrer Wanderung durch Restdeutschland auch den Frauen zu Ohren kamen. Zumal bei den wenig prüden Damenkränzchen, die nach dem Wiederaufbau der Kegelbahnen eine ruhige Kugel schoben, waren Bonifazius Kiesewetter und Frau Wirtin gerngesehene Gäste. Und als 1946 Kurt Schumacher zum Vorsitzenden der SPD gewählt wurde, meldete sich Frau Wirtin von der Lahn mit folgendem Reim:

Frau Wirtin trieb's selbst mit der SPD,
im Winter notfalls auch im Schnee,
doch nur mit jungen Bengels.
Die Alten standen stumm herum
und lasen Marx und Engels.

Noch im selben Jahr begann in Wolfsburg die Serienproduktion des Volkswagens. Der Volksmund stellte die Frage:

Wie bringt man vier Elefanten in einem VW unter?
Antwort: Ganz einfach, zwei hinten und zwei vorne.

Im Juni 1948 machte die Währungsreform für die »Eingeborenen von Trizonesien«, wie ein Karnevalsschlager die Westdeutschen nannte, den lange herbeigesehnten »Luxus« schrittweise möglich. Wer das Geld hatte oder erwartete, kaufte in Reihenfolge und oft auf Raten: das elektrische Bügeleisen, die Waschmaschine, Radio, Eisschrank, Musiktruhe und, als der Güter höchstes, den Kleinwagen. Der Schwarzhandel meldete Konkurs an.

Im September 1949 wurde Konrad Adenauer erster Bundeskanzler der neuen »Bundesrepublik Deutschland«. Ihm und der CDU verdankte die Republik unter anderem die freie Marktwirtschaft, den sozialen Wohnungsbau, die Wiederbewaffnung und die Prüderie. Ein geistreicher Kabarettist reimte seinerzeit im Stil der englischen Limericks:

Es hallte im Land ein Protestschrei,
daß Bonn jetzt als Hauptstadt wohl fest sei.
Man entgegnet den Tadlern
darauf, daß bei Adlern
der Stammsitz ja immer ein Nest sei.

Ein warmes Nest zu finden, war für die Verliebten der Nachkriegsjahre nicht leicht. In Hotels und Studentenbuden blieb die Liebe ohne Trauschein streng verboten. Wer sich selbst und hoffentlich auch seiner Freundin einen Gefallen tun wollte, mußte mit ihr im Grünen lustwandeln.

Im Oktober 1949 wurde in Ostdeutschland die »Deutsche Demokratische Republik« gegründet. Wilhelm Pieck, Otto Grotewohl und Walter Ulbricht hießen ihre Repräsentanten. In der neuen DDR witzelte man:

Das Skatspiel wird verboten. Pik darf nicht gereizt werden.

Die anonymen Spaßmacher des »Arbeiter- und Bauernstaates« nahmen sich schnell drei Ziele für ihre verbotenen Giftpfeile vor:

a) die Politik der roten Führungskräfte und ihre Abhängigkeit von Moskau
b) die wirtschaftliche Notlage
c) den Staatssicherheitsdienst (Stasi) und seine Machenschaften.

Der Fahrdienstleiter des Leipziger Hauptbahnhofs ist von der Stasi verhaftet worden. Er hat bei der Ankunft von Walter Ulbrichts Sonderzug gerufen: »Zurücktreten! Bitte sofort zurücktreten!«

Ein DDR-Bürger geht mit einem großen Kranz über den Marktplatz.
Ein Freund begegnet ihm und fragt, wer denn gestorben sei.
Sagt der Mann mit dem Kranz: »Gestorben ist keiner, aber Kränze gab's heute morgen zufällig im HO-Laden.«

»HO« war die Abkürzung für »Handelsorganisation«, und so hießen die Geschäfte der staatlichen Ladenketten in der DDR.

Der 80. Geburtstag des großen Genossen Lenin wurde in Ost-Berlin vorbereitet. Aus diesem Anlaß werden auch die drei besten Erbauer von Kuckucksuhren ausgezeichnet.

Dritter Preis: Der Kuckuck blickt aus der Uhr und ruft einmal »Lenin«.
Zweiter Preis: Der Kuckuck erscheint und ruft dreimal »Lenin«.
Erster Preis: Lenin blickt aus der Uhr und ruft »Kuckuck«.

Die systemkritischen Witze aus der DDR – andere gab es kaum – wurden im Flüsterton weitererzählt. Einer ihrer Hauptlieferanten war der in Armenien installierte Sender Radio Eriwan. Weit von der Moskauer Parteizentrale entfernt, gab er seine hinterlistigen Auskünfte zu schwierigen Hörerfragen auch an die DDR weiter. Dort wurden sie leicht verändert und den eigenen Lebensproblemen angepaßt.

Frage: Was ist der Unterschied zwischen Schweinen im Westen und Schweinen im Osten?
Antwort: Im Westen werden sie gegessen, *im Osten* Genossen.

Frage: Was bedeuten die drei Streifen an der Uniform der Volkspolizisten?
Antwort: Ein Streifen: Er kann lesen. Zwei Streifen: Er kann schreiben. Drei Streifen: Er kennt einen, der lesen und *schreiben kann.*

Anfrage an Radio Eriwan: »Wo sitzt derjenige, der in der DDR für die politischen Witze verantwortlich ist?«
Antwort: »Keine Ahnung, wo er sitzt. Wir wissen nur, daß *er sitzt.«*

1949 wurde in der Bundesrepublik die Todesstrafe abgeschafft, nicht ohne Widerstand konservativer Kreise auch in der CDU/CSU. Das folgende Beispiel tiefschwarzen Humors war vermutlich der letzte Witz zu diesem Thema.

Ein zum Tode Verurteilter wird kurz vor seiner Hinrichtung vom Zuchthausdirektor gefragt: »Haben Sie noch einen letzten Wunsch?«
»Ja«, antwortet der Todeskandidat, »ich möchte gern Finnisch lernen!«

Das Letzte

Hitler kauft einen Teppich. Fragt die Verkäuferin: »Wollen Sie ihn mitnehmen oder gleich hier essen?«

Wirt: »Wie fanden Sie denn unser Schnitzel?«
Der Gast: »Durch Zufall.«

Der Gast sagt zum Kellner: »Was ist der Unterschied zwischen einem »Rumpsteak Spezial« und einem normalen Rumpsteak?«
Kellner: »Zum ›Rumpsteak Spezial‹ geben wir ein schärferes Messer.«

Franzl besucht die Zenzi. Sagt die Zenzi: »Du Franzl, ich hab's heute im Kreuz.«
Franzl: »Gut, daß du es sagst. Ich hätte es da gesucht, wo's immer war.«

Ein Mann, der vor der Haustür sitzt, ruft einem vorbeikommenden Radfahrer zu: »Hören Sie, Ihr Schutzblech klappert!«
Fragt der: »Wie bitte?«
»Ihr Schutzblech klappert!«
»Ich kann nichts verstehen, mein Schutzblech klappert!«

Ein Australier wird ins Krankenhaus eingeliefert.
Er hat einen neuen Bumerang bekommen und seinen alten weggeworfen.

Chris Howland

Bestimmt

Es ist sehr verwirrend, in ein Land verschlagen zu werden, wo ganz plötzlich jeder eine fremde Sprache spricht. 1948 hatte ich das Glück, für einen englischen Rundfunksender zu arbeiten, bei dem wir ausschließlich englisch sprachen. Doch sobald ich meinen Fuß vor die Tür des Senders setzte, begannen meine Probleme.

Viele meiner Kollegen tauchten in den tiefsten Teil des Sprachbeckens, ich dagegen war vorsichtiger und prüfte das Wasser erst einmal mit dem großen Zeh.

Mein erstes deutsches Wort war *Bestimmt!*

»Weckst du mich morgen früh?«

»Ja, mache ich.«

»Bestimmt?«

Es ist ein sehr nützliches Wort, eines, wie wir es im Englischen nicht haben.

Ein anderes großartiges deutsches Wort ist *Na?*

Es ist eine Frage, eine Kritik, eine Warnung oder ein Anzeichen von Unsicherheit. Ich liebe Vielzweckwörter.

Treffen sich zwei U-Boote im Urwald.
Sagt das eine zum anderen: »Na?«
Erwidert das andere: »Na und?«

Selbstverständlich gibt es viele Ähnlichkeiten zwischen der deutschen und der englischen Sprache. Ein *finger* ist ein Finger, eine *hand* ist eine Hand, ein *arm* ist ein Arm, und ein *leg* ist ein – hoppla! Hier fängt der Ärger an! Und dann *der*, *die* und *das* …

1948 sollten wir eigentlich nicht mit deutschen Mädchen sprechen, aber natürlich taten wir es. Amerikanische Soldaten hatten das gleiche Problem, aber sie taten es auch.

Zwei Amis wollten sich unter die Deutschen mischen und Bier in einem Münchner Gasthaus trinken.
Um nicht entdeckt zu werden, kleiden sie sich wie Bayern, mit derben Schuhen, Socken, Lederhosen, Hosenträgern und Hüten, in denen Rasierpinsel stecken. Sie finden eine Kneipe, treten ein und bestellen Bier. 30 Minuten später schauen zwei amerikanische Militärpolizisten durch die Tür, sehen die beiden und nehmen sie auf der Stelle fest.
Wieso wußten sie, daß es sich um amerikanische Soldaten handelte?
Weil es Schwarze waren!

Oder dieser:

»Liebst du mich wirklich?« fragt das deutsche Mädchen, das mit dem britischen Soldaten tanzt. »Oder ist das deine Pistole?«

Ein anderer britischer Soldat betritt eine Drogerie.

»Ich möchte kaufen Nivea Creme.«
»Fünfundvierzig Pfennige«, sagt die Verkäuferin.
»Ah!« sagt der Soldat. »Fuunf-und-veerzisch – ist das for die Pfeife?«
»Ja«, nickt die Verkäuferin, »aber auch fürs Gesicht.«

Gewöhnlich waren Barkeeper unsere ersten deutschen Kontakte. Jeder kennt den alten Witz von dem Engländer, der einen

»Dry Martini« bestellt und drei Wermut serviert bekommt. Ich habe das häufig gesehen.

Noch komischer war die junge Frau, die entschlossen war, um jeden Preis Deutsch zu lernen. Als sie eine Schale mit Erdnüssen auf der Theke sieht, bittet sie den Barmann, ihr das deutsche Wort für »peanuts« zu sagen. »Penis«, sagte er, ohne mit der Wimper zu zucken.

An dieser Stelle sollte ich erwähnen, daß wir in jener Zeit allesamt unschuldige und prüde Menschen waren. Wir machten alle das gleiche wie alle anderen auch, aber wir redeten nicht darüber. Selbst Ehepaare sprachen vom männlichen Anhängsel als »dein ... hmm ...«.

Wobei mir einfällt, daß das weibliche Gegenstück wahrscheinlich genauso bezeichnet wurde.

Kein Wunder also, daß die junge Frau, die mit dem Barmann sprach, keinen Schimmer hatte, wie das englische Wort für »Öhh ... hmm« lautete, vom lateinischen Begriff ganz zu schweigen. Also betrat sie ganz unbefangen einen deutschen Lebensmittelladen und verlangte »Ein Pfund Penis!«. Sie wäre wohl höchst überrascht gewesen, wenn sie eines Tages bekommen hätte, was sie bestellt hatte.

Es gab weitere Beispiele für »Besatzungshumor«. Den größten Spaß machte es, deutsche Redewendungen wortwörtlich ins Englische zu übersetzen.

»*You are me a stamp!*« war die erste Übersetzung dieser Art, die ich hörte.

Später kamen »*It is me completeley sausage!*«, »*You are heavy on wire.*«, »*Equal goes it loose*«, »*Goes it you well?*« – »*Yes. Thank you for the after-question.*«.

Oder in einem Restaurant:

»*Medium oder durch, Sir?*«
»*I always like a bloody steak.*«
»*And some fucking chips, too?*«

Eine große Quelle des Vergnügens war das Wort »Fahrt«, denn im Englischen bedeutet *fart* Furz.

Noch heute lachen britische Besucher über *Ein-* und *Ausfahrt* an der Autobahn, und sie fragen sich, ob das mit der Qualität der Speisen zu tun hat, die in einigen Raststätten verkauft werden.

Als ich eines Tages mit meinem Bruder, der zu Besuch war, durch Hamburg spazierte, zeigte er plötzlich unter brüllendem Gelächter auf ein Schild.

»Was ist los?« fragte ich ihn.

»Sieh mal, was da steht! *Spark-arse* (Blitzarsch)!« johlte er, während ihm die Lachtränen übers Gesicht liefen.

Er hatte bis dahin noch nie eine Sparkasse gesehen!

Da verwundert es nicht, daß viele von uns die Sprache nie richtig gelernt haben.

Lentz/Thoma

1950–1959

Bundeskanzler Adenauer kauft sich in seiner zweiten Amtszeit eine Schildkröte. Er will herausbekommen, ob sie wirklich 300 Jahre alt wird.

Das ist einer der ältesten Witze der Welt, mit einem Bart von etwa 2.000 Jahren. Er steht schon in der altgriechischen Witzsammlung ›Philogelos‹ aus dem 3.–5. Jahrhundert. Nur hält sich der alte Mann da einen Raben zu demselben Zweck. Die werden bis 200 Jahre alt. Witze leben noch länger.

Es hat immer wieder prominente Männer gegeben, die so alt wurden, daß man von ihnen sagte: »Jetzt stirbt er auch nicht mehr«. Männer, muß man einschränken, weil sie zumeist allein öffentliche Ämter von Rang einnehmen durften. Auf die Emanzipation kommen wir dann später noch.

Als der 73jährige Adenauer 1949 mit der berühmten einen Stimme Mehrheit Bundeskanzler wurde, war es vor allem das Alter, das in den Amtsperioden danach zu Witzen reizte:

Was ist der Unterschied zwischen Adenauer und einem Handwerker? Der Handwerker kommt nicht, und Adenauer geht nicht.

Um die Hauptstadt Bonn hatte der alte Herr listig und hartnäckig gekämpft, Frankfurt als kräftigen Konkurrenten abgewehrt.

Warum wollte Adenauer unbedingt Bonn zur neuen Hauptstadt machen? Der Witz antwortet: Weil in diesem Klima jeder schlapp und schläfrig wird, nur er selber nicht.

Die fünfziger Jahre waren die Ära Adenauer. Zweimal gewann er Bundestagswahlen für seine CDU mit absoluter Mehrheit, 1953 und 1957. Er mußte seine eigene Stimme nicht mehr einsetzen, um erneut Kanzler zu werden.

»Ich will nicht wieder jung werden, ich möchte nur fortfahren, alt zu werden«, versicherte er seinem Arzt.

Wahr sollen auch diese Anekdoten sein:

»Ich kann Sie nur vor Menschen warnen, die Sie immer nur loben«, warnte ein Freund Adenauer. »Aber wenn 'se nun recht haben?« antwortete der Alte.

»Herr Bundeskanzler, gestern haben Sie aber noch einen ganz anderen Standpunkt vertreten«, warf ihm ein Redner vor. »Dat kann schon sein«, gibt Adenauer zu, »aber et kann mich doch schließlich keiner daran hindern, alle Tage klüger zu werden.«

Der Schweizer Publizist Fritz René Alleman schrieb 1953 im ›Monat‹: »Zum Bilde der deutschen ›Zweiten Republik‹ gehört die Skepsis gegenüber der eigenen Leistung und ihrer Fähigkeit zu dauern.«

Das hat die »Väter des Grundgesetzes«, den Parlamentarischen Rat, beeinflußt, eine Verfassung zu entwerfen, die zu den freiheitlichsten der Welt gehört, und die Macht ganz vorsichtig verteilt.

Vielleicht war es ein Glück für den jungen Staat, daß Adenauer nicht nur so viel Autorität einbrachte, sondern auch durch die Erfahrungen der zwanziger Jahre trickreich mit den Gegebenheiten einer Parteien-Demokratie zu spielen wußte. So fiel es den an die Obrigkeit gewöhnten Deutschen leichter, sich auf die neue Situation einzustellen. Es blieb, wie man scherzte, »alles beim Alten«. Und es gab den Spruch:

»Der liebe Gott ahnt es, der Kanzler weiß es, und das Volk geht es nichts an.«

Nach der sensationell gewonnenen Fußball-Weltmeisterschaft 1954 kamen Fußballerwitze auf, die der »Wir-sind-wieder-wer«-Euphorie entgegenwirkten. Manche Deutsche taten ja so, als hätten sie eine Art neuen Krieg gewonnen und als Verlierer nun endlich gesiegt.

Bundestrainer Herberger sagt zu Adenauer: »Sie haben mich mit Ihrem Hinweis auf die Außenpolitik überzeugt. So etwas wie die Weltmeisterschaft soll nicht wieder vorkommen!« Die deutsche Mannschaft hatte 1954 das Endspiel in Bern gegen den hohen Favoriten Ungarn mit 3:2 gewonnen. 2:0 führten die Ungarn schon nach neun Minuten, und alles sah nach einer Katastrophe wie im vorherigen Spiel aus, das die Deutschen 3:8 verloren hatten. Aber nach 18 Minuten stand es 2:2. Und Helmut Rahn, den Schützen des Siegtores in der 84. Minute, kannte danach ganz Deutschland. Den Torwart Toni Turek feierte der Radio-Reporter Herbert Zimmermann mit sich überschlagender Stimme: »Toni, du bist ein Fußballgott!« Gott hatte einen schwierigen Ball gefangen.

Die zu jeder Zeit beliebten Dummenwitze zielten jetzt auf Fußballer.

Ein durch die Weltmeisterschaft populär gewordener Spieler wird nach dem Besuch einer Kunstausstellung gefragt: »Was denken Sie denn über Toulouse-Lautrec?«
»Och«, antwortet der, »ich tippe 2:1.«

Derselbe Spieler wird zu einer Literatur-Veranstaltung eingeladen. Ein Reporter fragt ihn hinterher: »Was halten Sie denn von Rainer Maria Rilke?«
»Och«, antwortet der, »die sind alle drei in Ordnung!«

Fußball war jedoch zu beliebt, als daß die Balltreter jene Opferrolle hätten übernehmen können, die später den Beschränkten Ostfriesen und anderen angeblich Beschränkten zugewiesen wurde.

Die Fußballweltmeisterschaft machte auch das Fernsehen bekannt. Das gab es schon seit Weihnachten 1952, zunächst mit nur einem Programm, aber nur wenige Leute konnten es sich leisten. 4.000 waren es zu diesem Zeitpunkt. Während der Fußballspiele füllten sich jedoch die Kneipen, in denen schon Fernsehapparate standen. Die Menschen starrten fasziniert auf das helle Rechteck in der Ecke, ohne oft mehr als Schatten auf hellen Flächen zu erkennen. Damals hieß es:

»Wenn man die Augen zumacht, ist Fernsehen fast so schön wie Radio«.

Auch vor den Schaufenstern von Radiogeschäften, in denen Fernsehprogramme über ausgestellte Geräte schwarz-weiß auf die Straße flimmerten, drängelten sich die Zuschauer über Stunden. Fußball und Fernsehen gingen zum ersten Mal eine Liaison ein.

Kurze Zeit danach, im Oktober, wurde im mittlerweile attraktiven 1. Programm die tägliche Tagesschau eingeführt. Im April 1955 zählte die ARD schon 100.000 Fernsehteilnehmer. In Bonn witzelte man mit Blick auf Adenauer:

»Von Zeit zu Zeit seh ich den Alten fern.«

Die Deutschen wirkten etwas müde in dieser Zeit, überall werkelten die Menschen am Wiederaufbau, hämmerten, sägten, klopften. Die Arbeitswoche dauerte noch fünfzig Stunden, schloß den Samstag mit ein, und Streik war fast unbekannt. Die Menschen verdienten wenig Geld für harte Arbeit, aber es war viel wert.

Abends in den Kneipen träumten die Gäste dann von angeblich guten alten Zeiten, versuchten die Katastrophe des Krieges zu verdrängen, schunkelten und sangen rheinische Lieder.

»Wer soll das bezahlen«, fragten die Kölner 1950 in einem Karnevalsschlager.

»Wer soll das bezahlen, wer hat das bestellt?
Wer hat soviel Pinkepinke, wer hat so viel Geld?«

Es blieb lange Zeit bundesweit eine der populärsten Schunkelweisen. Besserer Alkohol als selbstgebrannte Kartoffelschnäpse hoben inzwischen die Stimmung. Alkoholwitze gehörten auch dazu.

»Was hast du denn mit deiner Hand gemacht?« fragt die Frau ihren spät heimkehrenden Mann. Der lallt: »Als wir aus der Kneipe gingen, da hat mir doch so'n besoffener Idiot auf die Hand getreten!«

In den späten fünfziger Jahren, als sich der Wohlstand bei einigen Mitbürgern schon häuslich eingerichtet hatte, hörten wir folgende Geschichte:

Ein militanter Gegner von Alkohol und Nikotin versucht es mit einer Kampagne. Er hat sich vor einer Kneipe aufgebaut und fragt jeden, der herauskommt, wieviel Geld er an diesem Abend vertrunken und verraucht hat. Ein etwas beleibter Herr mit Zigarre erscheint leicht schwankend vor der Kneipentür.
»Darf ich Sie mal ansprechen?« fragt der Aktionist.
»Aber gern.«
»Sie haben den Abend in dieser Gaststätte zugebracht, wissen Sie, wieviel Geld Sie da vertrunken haben?«
Der Angesprochene denkt kaum nach: »Weiß ich nicht, aber getrunken habe ich 'ne ganze Menge, ein kleines Mühlrad könnt's schon treiben.«
»Und wissen Sie, wieviel Sie geraucht haben?«
Der Gefragte zieht an seiner Zigarre: »Weiß ich auch nicht!«

»Wenn Sie das ganze Geld gespart hätten, wäre das doch eine schöne Summe ...«
Der Zecher wird nachdenklich: »Das könnte schon sein.«
»Sehen Sie die Villa da oben am Berg?«
»Ja«, bestätigt der Zecher, »was ist damit?«
»Die könnte Ihnen gehören! Wenn Sie das Geld jeden Abend weggelegt hätten, statt zu trinken und zu rauchen.«
Da wird der Trinker fast nüchtern. Er fragt zurück: »Rauchen Sie?«
»Nein«, sagt der Alkoholgegner.
»Trinken Sie?«
»Nein.«
»Gehört Ihnen die Villa?«
»Nein.«
»Aber mir!«

Die Bürger der Bundesrepublik Deutschland gaben 1955 schon 131,-- Mark pro Kopf für Alkohol und 87,-- Mark für Zigaretten und Tabak aus. Die Bars wurden ein beliebter Handlungsort für Witze. Auch Tiere fanden dort ihre Theke.

Ein ziemlich kleingeratener Mann stellt sich an eine Kneipentheke und bestellt zwei Whisky. Einen trinkt er, den zweiten kippt er in seine Anzugtasche. So macht er das den ganzen Abend, immer zwei Whisky, einen, den er trinkt, und einen, den er in die Tasche kippt. Ziemlich betrunken lallt er schließlich nachts den Barkeeper an: »Noch zwei Whisky!«
Der lehnt ab: »Sie haben jetzt genug.«
»Zwei Whisky habe ich gesagt!«
Der Barkeeper schüttelt nur den Kopf.
Da baut sich der kleine Mann drohend vor ihm auf und poltert los: »Wenn ich nicht sofort meine zwei Whisky kriege, komme ich über die Theke und nehme Sie auseinander!«
In diesem Augenblick guckt eine kleine Maus aus der Jackentasche und ruft: »Und das gilt auch für Ihre Scheiß-Katze!«

Nach langer Abwesenheit kommt ein englischer Gentleman in seinen Club, trinkt zwei oder drei Whisky und bemerkt plötzlich am Fuß der Theke ein nur 30 cm großes Männchen in der Uniform eines englischen Kolonialoffiziers mit vielen Orden auf der Brust. Er fragt den Barkeeper, ob er träume.
Der kommt um die Theke herum und setzt den kleinen Kerl auf die Tischplatte neben die Gläser. »Bitte Colonel«, sagt er, »erzählen Sie doch noch einmal die Geschichte, wie Sie damals im Kongo zu dem Medizinmann ›Sie Hurensohn‹ gesagt haben!«

Getrunken wurden Bier, Korn, Weinbrand; teure Importe wie Kognak und Whisky erschienen den meisten noch unerschwinglich. Aber rauchen wollte fast jeder. Zigaretten waren in den Jahren zuvor eine Währung, ein Zahlungsmittel, geworden. Sie kosteten vor der Währungsreform zwischen sieben und fünfzehn Mark das Stück. Rauchen war ein Statussymbol, das sich jetzt fast jeder leisten konnte und wollte. Und in allen Filmen und Fernsehsendungen wurde ohnehin ganz selbstverständlich geraucht. Aschenbecher wandelten sich zu Möbelstücken, standen in Wohnzimmern auf Ständern, wurden wie Müllschlucker entworfen. Ein Druck oben auf den Knopf, schon war die Asche weggedreht. Und natürlich gab es jetzt Raucherwitze:

In einem Eisenbahnabteil sitzen sich ein Jesuit und ein Franziskaner gegenüber, sie beten beide ihr Brevier. Dabei zieht der Jesuit in aller Gemütsruhe ein Zigarettenetui aus der Tasche und zündet sich eine Zigarette an.
»Beim Beten darf man nicht rauchen«, protestiert der Franziskaner.
»Ich schon«, antwortet der Jesuit, »ich habe mir die Erlaubnis geben lassen.«
»Bekommt man die leicht?« fragt der Franziskaner interessiert.

»Aber ja, Sie brauchen bloß in Rom anzufragen.«
Nach einiger Zeit treffen sich die beiden wieder, und der Franziskaner sagt ärgerlich: »Sie haben mich ja damals ganz schön an der Nase herumgeführt, natürlich habe ich die Erlaubnis nicht bekommen.«
»Wie haben Sie denn Ihr Gesuch formuliert?« fragt der Jesuit.
»Ganz einfach«, erwidert der Franziskaner, »ich habe angefragt, ob ich beim Beten rauchen darf.«
»Zu einfach«, sagt der Jesuit lächelnd, »Sie hätten anfragen müssen, ob Sie beim Rauchen beten dürfen.«

Mitte der fünfziger Jahre steigerte sich die Reiselust der Westdeutschen erheblich. Zuerst fuhren sie ins vertraute Österreich, das mit Heimatfilmen und »Sissi«-Lichtspielen auch für die Touristik warb. Alle Filme waren verläßlich jugendfrei. Dann folgte Italien als heißbegehrtes Urlaubsziel. René Carol besang den ›Hafen von Adano‹.

›Zwei kleine Italiener‹ und immer noch die ›Caprifischer‹ tönten aus dem Radio, Vico Torriani wurde mit italienischen Liedern ein gefeierter Star. Auch Adenauer spielte Boccia in der italienischen Schweiz, in Cadenabbia; Italiener zogen als Gastarbeiter über die Alpen nach Deutschland; die ersten italienischen Restaurants stellten ihre Pizzaöfen auf.

Die Volkshochschulen begannen mit ihrer Bildungsarbeit. Einer, der davon profitiert hat, fragt einen Arbeitskollegen: »Weißt du eigentlich, wer Schiller ist?«
»Nein.«
»Das war einer der größten deutschen Dichter! Und weißt du, wer Storm ist?«
»Keine Ahnung.«
»Das war auch ein deutschen Dichter, der hat ganz tolle Geschichten über das Meer geschrieben!«
Da fragt der Arbeitskollege zurück: »Weißt du denn, wer Alvari ist?«

»Nein«, antwortet der Bildungsbeflissene, »aber das kriegen wir bestimmt noch auf der Volkshochschule!«
»Das glaube ich kaum«, versichert der Kollege, »das ist nämlich der italienische Gastarbeiter, der immer zu deiner Frau kommt, wenn du in der Volkshochschule bist.«

Die Lufthansa durfte 1955 wieder fliegen. Neue Witze reisten mit.

In Köln erzählte man die Geschichte vom Tünnes, der nach Mailand fährt und dort im Dom unter anderem auch beichten will. Er betrachtet die Beichtstühle, an denen jeweils steht, welche Sprache darin erwünscht ist. Tünnes kniet in einem dunklen Viereck nieder, über dem er das Wort »Deutsch« liest. Er beginnt: »Sinjore ...«
Der Priester unterbricht ihn: »Wenn Sie italienisch beichten wollen, müssen Sie in einen anderen Beichtstuhl gehen.«
Unbeirrt fährt Tünnes fort: »Sinjore ...«
Der Priester reagiert ärgerlich: »Ich sage Ihnen doch, wenn Sie italienisch beichten wollen, müssen Sie den Beichtstuhl wechseln!«
»Nun losse Se mich doch mal usrede«, kontert der Tünnes, »sin Johre her, daß ich dat letzte Mal gebicht han ...« (gebeichtet habe)

Mit der Reisewelle wurde der Witz internationaler. Schon die Besatzungstruppen hatten ja andere Witze weitergegeben. Neue Irrenwitze, die oft so irre gar nicht waren, reisten um die Welt. Zum Beispiel:

Zwei Männer bestaunen einen Regenbogen. Sagt der eine zum andern: »Guck dir das an! Dafür haben sie Geld. Aber uns studieren lassen ...«

Warum das nicht irre ist? Weil so bei uns bis heute fast jeder redet, der vom Staat Geld haben will.

Neben dem Eingang der Anstalt steht einer im Anzug unter der Dusche und hat den Schirm aufgespannt.
»Was machst du denn da?« fragt seine Mutter, die zu Besuch kommt.
Der Mann unter der Dusche antwortet: »Ich habe heute mein Handtuch vergessen, Mama.«

Der Insasse einer Anstalt sieht durch das Hofgitter auf die Straße. Dort fegt ein junger Mann Pferdeäpfel zusammen und legt sie dann in einen Korb.
»Was machen Sie da?«
»Mein Vater tut das auf den Rhabarber«, erklärt der Sammler.
»Dann kommen Sie doch besser zu uns, wir kriegen Vanille-Sauce auf unseren!«

Apropos Pferd. Es wurde damals auch ein Witz verbreitet, der die Redensart »Erzähl mir doch nichts vom Pferd« vulgär aufbereitete.

Eine Frau kommt zum Arzt und klagt: »Herr Doktor, ich brauche Ihre Hilfe!«
»Wieso?« fragt der, »Sie sehen doch ganz gesund aus.«
»Ja, aber gucken Sie mal genau hin: Ich sehe doch einem Pferd immer ähnlicher.«
Der Arzt betrachtet die Frau aufmerksam und sagt: »Wahrhaftig, Sie haben recht: diese buschigen Haare, die Ihnen in die Stirn fallen, die Lippen sind ganz wulstig, und auch Ihre Zähne sind so gelb und groß. Wie bei einem Pferd.«
»Deswegen bitte ich Sie ja um Hilfe. Was kann ich tun?«
Der Arzt schüttelt traurig den Kopf. »Das schaffe ich nicht, da versagt selbst meine ärztliche Kunst.«
»Können Sie denn gar nichts für mich tun?«
Der Arzt überlegt: »Es gibt eine Möglichkeit«, sagt er schließlich, »ich kann Ihnen ein Rezept schreiben, damit Sie auf die Straße scheißen dürfen.«

Der Witz zieht Geschmacksgrenzen immer etwas weiter, als es normale Gespräche erlauben. Wenn man das schlimme Wort jedoch mit drei Pünktchen schreiben würde, verlöre dieser Witz seine Pointe.

Der sogenannte skatologische Witz, der »Latrinenhumor«, geriet mit dem Aufblühen der Hygiene fast in Verruf. Nur unter Kindern ist alles, was mit Exkrementen zu tun hat, ein wichtiger Teil des Witz-Repertoires geblieben. Kinder kennen da keine Hemmungen. Auch wir müssen zugeben, daß wir uns während unserer Studentenzeit noch sehr über einen Witz amüsiert haben, der damals in deutschen Landen weitergereicht wurde und der »nicht von Pappe« war:

Bei einem privaten Fest tanzt einer der Gäste mit der Dame des Hauses. Er überrascht sie mit dem Satz: »Gnädige Frau riechen aber heute außerordentlich stark aus dem Mund ...«
Die Dame ist sehr verlegen, sucht nach einer Entschuldigung. »Wissen Sie«, sagt sie endlich, »ich war heute morgen beim Zahnarzt und habe mir eine neue Brücke machen lassen ...«
»O lala«, reagiert ihr Tanzpartner, »da haben der gnädigen Frau wohl jemand hinter den Pfeiler geschissen!«

Noch zum Umfeld der skurrilen Witze gehört diese harmlose Geschichte aus den fünfziger Jahren:

Ein Mann sitzt im Zug und packt sorgsam Obst aus: Äpfel, Bananen, Apfelsinen. Er schält sie, dann öffnet er das Fenster und schneidet alles in kleinen Stücken nach draußen. Ein Mitreisender fragt ihn verwundert: »Was machen Sie denn da?«
»Ich mache Obstsalat«, erwidert der Mann.
»Und warum werfen Sie das alles aus dem Fenster?«
»Ich mag keinen Obstsalat.«

Deutsche Jazz-Fans hörten bei AFN und BFN, den Soldatensendern, vor allem wegen der Musik zu: Duke Ellington, Benny Goodman, Louis Armstrong. Überall entstanden Amateurkapellen, Bands, die Dixieland spielten, amerikanische Importmusik. Sie konnte fast süchtig machen. Englische Musiker wie Chris Barber und Ken Colier bewiesen, daß man diese Improvisationen von den Baumwollfeldern der amerikanischen Südstaaten europäisieren konnte. Auch wenn die Hörer erst von »Inselmut« redeten, als sie nach Glenn Millers ›In the Mood‹ Boogie-Woogie und Jive tanzten.

Mit der Musik fand über alliierte Soldatensender auch der schwarze Humor aus England und den USA in Deutschland seine Freunde.

Im berüchtigten Zuchthaus »Singsing« findet einmal in der Woche ein Gesundheitstest statt. Die Häftlinge stehen vor ihren Zellen und werden vom vorbeigehenden Arzt kurz befragt.
»Temperatur?«
»Normal.«
»Schlaf?«
»Gut.«
»Stuhl?«
»Weich.«
Beim nächsten: »Temperatur?«
»Normal.«
»Schlaf?«
»Ich schlafe schwer ein.«
»Stuhl?«
»Hart und selten.«
Beim nächsten: »Temperatur?«
»Leicht erhöht.«
»Schlaf?«
»Unruhig.«
»Stuhl?«
»Elektrisch.«

Die Amerikaner im Land der unbegrenzten Möglichkeiten haben alles, können alles, wollen alles. Sie bringen Coca-Cola mit, Readers Digest und Lucky-Strike-Zigaretten, verbunden mit massiver Werbung. Dagegen wirkte der einheimische Werbespruch: »Aus gutem Grund ist Juno rund« etwas hausbacken. Der deutsche Witz muß nun auch die Amerikaner kleiner machen.

Ein Gast aus Amerika erzählt, daß er fünf Tage brauche, wenn er seine Farm einmal mit dem Auto umfahren wolle. Da sagt sein deutscher Gesprächspartner: »So einen schlechten Wagen hatte ich auch mal.«

Auf einer großen amerikanischen Hühnerfarm ärgert sich der Besitzer immer wieder, daß seine Hähne nichts taugen. Eines Tages kauft er bei einer Versteigerung einen angeblichen Superhahn für viel Geld.
»Jetzt bin ich aber mal gespannt«, sagt er, als er den Hahn im ersten Gehege losläßt. Und dann staunt er nur noch. Der Hahn besteigt in Windeseile alle Hühner, fliegt über den Zaun in das nächste Gehege, macht dort munter weiter, fliegt ins dritte Gehege und tut auch da im Handumdrehen seine Pflicht.
»Tausende von Hühnern in einem Lauf«, jubelt der Farmer. Der Hahn aber sieht sich suchend um, fliegt über den hohen Zaun und läuft stracks in die Wüste.
»Verdammt«, flucht der Farmer, »jetzt habe ich endlich mal einen wirklich tollen Hahn, und nun ist er verrückt geworden.« Er steigt auf sein Pferd und reitet hinter dem Hahn her. Nach einer Meile findet er ihn wie tot auf der Erde liegend. Mißmutig will er ihn aufheben, da macht der Hahn ein Auge auf und krächzt leise: »Hau ab, du vertreibst mir die Geier!«

Die Begeisterung der Amerikaner, mit Mario Lanza endlich auch einen Tenor von Weltruf im Lande anbieten zu können, löste eine Flut von Tenorwitzen aus. Wie so oft geht der Ansatz von dem Vorurteil aus, Tenöre seien blöd. Das ist immer so bei Gruppenwitzen, ob es nun um Blondinen, Mantafahrer oder Ostfriesen geht. Aber die Tenorwitze kursierten in kleineren, meist intellektuellen Kreisen.

Ein Tenor zählt bei einer Stellprobe singend. »Eins, zwei, drei, vier, sechs, sieben ...« Der Regisseur unterbricht. »Sie haben die Fünf ausgelassen.«
Der Tenor singt von vorn:
»Eins, zwei, drei, vier, sechs, sieben ...«
Erneut unterbricht der Regisseur: »Es fehlt wieder die Fünf!« Da blickt der Tenor vorwurfsvoll in die Runde und beschwert sich: »Es souffliert ja auch keiner!«

Ein Tenor fährt mit dem Schiff zu einem Gastspiel nach Amerika. Am ersten Morgen während der Überfahrt steht er spät auf, tritt an die Reeling, sieht bedeutungsvoll in den Nebel ringsum und ruft pathetisch: »Was, weiter sind wir noch nicht?«

Musik hat den Volksmund immer zu Witzen über Banausen inspiriert, nicht nur über Tenöre:

Ein berühmtes Streichquartett gastiert in einer Kleinstadt. Der Bürgermeister hält nach dem Konzert eine Dankesrede. »Sie haben am Beifall und am Zuspruch gemerkt, wie sehr Sie gefallen haben«, lobt er, »und so hoffe ich denn, daß Sie mit den Einnahmen des heutigen Abends Ihr kleines Orchester noch etwas vergrößern können!«

Wo es noch Konzertsäle gab oder wo sie – notdürftig repariert – wieder in Betrieb genommen wurden, drängte sich Anfang der fünfziger Jahre das Publikum. Als wollten die Deutschen sagen: Wenn wir auch sonst nichts mehr besitzen, Kultur haben wir immer noch! Es beschwerte sich auch niemand, daß in den zerstörten Städten zu den ersten Neubauten wieder Theater gehörten. Gustaf Gründgens hatte 1948 in Düsseldorf Sartres ›Fliegen‹ inszeniert. Karten dafür wurden wie Glückslose gehandelt.

Manche Besucher verstanden die Stücke nicht. Da mußten dann wieder Tünnes und Schäl herhalten:

Die beiden Freunde gehen ins Theater, setzen sich auf ihre Plätze. Kurz bevor sich der Vorhang hebt, sagt der Schäl: »Du, ich muß noch mal schnell verschwinden.«
Er geht hinaus, findet keine Toilette, öffnet in seiner Not zwei, drei Türen und kommt in einen großen, dunklen Raum, in dem ein Tisch mit einer Blumenvase steht. Kurz entschlossen verrichtet er dort sein Geschäft. Erleichtert macht er sich auf den Weg zurück. Im Saal ist es dunkel, er drängt sich durch die Reihe, nimmt seinen Platz ein und fragt den Tünnes: »Is' schon wat passiert?«
»Nicht viel«, antwortet der, »aber typisch Sartre: Kommt einer auf die Bühne, pinkelt in die Vase und haut wieder ab.«

Herbert von Karajan stieg 1955 zum Chef der Berliner Philharmoniker auf. Sein Lebensstil, seine Arroganz, seine Neigung zu schönen Frauen und teuren Autos führte bei seinen Anhängern zu einer merkwürdigen Mischung aus Begeisterung und Irritation.

Karajan leitet auch die Salzburger Festspiele und ist in Österreich angeblich häufiger Gast im Wiener Hotel »Sacher«. Als er eines Abends spät und überraschend ankommt, trifft er auf einen neuen Nachtportier. »Ich hätte gern meine Suite«, sagt der Dirigent.
Der Portier hebt bedauernd die Schultern: »Wir sind leider total ausgebucht.«
Der prominente Gast ärgert sich: »Hören Sie, ich bin Her-

bert von Karajan, ich wohne immer hier, und ich bekomme wie immer meine Suite!«
Der Portier lehnt sich zurück. »Das freut mich für Sie, wenn Sie dauernd Glück gehabt haben, aber ich sage ja, wir sind heute total ausgebucht.«
Der Gast hebt die Stimme: »Jetzt passen Sie mal auf, vielleicht haben Sie nicht zugehört. Ich bin Herbert von Karajan, falls Sie das nicht wissen sollten, und ich möchte jetzt meine Suite!«
Der Portier bedauert: »Ich habe trotzdem nichts frei.«
Der Dirigent wird zornig: »Verstehen Sie schlecht? Ich bin Herbert von Karajan!«
Der Portier windet sich: »Das mag ja sein, aber selbst wenn Sie der Willy Millowitsch wären – ich hätte kein Zimmer für Sie!«

Es ist anzunehmen, daß dieser als Anekdote getarnte Witz irgendwann mit anderen passenden Namen wieder auftauchen wird.

Wie dieses Beispiel zünden viele Witze wie eine Rakete in drei Stufen. Die ersten beiden dienen nur dem Start, sie transportieren ihn ein Stück. Die dritte Stufe befördert ihn in die Umlaufbahn des Weitererzählens und entfaltet dann die Pointe. Nach diesem Modell wurden auch die meisten Tierwitze gebaut, die zu jeder Zeit beliebt blieben. Ihre Erfinder ließen sich möglicherweise davon anregen, daß in Adenauers Kabinetten so viele Tiernamen vorkamen: Strauß, Storch, Meerkatz, Würmeling.

Ein Zebra kommt in die Zivilisation und fragt ein Schaf: »Wer bist du denn?«
»Ich bin ein Schaf und gebe Wolle, damit die Menschen etwas anzuziehen haben.«
Es fragt eine Ziege: »Und wer bist du?«
»Ich bin eine Ziege, ich meckere manchmal ein bißchen, gebe aber vor allem Milch und Käse, damit die Menschen etwas zu essen haben.«

»Und wer bist du, Großer?« fragt das Zebra einen Bullen. Der betrachtet das fremde Tier etwas hochmütig und antwortet: »Wenn du deinen Schlafanzug ausziehst, zeige ich dir, wer ich bin!«

Ähnlich konstruiert ist ein Witz, der mimische Beweglichkeit erfordert, wenn man ihn erzählt.

Ein Breitmaulfrosch fragt alle Tiere, die er trifft, was sie tun. Der Erzähler ahmt es breitmundig nach. »Wer bist du denn mit deinem dicken Pelz?«
»Ich bin ein Schaf und spende Wolle.«
»Aha«, sagt der Frosch und kommt zu einer Kuh, die er breitmäulig fragt: »Und du, Dicke, mit deinem Gehänge?«
»Ich bin eine Kuh und gebe Milch.«
»Toll«, staunt der Breitmaulfrosch und sieht sich einem Tier mit weißem Körper und einem großen roten Schnabel gegenüber. »Und wer bist du?« fragt er zögerlich.
»Ich bin ein Storch, und ich warte auf Breitmaulfrösche, die ich fressen kann.«
»Och«, sagt der Frosch ganz spitzmundig: »Die gibt es hier, glaube ich, gar nicht!«

Mit der Technik der »Verschiebung«, dem Abweichen vom logischen Gedankengang, arbeitet das folgende Beispiel:

Ein Mann findet eines Morgens in seinem Garten einen Pinguin, der da etwas verloren herumsteht. Er streichelt ihn, füttert ihn mit zwei Heringen, die er noch im Kühlschrank hat. Er überlegt, was er mit dem Tier machen soll. Schließlich geht er zu einer Polizeiwache. Der Pinguin watschelt neben ihm her. Den Polizisten erzählt der Mann, wie er das Tier gefunden hat, er fragt: »Was soll ich denn jetzt mit ihm machen?«
Die Beamten sind zunächst ratlos, bis einem einfällt: »Gehen Sie doch damit zum Zoo!«

»Das ist eine gute Idee«, sagt der Mann und verläßt mit dem Tier die Wache.
Drei Tage später sieht einer der Polizisten den Mann mit dem Pinguin lesend an einer Litfaßsäule. Er geht zu ihm und sagt verwundert: »Sie haben den Pinguin ja immer noch.«
Der Mann hebt resigniert die Hände: »Was soll ich denn machen?«
»Wir haben Ihnen doch geraten, Sie sollen zum Zoo gehen.«
»Ach«, erwidert der Mann, »im Zoo waren wir inzwischen dreimal, heute wollen wir mal ins Kino!«

Witz hält immer dagegen. In Zeiten der Prüderie öffnet er Perspektiven, hat auch da Ventilfunktion. Darum blieb Sex immer ein zeitloses Thema, in allen Variationen, harmlos oft, aber dann auch unwitzig direkt. Bei den Filmfestspielen in Berlin bestaunten die Gäste Gina Lollobrigida und Sophia Loren. Man redete vom »Treffen der großen Vier«.

Gina Lollobrigidas Busen in ›Fanfan der Husar‹ kam 1952 zu legendärem Ruhm. Die Amerikaner brüsteten sich mit Jane Mansfield und Marylin Monroe. Ganz ausgezogen durften sich Frauen ungestraft nicht zeigen. Als Hildegard Knef in dem Willy-Forst-Film ›Die Sünderin‹ (1951) einem Maler Modell stand und man im Hintergrund der Szene für einen flüchtigen Augenblick den Ansatz ihres Busens sehen konnte, kam es zum Skandal.

Das Unterrichtsfach Sexualkunde popularisierte das Thema ungemein.

In der Schule soll ein Aufsatz über das Thema »Hektik« geschrieben werden. Ein Schüler gibt ein Blatt Papier ab, auf dem nur Zahlen stehen: »1, 2, 3, 17, 18, 19, 20, 21, 22« und eine »31«.
»Was soll denn das«, fragt die Lehrerin, »was hat das mit Hektik zu tun?«

»Viel«, antwortet der Schüler und zeigt auf die ersten Zahlen: »Ich habe eins, zwei, drei Schwestern, 17, 18 und 19 Jahre alt. Die erste kriegt am 20. ihre Tage, die zweite am 21. und die dritte am 22. Heute ist der 31., und noch nichts ist passiert. Was glauben Sie, was da für eine Hektik ist!«

Nach Norwegen verlagert wird die Geschichte von den beiden Soldaten einer Sondereinheit, die den Auftrag erhalten, vier Wochen auf Skiern durch eine Eismeerlandschaft zu wandern. Sie sollen sich anhand der Karte zurechtfinden, vergrabene Lebensmitteldepots suchen, sich tageweise aber auch nur von Baumrinde und geschmolzenem Schnee ernähren.

Als sie die Strapazen hinter sich gebracht haben und nach vier Wochen auf dem Rückmarsch die Silhouette ihrer Garnisonstadt vor sich sehen, stöhnt der eine: »Gott sei Dank, heute abend sind wir zu Hause, Mensch, ist das ein Glück! Als erstes werde ich mir eine Pfanne mit Bratkartoffeln und Spiegeleiern braten. Und du, was ist das erste, was du machst, wenn du zu Hause bist?«
»Dumme Frage! Du weißt doch, ich bin jung verheiratet«, antwortet sein Leidensgefährte.
»Nun gut«, meint der erste, »und das zweite? Was machst du als zweites?«
»Das kann ich dir genau sagen: Nichts wie runter mit den Skiern!«

Die Großen kleiner zu machen, darum bemühten sich sogar Witze der frivolen Sorte.

Ein Amerikaner, ein Engländer und ein Schweizer sitzen zusammen und prahlen mit nationalen Errungenschaften. Der Angehörige der englischen Seefahrernation rühmt: »Wir bauen jetzt ein Unterseeboot, das kann ein Jahr unter Wasser bleiben, fährt völlig lautlos und vermag die Geschwindigkeit eines Jagdflugzeugs zu erreichen.«

»Und wir«, setzt der Amerikaner dagegen, »bauen jetzt einen Wolkenkratzer in Chicago, 450 Meter hoch und nur aus Glas, kein Stahl, kein Beton, ausschließlich Glas!«
Der Schweizer reckt sich und versichert nach einigem Nachdenken: »So etwas Gewaltiges haben wir natürlich nicht zu bieten. Aber bei uns am Vierwaldstätter See, da lebt ein Knecht, wenn der einen guten Tag hat, können bei dem acht Raben nebeneinander darauf sitzen!«
Nach einer Zeit des ruhigen Trinkens setzt der Engländer wieder an: »Also, wenn ich mal ganz ehrlich bin, habe ich natürlich etwas übertrieben. Unser neues U-Boot ist zwar schneller als die alten, aber vom Flugzeug noch weit entfernt. Und ein Jahr lang kann es auch nicht unter Wasser bleiben.«
Da besinnt sich auch der Amerikaner, geht in sich und räumt ein: »Also, unser Wolkenkratzer sieht wirklich so aus, als bestünde er nur aus Glas. Aber natürlich wird er mit Stahl verstärkt, und ganz so hoch ist er auch nicht.«
Beide sehen erwartungsvoll den Schweizer an. Der zieht bedächtig an seiner Pfeife und beginnt: »Also, wenn ich ganz ehrlich sein soll: Der achte Rabe sitzt nicht ganz kommod.«

Der Kinsey-Report über das sexuelle Verhalten der Frau erschien 1953, er wurde Antriebswelle für neue Witze. Kinsey war ein Verhaltensforscher aus Indiana, der 20.000 Amerikanerinnen nach ihrer Intimsphäre befragen ließ. Mit den Männern hatte er das schon 1948 versucht. Damals hatten die Deutschen aber noch andere Sorgen. Auch wenn Sexualität im Witz zu jeder Zeit ein Thema war. In Köln erzählte man seinerzeit den kürzesten Witz überhaupt:

Der Tünnes sagt zum Schäl: »Schäl, ich glaube, deine Frau betrügt uns!«

Und von Hamburg aus nahm folgender Scherz seinen Lauf:

Ein Matrose geht nach langer Seefahrt in ein Bordell. Nachdem er sich ausgezogen hat, entdeckt das Mädchen seiner Wahl auf dem Penis ihres Kunden eine tätowierte Inschrift. »Was heißt das«, fragt es erstaunt, »Rumbalotte?« Der Seemann nimmt ihre Hand. »Wenn du mir ein bißchen hilfst, kannst du es genauer lesen. Es heißt »Ruhm und Ehre der baltischen Ostseeflotte!«

Wiederum in einer Hotelbar unterhalten sich vier Barhocker über einen alten Herrn, der im Hotel wohnt und noch große Erfolge bei den Damen haben soll. Die einen zweifeln, andere glauben fest daran.

»Ich werde ihn darauf ansprechen, wenn er gleich kommt«, entscheidet der Barkeeper.
Kurz darauf erscheint der alte Herr und bestellt einen Kognak. »Ganz unter uns, Chef«, beginnt der Barkeeper, »über Ihre Erlebnisse mit Frauen werden ja die fabelhaftesten Dinge erzählt. Jetzt mal Hand aufs Herz: Wann haben Sie denn zum letzten Mal etwas mit einer Frau gehabt?«
Der alte Herr überlegt kurz und antwortet: »So neunzehnfünfundvierzig.«
»Mein lieber Mann«, grinst der Barkeeper mitleidig, »das ist ja eine Ewigkeit her!«
»Wieso«, fragt der alte Herr, »wir haben doch erst zwanzigfünfzehn.«

Bei einem Ärztekongreß verabschieden sich die Teilnehmer. Der Augenarzt ruft: »Auf Wiedersehen«, der Ohrenarzt: »Auf Wiederhören!«
Der Badearzt wünscht »bleib sauber«, und der Chirurg »Hals- und Beinbruch.«
Der Urologe sagt: »Tschüss, ich verpiß mich«, und der Gynäkologe: »Ich schau mal wieder rein.«

Die Wohnungsnot nahm in den fünfziger Jahren nur langsam ab. Auch das war ein Tatbestand, über den gewitzelt wurde.

Ein Mann erzählt, daß er sich eine Ziege gekauft habe, er wolle das Geld für die tägliche Milch sparen.
»Aber du hast doch gar keinen Stall«, wendet ein Kollege ein. »Ich bringe sie erst einmal im Schlafzimmer unter«, erklärt der Ziegenbesitzer.
»Aber denk doch an den Gestank«, sagt der Kollege.
»Ach«, erwidert der Mann, »daran muß sich die Ziege gewöhnen!«

Aus den Schutthalden in den Städten wurden im Laufe der Zeit geordnete Trümmerbeete zwischen den vielen zunächst eingeschossigen Neubauten. Die Westdeutschen ließen sich einen neuen Wohlstand gefallen, der aber Fernsehen und Autos zunächst noch nicht einschloß. Sie schätzten es, »unpolitisch« und privat zu sein. In Dortmund wurde am 2. Februar 1952 das damals größte Veranstaltungszentrum Europas eingeweiht, die Westfalenhalle.

Die Älteren träumten von der guten alten Zeit, oder was sie dafür hielten. Sie fanden sie in den Abziehbildern der Monarchien, in Filmen mit Fürsten, Kaisern und anderen Edelleuten. Die Reportagen der Regenbogenpresse über die Krönung der englischen Königin 1952, die Hochzeit Gracia Patricias in Monaco oder die gefährdete Liebe zwischen Soraya und dem Schah von Persien wurden verschlungen.

Der Publizist Ernst Friedländer schrieb über die fünfziger Jahre in der Zeitschrift ›Magnum‹: »Der stärkste politische Consensus geht heute dahin, sich für Politik möglichst wenig zu interessieren. Die Flucht ins Privatleben, die nach dem Exzeß der Hitlerjahre verständlich sein mochte, ist bis auf weiteres zu einer lieben Gewohnheit geworden.«

Der Wiederaufbau in Deutschland, der nicht unbedingt Neuaufbau war, paßte sich der Sehnsucht der Deutschen nach Konservativem an. Sie wollten am liebsten alles wieder so haben, wie es früher war. Wobei unbestimmt blieb, was mit »früher« gemeint war. Die Architektur der neuen Sachlichkeit wirkte ja auch ziemlich öde, Phantasie ging ihr nicht voraus. Der Witz suchte sich seine Opfer im Umfeld.

Ein Maurerpolier kommt zum Unternehmer und sagt: »Chef, wir müssen dem alten Bernsmann unbedingt mehr Geld geben, sonst haut der womöglich hier ab. Der arbeitet mit einem Tempo, das können Sie sich gar nicht vorstellen. Er ist ein richtiges Vorbild für alle anderen, aber er verdient zuwenig.«
»Gut«, sagt der Chef, »das sehe ich mir an.« Er stellt sich hinter ein Baugerüst und beobachtet den alten Bernsmann bei der Arbeit.
Der kommt im Laufschritt über einen Brettersteg, bekleidet mit einem Kittel und einer Skimütze. Seine Schubkarre ist vollbeladen mit Ziegelsteinen. Er hastet damit zum Baugerüst, kippt die Karre um und rennt mit ihr wieder zurück.
»Donnerwetter«, staunt der Chef, »ich habe auf die Uhr gesehen, das ist ein Schnitt von 2,5 Minuten, die anderen brauchen runde vier.« Er beobachtet seinen Akkordarbeiter noch eine Weile, und als dessen Tempo nicht nachläßt, stellt er sich ihm schließlich in den Weg.
»Herr Bernsmann«, sagt der Chef, »eine Sekunde bitte! Ich habe Ihnen bei der Arbeit zugesehen und muß sagen, das ist ganz fabelhaft. Wenn Sie so weitermachen, werde ich Ihren Lohn um 50 Pfennig die Stunde erhöhen.«
Der alte Bernsmann blickt den Unternehmer mißmutig an und sagt: »So, dafür habt Ihr Geld! Aber mir 'ne größere Schubkarre kaufen, dafür reicht's nicht, was?«

Das ist eine Art Gegenstück zu den Hennecke-Witzen in der DDR, die dort schon Ende der vierziger Jahre populär wurden. Adolf Hennecke wurde als »Held der Arbeit« gefeiert und sollte den Kollegen als leuchtendes Vorbild dienen. Die Spottdrossel aus der Ostzone sang:

Eine Henne begeht Selbstmord. Sie hinterläßt einen Abschiedsbrief, in dem steht: »Ich habe mich erhängt, weil ich mein Eiersoll nicht erfüllen konnte.«

Wenn man in totalitären Staaten Humor finden will, dann bei den Unterdrückten. Die Unterdrücker besitzen im Regelfall keinen. Pathos ist das Gegenteil von Humor. Der Sozialismus im »Arbeiter- und Bauernstaat« produzierte unfreiwillige Witze. Zum Beispiel den Arbeiter, der ohne Geld mehr und länger schuftet. Auch der Held der Arbeit kam natürlich aus der Sowjetunion. Die Schweizer ›Tat‹ ulkte am 12. Juli 1959:

»Unter den vielen Telegrammen, die im Kreml eintreffen und in denen versprochen wird, die Ziele des Siebenjahresplans schon in sechseinhalb, in sechs, in fünf Jahren, ja in vier Jahren zu erreichen, befand sich auch ein Telegramm aus dem Gefängnis von Orel. Darin versprachen die Unterzeichner – alles Leute, die kürzlich zu fünfzehn Jahren Gefängnis verurteilt worden waren –, ihre Strafen bereits in sieben Jahren abzusitzen.«

Obwohl alle Grenzen zu der Zeit noch sorgfältig kontrolliert wurden, stellte die Grenze durch Deutschland etwas Besonderes dar: eine Trennung der Welt. Hier standen sich die ehemaligen Verbündeten als kaum getarnte Feinde am »Eisernen Vorhang« gegenüber. Der dritte Weltkrieg auf deutschem Boden drohte. Er schien 1950 schon nahe zu sein, als General Mac Arthur im Koreakrieg China angreifen wollte.

Der politische Witz war die einzige Munition, mit der die Unzufriedenen in der DDR das Regime angreifen konnten.

Gute politische Witze gab es darum fast nur in der DDR. Wer aus dem Westen kam und erzählen wollte, worüber in Köln oder München gelacht wurde, fand in Leipzig und anderswo kaum eine Resonanz. Witze ohne politischen Hintergrund wurden selten verstanden. Es war ja auch alles politisch, Privates ging darin auf, wurde mit verplant. Selbst der Film des »Weltfriedenspreisträgers« Chaplin, ›Der große Diktator‹, durfte in der DDR nicht aufgeführt werden. Die Machthaber fühlten sich getroffen.

Obwohl die Kommunisten auch als Partei im Bundestag saßen, fand der Sozialismus kommunistischer Prägung in der Bundesrepublik kaum ein Echo. Der Schweizer Journalist Fritz René Alleman schrieb 1953: »Damals fielen zwei Ereignisse zusammen, die ihm jede Chance versperrten: die Berliner Blockade und die Währungsreform. Die Blockade war der erste groß angelegte Angriff des Ostens auf die westlichen Positionen in Deutschland, der im deutschen Volk das Bewußtsein der Schicksalsgemeinschaft mit den Westmächten wachrufen mußte. Und die wirtschaftliche Konsolidierung durch die Währungsreform trug das ihre dazu bei, die Energien des deutschen Volkes endgültig von hochgespannten politischen Reformhoffnungen wie von geistigen Abenteuern jeder Art abzulenken und sie in die Aufgaben des ökonomischen Aufbaus hineinzuleiten.«

Klaus Harpprecht urteilte zum Ende der fünfziger Jahre in ›Christ und Welt‹: »Deutschland darf auch einmal langweilig werden. Sein Maß an Aufregungen hat es in diesem Jahrhundert erfüllt.«

Die DDR hatte Fünfjahrespläne für ihre Wirtschaft eingeführt, der erste lief von 1951 bis 1955. Im Mai 1958 wurden endlich die Lebensmittelkarten abgeschafft, die im Westen bereits seit 1950 nicht mehr existierten. Es folgte aber eine schwere Versorgungskrise im ganzen Ostblock.

Ein Vers machte nach dem ersten »Sputnik« 1957 die Runde:

»Keine Butter, keine Sahne, doch auf dem Mond die rote Fahne!«

Die DDR-Bürger sagten:

»Die russischen Weltraumpiloten sind wirklich Idioten. Sie fliegen um die Erde und landen ausgerechnet wieder in der Sowjetunion!«

Mangelwitze erreichten in der DDR ein beachtliches Format.

Zu einem Metzger kommt ein Mann und sagt: »Können Sie mir helfen? Meine Tochter heiratet in sechs Wochen, und da möchte ich den Gästen doch ein schönes Essen anbieten.«
»Woran hatten Sie denn gedacht?«
»An ein schönes Rinderfilet vielleicht.«
Der Metzger bedauert: »Rinderfilet wäre natürlich eine delikate Sache, aber da ist auch mit sechs Wochen Vorlauf nicht dranzukommen. Das geht alles für internationale Besucher und für Exporte weg.«
Der Mann überlegt: »Dann vielleicht ein Kalbsnierenbraten?«
»Kalbsnierenbraten ist etwas Feines«, bestätigt der Metzger, »aber so was habe ich selber schon lange nicht mehr gesehen.«
Der Mann denkt nach: »Wie wäre es denn mit Rouladen?«
»Rouladen wären hervorragend«, antwortet der Metzger, »die könnte ich mir auch lecker vorstellen. Mit Gurkenstückchen, Zwiebeln und durchwachsenem Speck als Füllung. Aber die bekomme ich leider auch nicht, auf keinen Fall in den nächsten sechs Wochen!«
Der Kunde sagt: »Und wie ist es mit Gulasch? Richtig saftiges, gut gewürztes Gulasch!«
»Mit viel Sauce«, bestätigt der Metzger, »ich versteh' schon, was Sie meinen. Aber Gulasch ist nicht zu haben.«
»Oder einen Kalbsbraten?«
Der Metzger schüttelt den Kopf: »Kälber werden gar nicht mehr geschlachtet. Die haben noch nicht genug Fleisch, das vergessen Sie mal.«
Der Kunde hebt resignierend die Schultern und läßt sie wieder fallen. »Dann nehme ich eben einen einfachen Schweinebraten.«
»Nicht einmal den kann ich Ihnen versprechen«, sagt der Metzger bedauernd, »da müßten wir schon sehr viel Glück haben.«

Als der Mann den Laden traurig verlassen hat, sagt die Metzgersfrau: »Ist das nicht schlimm? Da will einer seiner Tochter so rührend eine schöne Hochzeit ausrichten, und wir können ihm nicht dabei helfen. Findest du das nicht auch jammerschade?«
»Ja, natürlich«, bestätigt der Metzger, »aber sag mal: hast du das mitgekriegt? Ein Gedächtnis hat der Mann!«

Ein Witz, der in allen Diktaturen erzählt wurde, hatte in der DDR folgenden Wortlaut:

Einem Mann ist der Papagei entflogen. Der Besitzer läuft sofort zur Stasi und versichert: »Ich möchte Ihnen nur mitteilen, daß ich die politischen Ansichten meines Papageis nicht teile.«

Papageien dürfen ungestraft das aussprechen, was der Erzähler eigentlich sagen möchte. Auch wir im Westen haben über einen Stasi-Witz gelacht:

In der Straßenbahn liest ein Musiker eine Partitur. Ein Stasi-Mann hält das Notenblatt für Geheimschrift und nimmt den Musiker unter Spionageverdacht fest. Der Festgenommene versucht immer wieder zu erklären, das sei doch nur eine Fuge von Bach.
Am nächsten Tag wird der Musiker einem höheren Beamten vorgeführt. Der schreit ihn an: »Also jetzt endlich raus mit der Sprache, Bach hat schon gestanden!«

Im Westen erfand damals jemand des deutschen Michel Nachtgebet: Und bitte, lieber Gott, laß mich nicht zu groß werden!

Es gab auch andere witzige Erfindungen, die aber ganz ernstgenommen wurden. Der Proporz zum Beispiel. Proporz fordert eine spezielle Gerechtigkeit zwischen rechts und links, so daß Positionen immer ausgeglichen besetzt werden müssen. Ist der

Chef bei der CDU, muß der Stellvertreter von der SPD kommen. Bundesgerichte und Rundfunkanstalten z. B. ordneten ihre Mitglieder streng nach dem Strickmuster: Zwei links, zwei rechts. Die Regierung wurde auch nach Religionszugehörigkeit besetzt, Katholiken und Protestanten mußten »ausgewogen« darin vertreten sein.

Die katholische Kirche verurteilte in jenen Tagen noch die sogenannte »Mischehe«. So nannte man es, wenn bei der Trauung nicht beide Teile katholisch waren. Daß ein unterschiedliches Gebetbuch damals einer Ehe im Wege stand und bis zur Einschulung der Kinder in eine Konfessionsschule Schwierigkeiten bereitete, ist heute kaum noch vorstellbar.

In den Geschichtsbüchern über diese Zeit wird zu lesen sein, daß Stalin 1952 die Wiedervereinigung Deutschlands angeboten hat. Er tat es aber zu Bedingungen, die dem Westen unannehmbar erschienen, weil sie jede echte Souveränität ausschlossen. Trotzdem waren viele Deutsche der Meinung, man hätte darüber verhandeln müssen. Aber die deutsche Einheit war in diesen Jahren kein Thema, das den Bürgern im Westen besonders zu schaffen machte. Sie spürten, daß es wieder aufwärtsging, und das wollten sie erst einmal sichern und genießen. Ohne die Nachbarn im Osten.

Der Schriftsteller Ernst Krenek schrieb dazu in der Zeitschrift ›Magnum‹: »Wir, die wir Deutschland zwischen 1932 und 1950 nicht betreten hatten, fanden bei unserem ersten Nachkriegsbesuch seine Bewohner wesentlich verändert, und zwar sehr zu ihrem Vorteil. Aus der Zeit der Weimarer Republik ist uns als dominierende Stimmung eine Mischung von Angst, Mißtrauen, Unsicherheit, Gereiztheit, Arroganz und Angriffslust in Erinnerung. Das war zu Beginn der fünfziger Jahre ganz anders. Inmitten ihrer grausigen Verwüstung waren die Deutschen höflich und freundlich und von im allgemeinen erstaunlich guter Laune.«

Den alten Politik-Profi Konrad Adenauer beschäftigte jedoch die Frage sehr, wieviel Vertrauen man zu diesen Deutschen haben dürfe. Er wollte die Bundesrepublik zwar »wiederbewaffnen«, eine deutsche Armee aufbauen, aber doch so eingebunden in internationale Verträge, daß sie kein Unheil anrichten könne. Als der Plan einer »EVG«, einer Europäischen Verteidigungsgemeinschaft, im französischen Parlament scheiterte, hielt er das für eine Katastrophe.

An unseren Universitäten wurde der Seufzer eines österreichischen k.u.k.-Feldmarschalls aktualisiert:

»So eine schöne Armee haben wir gehabt – die bunten Uniformen, die Musik, die blitzenden Waffen und die Kavallerie – welch eine Augenweide! Es war die schönste Armee der Welt! Und was hat man mit ihr gemacht? In den Krieg hat man sie geschickt!«

Adenauer setzte dann auf Europa, die EWG, die europäische Wirtschaftsgemeinschaft, und die NATO, der die Bundesrepublik im Oktober 1954 beitrat. Patriotische Töne kamen zu dieser Zeit eher von der SPD, von ihrem Vorsitzenden Kurt Schumacher, der Adenauer Ende 1949 einmal als »Kanzler der Alliierten« beschimpfte. Die SPD billigte Adenauers totale Hinwendung zum Westen nicht, sie wollte auch im Osten politisch aktiv werden. Solange Stalin lebte, konnte sie damit nicht viel Resonanz in der Bevölkerung finden. Aber auch Stalins Tod 1953 veränderte noch nicht die politische Lage. Im Witz der DDR wurde die Situation im Ostblock so aufgearbeitet:

Ein Anwalt wird zu fünfzehn Jahren Gefängnis verurteilt. Er hat den Generalsekretär Ulbricht einen Idioten genannt. Nach dem Urteil beruft sich der Anwalt auf das Strafgesetzbuch, das für solche Vergehen nur eine Gefängnisstrafe von zwei bis drei Monaten vorsieht. Daraufhin erklärt der Richter: »Wir haben Sie nicht verurteilt, weil Sie den Genossen Ulbricht beleidigt haben, sondern weil Sie ein Staatsgeheimnis verraten haben.«

Während 16.000 Flüchtlinge die DDR im August 1956 verließen (drei Jahre nach dem Juni-Aufstand 1953), lachte man im Westen immer noch über die ersten Neureichen:

Ein Studienrat sieht am Straßenrand einen Mann aus einem dicken Mercedes steigen, erkennt einen früheren Schüler und staunt: »Mensch, Meier, Ihnen scheint es ja gutzugehen, was machen Sie denn jetzt?«
»Ich bin Geschäftsmann geworden, Herr Studienrat.«
»Geschäftsmann«, wiederholt der Pädagoge zweifelnd, »das hat doch mit Rechnen zu tun, und in Mathematik, wenn ich das so sagen darf, waren Sie ja nicht gerade eine Leuchte.«
Meier nickt. »Aber in meinem Geschäft ist das ganz einfach. Wissen Sie, ich kaufe Kisten, das Stück für eine Mark, und verkaufen tue ich sie das Stück für drei Mark, und von den zwei Prozent, da lebe ich!«

Umfragen und Zählungen kamen in Mode. Gallup in den USA kannte jeder. Allensbach in Deutschland mit Frau Nölle-Neumann, die man dann die »Bodenseherin« nannte, führte die Gallup-Methode in der Bundesrepublik ein. Statistiken lieferten Stoff für Witze.

Drei Jäger gehen in den Wald. Der erste hat das Gewehr. Der zweite hat den Rucksack. Was hat der dritte? Der dritte hat Karies. Jeder dritte in Deutschland hat Karies.

Eine Million Volkswagen waren nach dem Kriege bis 1955 produziert worden. Das Auto wuchs zu einem Symbol des Aufstiegs.

Wer sich noch kein Auto leisten konnte, wollte wenigstens eine Mini-Ausgabe motorisierten Fortschritts haben. Vespa und Lambretta wurden als »Motorroller« in Italien entworfen und hier beliebt. Die Firma Messerschmidt, vorher im Flugzeugbau tätig, stellte auf der Frankfurter Automobilausstellung 1953 einen Kabinenroller vor, der wie ein Kleinflugzeug ohne Flügel aussah. Er kostete 2.375,-- Mark und erreichte eine Geschwindigkeit von 75 Stundenkilometern.

»Haben Sie etwas, das Sie bewegt?«
»Ja, ein Auto.«

»Ich mache alle vierzehn Tage Ölwechsel.«
»Was für ein Auto fahren Sie denn?«
»Ich verkaufe Pommes frites.«

Eine rein deutsche Autofirma war in Bremen entstanden: Borgward. Sie konnte sich aber trotz guter Qualität auf Dauer gegen die Großen nicht durchsetzen. Der Volkswagen überrollte alles. 1954 wurden gut 180.000 VW verkauft, 105.000 Opel, 51.600 Mercedes und 42.000 Borgward. Pro Jahr zählten die Statistiker rund 11.000 Verkehrstote. Es wurde unter den Anhängern des schwarzen Humors der Spruch erfunden:

»Augen auf im Verkehr! Helft Menschenleben verhüten!«

Der Export von Autos belebte die deutsche Konjunktur.

Zwei Amerikanerinnen unterhalten sich: »Hör mal, ich habe einen von diesen komischen deutschen Volkswagen gekauft. Als ich ihn vorne aufgemacht habe, war da gar kein Motor drin.« Sagt die andere Frau: »Das macht nichts, da kann ich dir helfen. Ich habe nämlich in meinem VW hinten einen zur Reserve.«

Eine andere Automarke wurde zum Statussymbol.

»Sie fahren Mercedes?«
»Das bin ich mir schuldig.«
»Und woher haben Sie so viel Geld?«
»Das bin ich meiner Bank schuldig.«

Die Prostituierte Rosemarie Nitribitt, die 1957 in Frankfurt ermordet wurde und deren Kundenliste einen Gesellschaftsskandal auslöste, fuhr einen Mercedes 190 SL. Der Volksmund nannte sie die »Frankfurter Allgemeine«.

Auch eine Nonne ist mit dem Auto unterwegs. Auf einer Landstraße geht ihr das Benzin aus. Sie marschiert zu Fuß zu einer kleinen Landtankstelle und fragt nach einem Kanister. »Diese Woche ist vielleicht was los«, klagt der Besitzer, »drei waren schon vor Ihnen da, und jetzt habe ich keinen Kanister mehr.«
»Es kann ja auch ein anderer Behälter sein«, sagt die Nonne.
Nach langem Suchen findet der Tankwart einen alten Nachttopf und füllt diesen voll Benzin.
Die Nonne wandert damit zu ihrem Auto zurück. Als sie versucht, das Benzin in den Tank zu schütten, hält ein Lastwagen neben ihr. Der Fahrer blickt staunend auf den gefüllten Nachttopf und sagt: »Schwester, Ihren Glauben möchte ich haben!«

Gegen die sogenannten Dummenwitze stand eine Kollektion, die man vergleichsweise »Schlauenwitze« nennen könnte. Es waren fast immer jiddische Witze, die in den zwanziger Jahren entstanden und in der österreichischen Tradition der Schriftsteller und Spötter Polgar, Kraus, Torberg, Muliar aufbewahrt wurden.

Wer vom jüdischen Witz redet, muß unterscheiden, ob er Witze über Juden oder Witze von Juden meint. Witze über Juden gab es natürlich auch, sehr bösartige sogar. Sie versuchten auch für das unbegreiflich Böse wie den Holocaust Ventile zu schaffen, das Schlimme zu verniedlichen. Es handelt sich aber meistens nicht um wirkliche Witze, eher um Peinlichkeiten.

Ganz anders der jüdische oder jiddische Witz, der in der Unterdrückung wirklich weise und selbstironische Kunstformen entwickelte. Friedrich Torberg zitierte im ›Monat‹ damals drei Beispiele:

In einer mährischen Judengemeinde gab es einen weithin bekannten Trauerredner, der zu allen Beerdigungen herangezogen wurde – sofern die Hinterbliebenen es sich leisten konnten. Denn billig war er nicht.
Wieder einmal hatte ein angesehenes Gemeindemitglied das Zeitliche gesegnet, und die Familie – die nicht gerade im Ruf der Freigebigkeit stand – erkundigte sich nach den Kosten eines würdigen Nekrologs.
»Je nachdem«, antwortete der Vielbegehrte. »Die große, wirklich erschütternde Grabrede, die ich nur bei außergewöhnlichen Anlässen halte, kommt entsprechend teuer. Aber sie ist ihr Geld wert. Alles weint – die Trauergäste – der Rabbiner – sogar die Sargträger –, was soll ich Ihnen sagen: der ganze Friedhof ist in Tränen gebadet. Kostet 200,-- Gulden.«
»200,-- Gulden? So viel können wir nicht ausgeben.«
»Gut, dann nehmen Sie die zu 100,--. Immer noch sehr ergreifend. Ich garantiere Ihnen, daß sämtliche Trauergäste weinen, und vielleicht wird auch der Rebbe ein paarmal aufschnupfen.«
»Darauf legen wir keinen Wert. Haben Sie nichts Billigeres?«
»Hab ich. Zu 50,-- Gulden. Allerdings weinen da nur noch die nächsten Familienangehörigen.«
»Auch 50,-- Gulden für eine Trauerrede sind uns zu teuer. Gibt es keine andere?«
»Es gibt«, sagte der Trauerredner, ohne sich seine Ungeduld anmerken zu lassen, »noch eine zu 20,-- Gulden. Aber die hat bereits einen leicht humoristischen Einschlag.«

Im Speisewagen eines Schnellzuges wird ein Offizier an einen Tisch gewiesen, an dem bereits ein jüdischer Fahrgast sitzt. Der Offizier macht aus seinem Mißvergnügen kein Hehl, ergeht sich in allerlei antisemitischen Sticheleien und deutet schließlich zum Fenster hinaus: »Sehen Sie, das ganze Land wurde von meinen Vorfahren urbar gemacht. Wir sind mit Speer und Armbrust hierhergekommen, Sie höchstens mit Zwiebeln.«

In diesem Augenblick tritt der Kellner an den Tisch, um den Hauptgang zu servieren; man hat die Wahl zwischen Rostbraten und Kalbfleisch. Der Offizier entscheidet sich für den Kalbsbraten, sein Gegenüber für den Rostbraten.
»Mit Zwiebeln?« fragt der Kellner.
»No na – mit Armbrust«, antwortet der jüdische Fahrgast.

In einer Wirtsstube sitzen ein paar Mitglieder aus verschiedenen Gemeinden beisammen und prahlen mit den Wundertaten ihrer Rabbiner. »Unser Rebbe ist der größte von allen!« trumpft einer von ihnen auf. »Zu unserem Rebben kommt an jedem Schabbes Gott und redet mit ihm.«
»Das ist unmöglich«, widerspricht ein Skeptiker.
»Wieso unmöglich? Der Rebbe hat es mir selber erzählt!«
»Dann hat er eben gelogen.«
»Versündige dich nicht!« lautet das souveräne Gegenargument. »Wird Gott reden mit einem Lügner?«

Aus dem Wien Arthur Schnitzlers und Sigmund Freuds ist diese Geschichte überliefert und in den fünfziger Jahren neu aufgelegt worden:

Ein reicher Kaufmann hat sein weiträumiges Grundstück mit einer hohen Mauer umzäunt. Der etwas extravagante Sohn nutzt das aus, indem er bei schönem Wetter immer nackt auf seinem Pony reitet. Es kann ihn ja keiner sehen. Eines Tages wird er nach dem Reiten in der Mittagshitze sehr müde, er legt sich ins Gras und schläft sofort ein. Das Pony kommt heran und beschnuppert ihn. Als es das auch an einem sehr empfindlichen Körperteil tut, wird der Junge wach und erschrickt. Verwirrt beißt das Pony zu.
Der Junge schreit wie am Spieß, Diener eilen herbei und holen einen Arzt.
Der läßt den Jungen auf einer Bahre wegtragen und weist an: »Bringen Sie den Patienten ins Krankenhaus und das Pony zu Professor Freud!«

Eine ähnlich schlaue Auskunft gab ein Bundestagsabgeordneter, der zu den wenigen Freunden und Vertrauten Konrad Adenauers gehörte: der Bankier Robert Pferdmenges. Er war ein wichtiger Berater des Kanzlers, hielt sich aber sehr zurück und meldete sich in keiner öffentlichen Debatte zu Wort.

Als Pferdmenges an einem Sonntagmorgen in seinem Abgeordneten-Büro noch etwas erledigt hatte, begegnet ihm auf dem Gang eine Schulklasse, die den Bundestag besichtigt. Der Fremdenführer ist glücklich, seiner Gruppe an einem freien Tag für die Parlamentarier doch einen Politiker präsentieren zu können. Er fragt Pferdmenges, ob er bereit sei, den jungen Gästen zwei oder drei Fragen zu beantworten. Der stimmt etwas widerwillig, aber doch freundlich zu. Den Kindern fallen zunächst keine Fragen ein. Endlich fragt eine Schülerin: »Wenn Sie zwölf Millionen hätten, was würden Sie dann tun?« Pferdmenges überlegt eine Weile. »Ich müßte mich etwas einschränken«, sagt er schließlich.

Auch dieses fast prophetische Beispiel stammt aus den fünfziger Jahren:

Dem deutschen Arbeiter geht es immer besser: Erst ging er zu Fuß, dann kam er mit dem Fahrrad. Danach fuhr er Moped. Nun hat er schon ein Auto – und bald wird er fliegen.

Das Letzte

Zwei Jäger treffen sich. Beide tot.

Telegramm an den Geschäftsfreund: »Die gerechte Sache hat gesiegt.«
Antworttelegramm: »Sofort Berufung einlegen!«

Der alternde Playboy sagt: »Lieber fünf vor zwölf als keine nach Mitternacht.«

»Ich habe immer auch eine leere Flasche im Kühlschrank.«
»Warum denn das?«
»Es könnte ja mal einer kommen, der nichts trinken will.«

In New York sitzen zwei Kaufleute nebeneinander beim Friseur.
Der eine seufzt tief.
Sagt der andere: »Wem erzählst du das!«

Chris Howland

Deutscher Humor

Die Deutschen hätten keinen Humor, heißt es, aber nachdem ich fünfzig Jahre hier lebe, muß ich dem widersprechen.

Es stimmt, *banter* oder *repartee* (Schlagfertigkeiten, die sich in einer normalen Unterhaltung ergeben) sind hier zum Beispiel nicht so verbreitet wie in England, aber in Amerika ist das noch viel schlimmer. Ich glaube, die Amerikaner haben für diese Art Humor weitaus weniger Verständnis als die Deutschen. Wenn man in Deutschland einen Stegreifwitz aus dem Ärmel schüttelt, lachen die meisten Menschen; in Amerika dagegen schauen sie einen an, als sei man verrückt.

Bei Aufenthalten in San Francisco besuchte ich regelmäßig ein Café, in dem ich die Kellnerin recht gut kennenlernte. Anschließend war ich eine Woche in Los Angeles. Nach meiner Rückkehr besuchte ich wieder das Café.

»Sie waren lange fort«, sagte die Kellnerin.

»Allerdings«, sagte ich mit übertrieben britischem Akzent. »Und seit meinem letzten Besuch habe ich sogar gelernt, perfekt Amerikanisch zu sprechen. Niemand fragt mich mehr, ob ich aus England komme. Jetzt will jeder wissen, aus welchem Bundesstaat ich komme. Mein englischer Akzent ist völlig verschwunden.«

Die Kellnerin sah mich einige Sekunden an und sagte dann, ohne jeden Anflug eines Lächelns: »Finde ich gar nicht.«

Ich bin sicher, hätte ich den gleichen Witz bei einer deutschen Kellnerin gerissen, hätte sie mit einem Kopfschütteln

»Typisch Pumpernickel!« oder etwas Ähnliches gesagt. Sie hätte nicht laut gelacht, aber sie hätte gemerkt, daß ich einen – obschon recht schwachen – Scherz machte. Die Amerikanerin hat es nicht gemerkt.

Andererseits ist die Art Humor, den das deutsche Publikum bevorzugt, manchmal dermaßen primitiv, daß man eher weinen als lachen muß. Dabei denke ich besonders an die Witzzeichnungen in Zeitungen und Illustrierten. Es sind *visuelle* Witze – Witze zum Anschauen. Einige sind wunderbar gezeichnet, aber die Witze selbst sind so dünn, daß es eigentlich eine Schande ist, wenn ein Künstler so viel Zeit vergeudet, um die Zeichnung anzufertigen. Nur weil jemand zeichnen kann, hat er noch längst keinen Humor. Das gilt auch umgekehrt. Die meisten humorvollen Menschen können nicht zeichnen.

Und noch etwas. Wenn die Pointe der Witzzeichnung offenkundig ist, wieso schreibt man dann *Ohne Worte* darunter? Halten die Redakteure ihre Leser für so dumm, daß man sie mit der Nase darauf stoßen muß, daß die Zeichnung sich aus sich selbst heraus erklärt?

Nein, ich glaube nicht, daß die Deutschen keinen Humor haben. Ich glaube jedoch, sie sind nicht mit genügend Humor ausgestattet, um ihren Geschmack daran zu entwickeln.

Lentz/Thoma

1960–1969

Das einzige Kleidungsstück, über das man sich in Deutschland im Lauf der Zeit beständig lustig machte, war der »Pariser«. Im Lexikon werden die sachlichen Fremdwörter Präservativ oder Kondom umständlich mit Empfängnisverhütungsmittel übersetzt; die Schweizer gaben dem Artikel mit ihrer Neigung zu putzigen Wortschöpfungen den Namen »Verhüterli«.

Das »Verhüterli« oder der »Überzieher« konnten nicht verhindern, daß die Zahl der Abtreibungen auf dieser Erde 1965 von der Weltgesundheits-Organisation mit rund 25 Millionen pro Jahr eingeschätzt wurde. Im selben Jahr starben in der Bundesrepublik 250 Frauen an illegalen Eingriffen.

Damals warteten die Gummikringel in vierschrötigen Eisenkästen auf Kundschaft. Die Automatenaufsteller hatten sie im Untergrund der Kneipen oft sinnigerweise zwischen Damen- und Herren-Toilette aufgehängt, und auf den Werbebildchen der Packungen lächelten blonde oder dunkle Sirenen dem umworbenen Verbraucher augenzwinkernd zu. Es kam vor, daß Frauen wie Männer nachdenklich vor den Kästen standen und überlegten, ob ihnen der unscheinbare Gummi nicht einmal von Nutzen sein könnte. Nicht alle waren bereit, sich für ein paar Groschen rechtzeitig Sicherheit einzukaufen.

Anfang der sechziger Jahre kursierte ein Witz in den Wirtshäusern und anderswo, der auch heute wieder erzählt wird. Mit dem einzigen Unterschied, daß aus der Bezeichnung »Gesundheitsläufer« der »Jogger« geworden ist.

Ein junger Mann hat sich am hellen Nachmittag bei einer verheirateten Frau eingefunden. Sie kommen schnell zur Sache. Als sich das Liebesspiel der beiden dem Höhepunkt nähert, fährt draußen ein Auto vor. »Das ist mein Mann«, ruft die Frau in Panik, »schnell, hau ab, spring aus dem Küchenfenster!«
Während die Ehebrecherin die Siebensachen ihres Geliebten in Windeseile unter ihrem Bett versteckt, flieht der nackt durchs Küchenfenster in den Garten. Bei strömendem Regen hastet er in ein nahe gelegenes Waldstück.
Dort begegnet ihm ein Gesundheitsläufer, dessen Tempo sich der nackte Mann mühelos anpaßt. Der Läufer betrachtet ihn von oben bis unten und fragt vorsichtig:
»Sind Sie auch Gesundheitsläufer?«
»Aber ja«, antwortet der Mann, »schon lange.«
»Und laufen Sie jeden Tag?«
»Ja, jeden Tag.«
»Und wenn's regnet, grundsätzlich nackt?«
»Wie Sie sehen.«
»Hm«, sagt der Gesundheitsläufer, »und immer mit 'nem Pariser an?«
»Nein, nur wenn's regnet.«

Die Kneipen, Stampen, Wirtshäuser, Pinten gehörten zu den Brutstätten und Tauschzentralen des Witzes. Dort saßen die gestandenen Männer bis tief in die Nacht, soffen, knobelten, spielten Karten, und manchmal luden sie ihre pubertierenden Söhne ein, die mit den Pilzköpfen der Beatles oder der Haartracht Elvis Presleys nachempfundenen Frisuren den sanften Aufstand gegen die Väter probten. Die bleichen Jünglinge durften Sülzkoteletts und Soleier futtern; alle Getränke, die ihnen der »Herr Ober« brachte, wurden auch von den »Alten Herren« konsumiert: Cola mit Rum, Pils, Bier und dazu »Wodka mit Pflaume«, »Wodka mit Kirsche«, »Wodka mit Feige«. Der Fotograf Charles Wilp machte damals eine Werbung populär, auf der sich ein kraftvolles Mannsbild und ein Bär mit Wodka zuprosten. »Ist für harte Männer...« stand unter den Werbefotos. Es wurde Zeit, daß auch aus den »Twens« harte Männer wurden.

›Twen‹ nannte sich eine Zeitschrift, die seit 1959 in der Bundesrepublik Deutschland das neue Lebensgefühl der Jugend postulierte. Nach eigener Aussage lautete ihre Botschaft: »Zeitschrift für die Neugierigen. Wir zeigen, was morgen wichtig ist – zum Anziehen, zum Ausziehen, zum Essen, zum Fahren, zum Lieben, zum Miteinanderauskommen auf dieser herrlichen, schönen, aufregenden Welt.«

Doch zurück zu den Vätern: Sie verdonnerten ihre Söhne zu einem Männlichkeitsritual, welches das Empfängnisverhütungsmittel zweckentfremdete. Die Alten zupften »Präser« aus ihren Hüllen und legten sie den Söhnen mit der Aufforderung in die Hände, die Teile aufzublasen und zu verknoten. Jubel brach aus, die Stammtischbrüder lachten sich scheckig, wenn die kleinen Ballons unter die Decke gestoßen wurden und nach kurzem Flug im Dunstkreis der Theke landeten. So schlug man den Nachwuchs zum Ritter der Tafelrunde.

Was sagten die Frauen und Mütter zu solchen Scherzeinlagen? Sie erfuhren nichts davon, außerdem hatten sie in bestimmten sozialen Etagen der sechziger Jahre wenig zu sagen. In den Stammkneipen waren die Damen nur zu Gast, wenn die Ehemänner ihnen am Sonntagabend gönnerhaft einen »Hering Hausfrauenart« und ein Gläschen Mosel spendierten. Dann durften sie mit dem Herrn Gemahl auch schon mal eine Partie »Flipper« spielen oder für ein paar Groschen am Spielautomaten ihr Glück versuchen. Spuckte der »Rotamint« einen Gewinn aus, freute sich die Musikbox. Die Frauen drückten die Schlager der Saison: Lolitas ›Seemann, deine Heimat ist das Meer‹, Gittes ›Ich will'n Cowboy als Mann‹. Heintje sang glockenrein seinen Hit ›Mama‹ und Freddy Quinn verkündete den mit einer »Goldenen Schallplatte« gekrönten Mutterwunsch ›Junge, komm bald wieder‹.

Anfang 1960 lachten die Männer über Witze, deren Anti-Frauen-Haltung eindeutig war.

Kommt eine ältere Frau in die Kneipe: Buckel, Triefaugen, Halbglatze, schlampig angezogen. Auf ihrer rechten Schulter sitzt ein Papagei. Die Frau wendet sich an die versammelten Trunkenbolde: »Wenn mir jemand von Euch sagen kann, was das für ein Vogel ist, kann er umsonst mit mir ins Bett gehen.« Die Männer schütteln sich beim Anblick der Frau. Einer sagt: »Das ist ein Adler.« Ein zweiter: »Das ist 'n Rotkehlchen.« Ein dritter: »Ich glaube, es handelt sich um eine Schleiereule.«
Da hebt der Papagei den Kopf und sagt: »Ich denke, das können wir durchgehen lassen ...«

Ein Autofahrer sieht abends auf einer dunklen Landstraße einen Schatten vor seinem Wagen. Er bremst wild, steigt aus und steht einem Männlein gegenüber, das ihn erschrocken ansieht.
»Sie haben mein Leben gerettet«, sagt der Kleine, »jetzt haben Sie einen Wunsch frei.«
Der Autofahrer überlegt.
»Ich wünsche mir«, sagt er schließlich, »daß in Burundi der Bürgerkrieg aufhört.«
»Burundi? Wo liegt denn das?«
»Irgendwo in Afrika. So genau weiß ich das auch nicht.«
Der kleine Mann wiegt den Kopf.
»Das ist natürlich schwierig für mich. Haben Sie nicht noch einen anderen Wunsch?«
»Dann möchte ich, daß meine Frau schön und knackig aussieht wie vor zwanzig Jahren.«
»Wo ist denn Ihre Frau?«
»Die ist zu Hause.«
»Ist das weit?«
»Nein, nur 4 km.«
Der kleine Mann steigt ins Auto und fährt mit. Die Frau des Fahrers steht schon in der erleuchteten Haustür und wartet. Das Männlein betrachtet sie lange. Dann tippt es dem Fahrer auf die Schulter und fragt:

»Sagen Sie, haben Sie nicht doch irgendwo einen Atlas, in dem wir nachschauen können, wo Burundi liegt?«

Als Witze von solcher Niedertracht durch die Lande wanderten, plädierte ein Gottesmann im Fernsehen für die Liebe. Pfarrer Theodor Schulz aus Kirchweiler sprach am Karnevalssamstag 1960 in der Sendung ›Wort zum Sonntag‹ von der Heiligkeit der Ehe und der Sünde des Seitensprungs. Er forderte die Ehepaare zur Bewahrung der Zärtlichkeit und zu gegenseitigem Respekt auf und ließ vom Tonband ein taufrisches Lied abspielen, dessen Text ein einziger Appell an die Treue war. Schon am Rosenmontag verkaufte sich der Schlager, der später zum »Evergreen« und »Ohrwurm« der Hitparaden wurde, 40.000 mal. Der von Heidi Brühl gesungene Treueschwur hieß: »Wir wollen niemals auseinandergeh'n«, und der böse Volksmund nannte ihn schonungslos »Das Nonnenbeinlied«.

Andere Einkaufsschlager, welche die Phantasie der Witzemacher damals beflügelten, waren die Pille (»Was ist der sicherste Weg, mit der Pille Erfolg zu haben? Einfach zwischen die Knie klemmen und fest zusammendrücken«), der Minirock und – als revolutionäre Neuerung in der Sperrzone weiblicher Leibwäsche – die Strumpfhose.

Aber auch über die konventionellen Kleidungsstücke des Alltags machte sich der Scherzbold Gedanken: über Anzug, Mantel, Schuhe und die dazu gehörenden Leute. Ein Witz mit politischem Touch kam von weit her; möglicherweise machte er den langen Weg von der Sowjetunion über die DDR nach Westdeutschland.

Nach der Erschießung von Regimefeinden ordnen russische Machthaber an, daß der männliche Nachwuchs seiner Gegner – egal wie alt – nach Sibirien verbannt wird. Es kommt der Tag, an dem ein russisches Mütterchen ihren fünf Jahre alten Sohn Pjotr zum Moskauer Bahnhof bringt. Sie hat ihm dicke Wollstrümpfe und ein wärmendes Mäntelchen

angezogen, denn die Mutter weiß: in Sibirien ist es kalt. Tränenreicher Abschied. Dann verfrachten Soldaten den Jungen zusammen mit anderen Kindern in Güterwagen. Der Zug fährt ab.
60 Jahre später wird der Sohn zusammen mit 1.000 anderen Häftlingen begnadigt. Das Mütterchen, nun über 90 Jahre alt, schlurft zum Bahnhof. Als der Transport eintrifft und die Entlassenen aussteigen, sucht sie in der Menschenmenge ihren Jungen.
Plötzlich stutzt die Alte, kneift die Augen zusammen und geht dann zielstrebig auf einen hochgewachsenen Mann mit grauem Haarkranz zu. Sie umarmt und küßt ihn und flüstert: »Pjotr, mein Sohn, nun bist du wieder bei mir. Wie schön, daß ich das noch erleben kann.«
Unter Tränen blickt der Heimkehrer seine Mutter liebevoll an. »Nun erklär mir mal eins, Mama«, sagt er nach einer Weile, »woran hast du mich eigentlich erkannt?«
»An deinem Mäntelchen, mein Junge ...«

Der Gastwirt Hein aus Bremerhaven hat sich beim Schneider einen neuen Anzug machen lassen. Als er nach Hause kommt, überprüft seine Frau Antje den Sitz des teuren Prachtstücks und sagt: »Du, Hein, das ist ja nun wirklich ein ganz besonders schönes Teil. Aber hinten am Rücken wirft er 'ne kleine Falte. Lauf mal schnell zum Schneider, er soll dir das ausbessern.«
Der Schneider nickt gelassen, als Hein ihm den Einwand seiner Frau mitteilt. »Ich wußte, daß Sie kommen würden«, sagt er, »aber der Fehler liegt nicht bei uns, sondern an Ihrer Figur. Ihre rechte Schulter ist ein bißchen schief, wenn wir das unterfüttern, würden wir den ganzen Anzug versauen. Aber es gibt eine Lösung. Sie müssen nur die linke Schulter etwas anheben, dann ist die Falte weg.«
Hein kommt mit angehobener Schulter nach Hause und läßt den Maßanzug von Antje begutachten. »Tadellos«, sagt sie, »du siehst wirklich schick aus. Aber warte mal:

Jetzt wirft das Teil in der rechten Hüfte eine ziemlich große Quetschfalte. Nun geh mal schnell zum Schneider, der soll dir das reparieren.«
»Ich wußte, daß Sie kommen würden«, sagt der Schneider, als Hein zum zweiten Mal vor ihm steht. »Ihre Frau hat ein gutes Auge, aber der Fehler liegt nicht bei uns, sondern an Ihrer Figur. Ihre rechte Hüfte hat eine leichte Krümmung, das läßt sich nur ausgleichen, wenn Sie die linke Hüfte etwas anwinkeln und nach vorne schieben.« Hein befolgt den Ratschlag des Schneiders und kommt mit angehobener Schulter, die linke Hüfte angewinkelt und verschoben, nach Haus. Antjes kritische Augen entdecken an der Rückenpartie des Anzugs keinen Fehler mehr, aber als sie den Sitz der Vorderseite überprüft, schüttelt Antje unwillig den Kopf.
»Das ist ja kaum zu glauben«, meint sie, »aber jetzt wellt sich hier an der rechten Brust der ganze Stoff. Nun lauf mal schnell zum Schneider und laß dir das in Ordnung bringen ...«
Der Schneider hört sich auch die dritte Beschwerde seines Kunden in aller Gemütsruhe an. »Wir können da nichts machen«, sagt er, »Ihre rechte Brust ist flacher als die linke, wenn wir das wattieren, ist der ganze Anzug im Eimer. Aber sobald Sie den Oberkörper zurücklehnen und den Kopf ein wenig schief halten, ist der Schaden behoben.«
Wieder läßt sich der Gastwirt auf die Empfehlung seines Schneiders ein. Als Hein den Heimweg antritt und – die vorgeschriebenen Haltungen streng befolgend – über die Hauptstraße geht, kommen ihm zwei elegant gekleidete Herren entgegen. Der eine wirft einen mitleidigen Blick auf Hein und flüstert dem anderen zu: »Dieser arme Krüppel kann einem wirklich leid tun.«
»Da hast du recht«, sagt der zweite Herr, »aber 'n guten Schneider hat er...«

Das Mäntelchen, der Maßanzug, die Strumpfhose, der Minirock. 1964 schrieb Rudolf Augstein, der Chef des ›Spiegel‹, den gedankenvollen Satz: »Der Minirock der Mary Quant und die Beatles haben die politisch relevante Gesellschaft mehr verändert als Sartre, Camus, Heidegger und Teilhard de Chardin ...«

Ein kurzer Witz brachte das so geadelte Kleidungsstück mit einem anderen Sachverhalt in Verbindung: 1964 stieg die Zahl der Gastarbeiter in Deutschland auf 1 Million.

Frage: »Warum tragen die deutschen Mädchen so gern Miniröcke?«
Antwort: »Weil die Gastarbeiter so kurze Arme haben.«

Wie reagierten die deutschen Frauen auf die Häme der Männer? Zunächst noch zurückhaltend. Vielleicht hatten die Mütter, Töchter, Singles aus den »gutbürgerlichen Kreisen«, in denen sich – vom Wirtschaftswunder hochgetragen – auch Arbeiterfamilien etablierten, keine Lust zur Gegenwehr. Vielleicht waren die Hausfrauen beim Kochen, Putzen, Waschen, Bügeln auch gar nicht in der Stimmung, über Anti-Männer-Witze nachzudenken. Es reichte ihnen, wenn die angeheiterten Herren der Schöpfung sonntags zu spät zum Mittagessen kamen und auf jeden Vorwurf, jede Zurechtweisung mit Floskeln reagierten, die sie im Wirtshaus aufgefangen hatten: »Ich glaub', ich bin im Wald«, »ich glaub', mein Schwein pfeift«, »ich glaub', ich hab' 'n doofen Opa im Sauerland«, »ich glaub', meine Oma hängt in der Eigernordwand« usw.

Die Hausfrauen kegelten, die Männer kegelten – meist getrennt voneinander. Was sie einte, war die Neigung zu lauthals geschmetterten Liedern, die der Verbund der »Kegelschwestern« dem Bund der »Kegelbrüder« abgelauscht hatte. Gesungene Scherzartikel.

Kegler (Keglerin), gut Holz
Kegler, gut Holz
Kegeln, das ist unser Stolz,

eine Kugel, die nicht läuft,
ein Kegler, der nicht säuft,
ein Mädel, das nicht stille hält
gehören nicht auf diese Welt.

Oder:

Wir haben es im Steh'n getan
im Sitzen und im Liegen
und wenn wir einmal Englein sind
dann tun wir's auch im Fliegen.

Mitte der sechziger Jahre probte ein Damenkegelclub aus Essen den Aufstand. Wieder einmal hatten die Männer sich in ihrer Stammkneipe verschanzt und den wartenden Sonntagsbraten bei Bier und Schnaps vergessen. Da nahmen die Betroffenen reihum Kontakt zueinander auf und spazierten in aller Gelassenheit zum Aufenthaltsort ihrer unpünktlichen Zecher. Sie hatten Töpfe, Pfannen und Kasserollen mitgebracht, stellten die Gemüse in den Rinnstein und dekorierten den Eingang des Lokals mit Schweinebraten, Schnitzeln, Roastbeef und Kartoffeln. Dann suchten sie singend das Weite, um auf ihrer Kegelbahn eine ruhige Kugel zu schieben.

Trauriger Sonntag. Rache. Erster Widerstand gegen die maskuline Selbstherrlichkeit, dem wenig später auch die ersten, wohlüberlegten Anti-Männer-Witze folgten: Antworten auf die scherzhaft drapierte Erniedrigung der Frau. Vielleicht hat zu einer ersten Gegenwehr aber auch jene Expertise der deutschen Bundesregierung über die Situation der Frau in Beruf, Familie und Gesellschaft beigetragen (1966). Sie kam zu dem Schluß, daß der Einfluß der Frau in einer von Männern dominierten Öffentlichkeit relativ schwach sei.

Die Strumpfhose, dieses sperrige Gewebe, das den unsicheren Jünglingen bei ihren Fingerübungen im Autokino oder auf der Parkbank so sehr im Wege stand, hat es verdient, daß sie bei unserer Auswahl den Anfang macht.

Nach kurzem Liebesspiel schlüpft der Mann in seine Unterwäsche und sagt zu seiner Freundin: »Wenn ich gewußt hätte, daß du noch unschuldig bist, hätte ich mir mehr Zeit genommen.«
»Tja«, antwortet sie, »wenn ich gewußt hätte, daß du mehr Zeit hast, hätte ich mir auch die Strumpfhose ausgezogen ...«

Kurz vor dem Einschlafen fragt ein Mann seine Frau, die wartend im Bett liegt: »Sag mal, Lisa, würdest du eigentlich gerne ein Mann sein?«
»Nein, ich glaube nicht«, sagt die Frau. »Und du?«

Ein Mann hat sich ein Paar sehr auffällige italienische Schuhe gekauft: weißes Leder mit schwarzen Lackkappen. Um seine Frau zu überraschen, hat er sie nach der Anprobe im Geschäft sofort anbehalten.
Als der Mann nach Hause kommt, sitzt die Ehefrau vorm Fernseher, ißt Kartoffelchips, trinkt eine Flasche Bier. »N' Abend, Schnullermaus«, sagt der Mann. »N' Abend, Alter«, antwortet die Frau, ohne ihn anzusehen.
Er zögert einen Moment, dann fährt er fort: »Kannst du mich vielleicht mal 'n Augenblick angucken?«
Sie dreht ihm den Kopf zu, betrachtet den Mann von oben bis unten und wendet sich wieder ab. »Fällt dir an mir nichts auf?« fragt er irritiert.
Sie hebt die Schultern, konzentriert sich auf den Bildschirm und meint: »Du siehst müde aus, wie immer. Wirst dir wohl gleich den Bohneneintopf aufwärmen, 'ne Pulle Bier trinken und ins Bett gehen. Wie immer.«
»Oh, warte«, denkt der Mann, »das kriegst du wieder.« Er geht ins Schlafzimmer, zieht sich bis auf die neuen Schuhe aus und kehrt splitternackt ins Wohnzimmer zurück. Wieder baut er sich vor ihr auf, wieder beachtet sie ihn nicht, und wieder sagt er: »Kannst du mich vielleicht mal 'n Augenblick angucken, Schnullermaus?«

Die Frau knuspert an einem Kartoffelchip, trinkt Bier und mustert ihren Mann von oben bis unten.
»Na?« fragt er, »fällt dir an mir immer noch nichts auf?«
»Was soll mir an dir schon auffallen?« sagt die Frau gelangweilt. »Er hängt. Wie immer!«
»Ja, ja«, reagiert der Mann aufgebracht, »er schaut sich nämlich meine neuen italienischen Schuhe an.«
»Na, da hättste dir aber besser 'n neuen Hut gekauft«, sagt die Frau.

Die Doppelpointe! Die Frau, nicht mehr der Mann, hat das letzte Wort. Sie reagiert auf seine Schlagfertigkeit mit einer Antwort, die nicht mehr zu überbieten ist. Auch der Leiterin eines Mädchen-Internats fehlen die Worte:

Die betagte Chefin eines Internats geht mit vier Schülerinnen im Wald spazieren. Plötzlich bleibt sie stehen und stellt den Mädchen die Frage: »Was würdet ihr tun, wenn ich nicht bei euch wäre und ein Mann käme, um eine von euch zu vergewaltigen?«
»Schnell weglaufen«, rufen drei Mädchen wie aus einem Munde.
»Und du?« fragt die Direktorin die kleine Maria.
»Ich würde erst mal stehenbleiben«, sagt sie.
»Und dann?«
»Den Rock hochheben.«
»So, so ... und dann?«
»Dem Mann die Hose herunterziehen.«
»Ja, und dann?«
»Dann würde ich ausprobieren, wer von uns beiden schneller laufen kann ...«

In dem Jahrzehnt zwischen 1959 und 1969 überstürzten sich die gesellschaftspolitischen Ereignisse. In Berlin wurde 1961 die Mauer, die »Schandmauer«, gebaut. Zwölf Monate danach waren 12.316 Menschen unter Lebensgefahr aus der DDR in die Bundesrepublik geflohen. Auf solche Tatbestände, auf alles, was den Frieden störte, reagierte der westdeutsche Witzbold nicht. Nur die Reibungsflächen im privaten Umkreis regten ihn an, und wenn ihn schon einmal ein politisches Ereignis inspirierte, mußte es mit dem Angenehmen und Nützlichen verbunden sein.

Etwa mit der Aussöhnung zwischen Deutschland und Frankreich, die Adenauer 1963 im Jahr seines Rücktritts als Bundeskanzler zusammen mit de Gaulle gelang. Der französische Staatspräsident war damals eine weltweit bekannte Persönlichkeit der politischen Bühne, und als er 1963 die Bundesrepublik besuchte und die Deutschen ein »großes Volk« nannte, jubelte das ganze Land. Irgendeine pfiffige Spottdrossel widmete dem hochgewachsenen General, den in Frankreich jedes Kind kannte, folgenden Witz:

General de Gaulle, 72 Jahre alt, schreitet am Pariser Triumphbogen die Front alter französischer Kriegshelden ab. Plötzlich stutzt er, bleibt vor einem Veteranen mit hochgezwirbeltem Schnurrbart stehen und betrachtet ihn lange. Dann tippt er dem hochdekorierten Greis mit dem Zeigefinger auf die Brust und sagt:
»Verdun 1916.«
»Oui«, antwortet der Veteran.
»Erste Division, drittes Regiment.«
»Oui.«
»Viertes Bataillon, zweite Kompanie.«
»Oui.«
»Erster Zug, rechter Flügelmann. Korporal Mombour.«
»Mensch, de Gaulle!« ruft da der alte Soldat begeistert.

Vielleicht brachte diesen Witz ein deutscher Tourist mit nach Hause. Denn in den sechziger Jahren wurden auch Paris, die Côte d'Azur, die Bretagne zu beliebten Urlaubszielen der westdeutschen Wirtschafts-Wunderkinder. Galante Französinnen und Franzosen tauchten als Spielfiguren in Witzen auf, die für den Deutschen oft wenig schmeichelhaft waren. Der teutonische Biedersinn holte sich darin eine Abfuhr.

Ein deutscher Tourist kommt in einem Pariser Bistro mit einem gutaussehenden Franzosen ins Gespräch. Nach dem vierten Kognak stellt er die Fragen aller Fragen: »Ihr Franzosen habt ja so einen unwahrscheinlichen Erfolg bei den Weibern. Wie macht ihr das eigentlich, wenn ihr eine Frau verführen wollt?«
»Das Vorspiel ist wichtig«, sagt der Franzose. »Bevor ich mit einer Frau ins Bett gehe, öffne ich ihr Kleid, schütte Champagner in die Mulden ihrer Schlüsselbeine und trinke ihn daraus. Danach knöpfe ich das Kleid etwas weiter auf, gieße Champagner über ihre Brüste und schlürfe ihn. Und dann lege ich ihren Bauchnabel frei, gieße Champagner nach und ...«
»Moment!« unterbricht der Deutsche da, »geht das auch mit Bier?«

In einem Restaurant in Nizza sitzt ein Deutscher beim Mittagessen, der die Landessprache nicht versteht. Ein Franzose nimmt an seinem Tisch Platz, verbeugt sich leicht und wünscht: »Bon appétit.« Der Deutsche glaubt, sein Tischnachbar wolle sich vorstellen. Er springt auf, deutet eine Verbeugung an und sagt: »Obermeier.«
Am nächsten Mittag wiederholt sich die Szene. Der Deutsche ißt seine Muscheln, derselbe Franzose kommt herein, setzt sich und sagt: »Bon appétit.« Wieder springt der Deutsche auf und stellt sich mit »Obermeier« vor.
Am Abend trifft Obermeier einen Freund, der die französische Sprache beherrscht. Er erzählt ihm, daß er beim Mittagessen einem Franzosen begegnet sei, der sich ihm zweimal als »Bon appétit« vorgestellt habe.
»Der hat sich nicht vorgestellt«, sagt der Freund, »er hat dir ›guten Appetit‹ gewünscht.«
Tags darauf – zur selben Zeit, im selben Restaurant – sitzt

der Franzose am Tisch und verspeist einen Lammrücken. Der Deutsche kommt hinzu, setzt sich und wünscht lächelnd: »Bon appétit«.
Da springt der Franzose auf, verbeugt sich und sagt: »Obermeier«.

Ein Facharbeiter aus Bielefeld macht Urlaub in Paris. Als er 14 Tage später in seine Kneipe kommt, warten seine Zechkumpane bereits ungeduldig am Stammtisch.
»Nun erzähl mal«, sagen sie wißbegierig, »wie war's in Paris? Jede Menge nackte Weiber gestemmt, was?«
Der Urlauber nickt. »Eine hatte ich«, berichtet er, »der hab' ich im Café nur tief in die Augen geschaut, da saß sie auch schon an meinem Tisch und machte mich an.«
»Ja und?«
»Dann haben wir was gegessen.«
»Ja und weiter?«
»Dann sind wir zu ihr nach Hause gegangen.«
»Und dann?«
»Dann kam sie in einem Negligé ins Zimmer. So was Dünnes, Durchsichtiges – toll sage ich euch.«
»Ja und?«
»Dann haben wir zusammen eine Flasche Champagner getrunken.«
»Und?«
»Danach habe ich ihr das Negligé ausgezogen.«
»Ja und dann?«
»Dann war alles so wie in Bielefeld ...«

3,7 Millionen Deutsche reisten 1960 über die Grenzen ins Ausland; nach wie vor folgten die »Reiseweltmeister« mit Vorliebe dem gesungenen Lockruf: »Komm ein bißchen mit nach Italien«. Am blauen Mittelmeer, am »Teutonen-Grill«, wo gut geschulte Papagalli ihre Netze auswarfen und deutsche Blondinen an Land zogen, sammelten sie wundersame Erinnerungsstücke ein. Die bauchigen Korbflaschen zum Beispiel, aus denen sich die Urlauber den damals noch billigen Chiantiwein einschenkten.

Wieder daheim ließen sie blaues, gelbes und rotes Kerzenwachs auf die Bastschürzen der Flaschen tropfen. Die wächsernen Gebilde, die wie die Zapfen in einer Tropfsteinhöhle aussahen, fanden ihren Platz im dekorativen Zierat der Partykeller, wo sie nicht ohne Stolz dem Besuch vorgezeigt wurden. Dort saßen die braungebrannten Urlauber am selbstgebauten Mini-Tresen und erzählten ihren Gästen Witze, die sich über deutsche Urlauber lustig machten.

Ein kunstsinniger Urlauber geht durch die Straßen Roms und begegnet einer Gruppe deutscher Touristen. Er hält an und fragt einen Landsmann: »Können Sie mir sagen, wie ich von hier aus zur Laokoon-Gruppe komme?«
»Leider nein«, antwortet der Befragte, »wir sind mit Neckermann hier.«

Ein Deutscher, der in der Toskana Urlaub gemacht hat, trifft nach seiner Rückkehr einen Freund.
»Na, wie war's denn so?« fragt er.
»Ziemlich unruhig.«
»Wieso denn unruhig?«
»Du, wir hatten die Zimmernummer 100, und die 1 war von der Tür gefallen.«

Herr Küpper läßt sich die Haare schneiden und wird von seinem Modefriseur gefragt:
»Wie geht es Ihnen, gibt's was Neues?«
»Mir geht's glänzend«, sagt Küpper, »ich fahre Anfang der Woche für zwei Wochen auf Urlaub nach Rom. Zu den Sehenswürdigkeiten, die mich dort erwarten, gehört auch der Papst – ich habe sogar eine Audienz bei ihm.«
»Beim Papst? Im Ernst?«
»Ganz im Ernst. Mit Einladung.«
»Wann fahren Sie denn los, Herr Küpper?«

»In vier Tagen.«
Der Friseur schüttelt bekümmert den Kopf: »Wenn Sie Termine in Rom haben, fahren Sie lieber zwei Tage früher«, sagt er dann. »Die italienische Eisenbahn ist unglaublich unzuverlässig. Und nehmen Sie sich was zu essen mit, der Speisewagen ist sündhaft teuer. Ach, und noch eins: In Rom heißt es aufgepaßt! Sonst klaut man Ihnen im Handumdrehen Ihr ganzes Gepäck. Sind Sie denn gut untergebracht?«
»Ich wohne in einem Vier-Sterne-Hotel«, sagt Küpper.
»Das hat nichts zu bedeuten«, meint der Friseur, »die meisten Hotels in Rom sind laut, ungepflegt und viel zu teuer. Und was die Papst-Audienz angeht, Herr Küpper, da machen Sie sich mal auf was gefaßt. Da stehen mindestens 2.000 Leute Schlange, vermutlich kommen Sie gar nicht mehr dran.«
Vier Wochen später sitzt Herr Küpper wieder bei seinem Friseur, und der will natürlich genau wissen, wie es ihm im Urlaub gefallen hat.
»Toll!« sagt Küpper. »Ich hatte nichts auszusetzen. Die Eisenbahn war pünktlich auf die Minute. Im Speisewagen habe ich gut und preiswert gegessen, und mein Hotel war ruhig, sauber und billig. Geklaut wurde mir auch nichts.«
»Hm. Und wie war die Audienz beim Papst?«
»Ergreifend«, sagt Küpper, »ich war ganz allein mit ihm, und zur Begrüßung habe ich mich hingekniet und dem Papst den Ring geküßt.«
»Das ist ja erstaunlich. Und hat er mit Ihnen geredet?«
»O ja«, antwortet Küpper, »er hat mir die Hand auf den Kopf gelegt und gesagt: Wer hat Ihnen denn bloß so miserabel die Haare geschnitten, Herr Küpper?«

Die folgende Papst-Anekdote wird Adenauer zugeschrieben. Als man im Bundeskanzleramt überlegt, mit wem man den Posten des deutschen Botschafters im Vatikan besetzen soll, wird auch der SPD-Abgeordnete Heiland vorgeschlagen. Adenauers

Kommentar: »Mehr kann der Papst ja wirklich nicht verlangen ...«

Gegen Ende des Jahrzehnts nahmen die Kirchenaustritte rapide zu. Gleichzeitig wurden die Gesetze liberaler. Eine Strafrechtsreform bestimmte: Homosexualität und Ehebruch sind nicht mehr strafbar, auch die Gotteslästerung ist in der Bundesrepublik kein strafbarer Tatbestand mehr.

Die Witzemacher nahmen sich den Katholizismus und kirchliche Würdenträger vor, von denen einige noch zu einem Zeitpunkt gegen eine zweigeteilte Kleinigkeit wie den »Bikini« wetterten, da Rudi Gernreichs Mannequins ihre besseren Hälften an den Stränden längst »oben ohne« vorgeführt hatten. Noch 1967 verfluchte der Bischof von Valparaiso den »Bikini« mit den Worten: »Wer das Teufelsding trägt, wird vom Empfang der heiligen Sakramente ausgeschlossen.«

Frage: »Was ist ein katholischer Priester?«
Antwort: »Ein Mann, zu dem alle Vater sagen dürfen, nur nicht seine Kinder.«

Zwei ehemalige Klassenkameraden, die sich nicht riechen können, aber beide Karriere gemacht haben, treffen sich zufällig auf dem Bahnsteig. Der eine ist Admiral geworden und trägt eine mit Orden geschmückte Uniform. Der andere hat es zum Kardinal gebracht, sein Bauch ist umfangreicher als der einer Schwangeren im neunten Monat. Sagt der Kardinal zum Admiral: »Entschuldigung, Herr Bahnhofsvorsteher, können Sie mir sagen, wann der nächste Zug nach Heidelberg kommt?«
»Das kann ich Ihnen genau sagen, gnädige Frau«, antwortet der Admiral, »aber in Ihrem Zustand würde ich besser zu Hause bleiben.«

Im Zoo braucht ein riesiges Orang-Utan-Weibchen dringend einen Liebhaber, aber es gibt weit und breit keinen männlichen Orang-Utan. Da geht der Zoo-Direktor zu seinem stabilsten Wärter und bittet ihn, dem Orang-Utan-Weibchen den Gefallen zu tun. Nach reiflichem Überlegen sagt der Mann: »Also gut, Herr Direktor, ich mache das. Aber ich stelle drei Bedingungen. Erstens: Zweitausend Mark Honorar. Zweitens: Vier Wärter müssen das Orang-Utan-Weibchen festhalten. Und die dritte und wichtigste Bedingung: Die Kinder müssen katholisch getauft werden.«

Und noch ein Papstwitz:

Der berühmte Tanzorchester-Dirigent Perez Prado kommt in den Vatikan und bittet um eine Audienz beim Papst. Er wird von einem Büro zum anderen geschickt, aber überall wird ihm sein Wunsch abgeschlagen. Trotzdem kann Prado bis zum Vorzimmer des Papstes vordringen, wo ihm ein hoher Beamter erklärt, auch er könne seine Bitte um eine Audienz nicht erfüllen.
»Schade«, sagt der Bandleader, »ich wollte Ihrem Chef eigentlich nur eine persönliche Spende von einer Million Dollar überreichen.«
In diesem Moment geht die Tür auf, der Papst kommt im Tanzschritt herein, wiegt sich in den Hüften und singt: »Papa tanzt Mambo ...«

Der Papst ist eine Institution, die Witzemacher geradezu provoziert. Wir haben noch zwei Papstwitze ausgewählt. Aber das sollen nun die letzten sein:

Der Papst möchte auf seinen zahlreichen Reisen auch zum ersten Mal Israel und damit das »Heilige Land« besuchen. Er schickt auf diplomatischem Wege eine entsprechende Anfrage nach Tel Aviv. Die Israelis stimmen nach einigem Zögern zu. Schwierigkeiten bereitet ihnen allerdings der Wunsch des heiligen Vaters, einen Kranz am »Grabmal des unbekannten Soldaten« niederzulegen.

»Wir sollten ihm sagen, daß wir so etwas gar nicht haben«, wird im Kabinett gefordert. Andere Minister wenden ein, man solle doch einen Besuch, der ohnehin so delikat und belastet sei, nicht mit solchen Details beschweren.
»Erklären wir doch einfach ein repräsentatives Grab dazu«, schlagen sie vor.
Nach langer Debatte wird es so beschlossen. Eine besonders prächtige Grabanlage wird ausgewählt.
Der Papst reist an, im Programm ist auch die gewünschte Kranzniederlegung eingeplant. Die Gastgeber haben nur nicht daran gedacht, daß der heilige Vater auch Hebräisch versteht und lesen kann.
»Das war doch gar nicht das Grabmal des unbekannten Soldaten«, beschwert er sich nach der Aktion beim Protokollchef der Gastgeber. »Auf dem Grabstein stand doch, daß dort ein Kaufmann mit Namen Aaron Goldmann begraben liegt ...«
»Das stimmt, heiliger Vater«, erklärt der Protokollchef, »aber ich kann Ihnen versichern: Als Soldat war der völlig unbekannt.«

Der heilige Vater besucht auf seinen vielen Reisen auch Kanada und macht einen Ausflug ins Land, nur von einem Chauffeur begleitet. Sie fahren über endlose Autostraßen und durch öde Landschaften.
Plötzlich sagt der Papst zu seinem Fahrer: »Lassen Sie mich doch mal ein Stück fahren, dazu habe ich ja sonst nie Gelegenheit. Sie können sich ja eine Weile nach hinten setzen.«
Die beiden wechseln die Plätze, und der Chauffeur zieht auf dem Rücksitz seine Mütze über die Augen und schläft sofort ein. Der Papst beschleunigt das Tempo und ist bald schneller, als die Polizei erlaubt. Eine Streife mit Blaulicht überholt die Limousine und hält sie an.
Ein Polizist blickt ins Auto, stutzt, fixiert den Papst am Steuer und eilt zu seinem Dienstwagen, um seinen Vorgesetzten anzurufen.

»Ich brauche Rat«, sagt er, »ich habe gerade einen Prominenten beim zu schnellen Fahren erwischt.«
»Egal, er muß zahlen!«
»Dieses ist aber ein besonders heikler Fall ...«
»Und wenn es der Verkehrsminister wäre, er zahlt Strafe. Wer ist es denn?«
»Das weiß ich nicht«, antwortet der Polizist, »aber er hat den Papst als Fahrer.«

Es gab religiöse Witze in den sechziger Jahren, die über die Stellvertreter Gottes auf Erden hinausgingen, ein paar Etagen höher stiegen und sich mit ihren Pointen vor den Pforten des Himmels niederließen. Hier wachte der heilige Petrus.

Fritz Kneifel klopft an der Himmelstür an und bittet Petrus um Einlaß. Der schaut in seinen Unterlagen nach und winkt ab.
»Ich kann Sie hier nicht 'reinlassen, Herr Kneifel«, sagt Petrus, »Sie haben jemanden umgebracht.«
»Umgebracht nennen Sie das? Also das wüßte ich aber. Soll ich Ihnen mal erzählen, wie das in Wirklichkeit war? Also das war so: Heute mittag ruft mich jemand im Büro an und sagt: ›Ihre Frau betrügt Sie gerade. Und zwar in Ihrem eigenen Schlafzimmer.‹ Ich rase nach Hause, und was sehe ich? Meine Frau liegt nackt im Ehebett, was ungewöhnlich ist für die Mittagszeit. Aber niemand ist bei ihr. Zufällig werfe ich einen Blick durchs Fenster, und was sehe ich? Ein junger Mann kommt halbnackt aus dem Haus und zieht sich im Vorgarten seine Klamotten an. Da bin ich durchgedreht, in die Küche gerannt, hab mir den Kühlschrank gepackt und ihn von oben auf den Mann geworfen. Ich sah noch, daß ich ihn getroffen hatte, dann ereilte mich der Herzinfarkt. Also wenn Sie das umbringen nennen ...«
In diesem Moment klopft jemand erneut an die Himmelspforte. Ein junger Mann steht draußen und bittet um Einlaß.

»Nanu«, sagt Petrus, »Sie sind ja noch sehr jung. Was ist denn mit Ihnen passiert?«
»Das frag' ich mich auch«, sagt der Mann. »Ich hab mich heute in der Mittagspause etwas hingelegt und verschlafen. Da bin ich in Windeseile aus dem Haus gelaufen, hab' mir im Vorgarten meine Sachen angezogen, und wie ich da so stehe, wirft mir von oben jemand doch wahrhaftig 'n Kühlschrank auf den Kopf ...«
Wieder klopft es, wieder steht ein Mann vor der Tür und möchte in den Himmel.
»Was ist los?« fragt Petrus. »Wie kommen Sie denn hierher?«
»Das weiß ich auch nicht«, sagt der Mann, »ich sitze da heute mittag ganz ruhig in meinem Kühlschrank ...«

Dem Zoowärter und seiner Partnerin wäre die erwünschte Paarung vermutlich leichtergefallen, wenn ihm der Direktor an Stelle des liebeshungrigen Orang-Utan-Weibchens die Schimpansin Washoe angeboten hätte. Zwei amerikanische Wissenschaftler hatten dem klugen Tier 1967 die Zeichensprache mit mehreren Dutzend Zeichen und satzartigen Kombinationen beigebracht. Mit Washoe hätte sich der Wärter nach dem Erlernen der Zeichensprache also verständigen können. Seltsamerweise fiel den Witzbolden zu solchen Ereignissen nichts ein. Auch zwei weitere sonderbare Nachrichten aus den USA inspirierten sie nicht. Statistiker hatten Ende der sechziger Jahre ermittelt, daß rund 20 Millionen Einwohner in Amerika ohne Zähne durchs Leben gingen. Außerdem fanden sie heraus: In gestörten Ehen haben Frauen mit Rheumatismus mit hoher Wahrscheinlichkeit magenkranke Männer.

Christian N. Barnard gelang 1967 in Kapstadt die erste Herzverpflanzung. Darüber wurden keine Witze gemacht – es sei denn, sie sind verschollen. Und als der Astronaut Neil Armstrong mit den Worten: »Das ist ein kleiner Schritt für den Menschen, aber ein großer für die Menschheit« als erster den Mond betrat, fiel nur einem westdeutschen Schlagertexter etwas Komisches ein.

Die Fahrt zum Mond
hat sich gelohnt
drum weiß die Wissenschaft
im Grunde ganz gewissenhaft
daß sich die Fahrt
zum Mond nicht lohnt
drum hat die Fahrt zum Mond
sich schließlich doch gelohnt.

In Bonn kam die große Koalition mit Kiesinger als Bundeskanzler zustande – Beate Klarsfeld verpaßte ihm eine Ohrfeige, weil sie ihn für einen »alten Nazi« hielt. Kein Witz! Aber als in der Bundesrepublik eine unerwartete wirtschaftliche Rezession mit Arbeitslosigkeit und Haushaltskrise einsetzte, durfte aus gegebenem Anlaß noch einmal »Frau Wirtin« ihre Meinung sagen:

Frau Wirtin war auch mal in Bonn
doch hatte sie nicht viel davon
denn in dem ganzen Bundestage
stand niemandem der Sinn nach ihr
so ernst war dort die Lage.

Den Ernst der innenpolitischen Lage wußte auch ein Stahlarbeiter des »Hoesch«-Konzerns richtig einzuschätzen, als er sich mit einem Franzosen und einem Amerikaner über gewisse Qualitäten ihrer Ehefrauen unterhielt:

Der Franzose gibt an: »Wenn ich meine Hände um die Taille meiner kleinen Yvonne lege, dann berühren sich die Fingerspitzen meiner rechten und linken Hand. Und das liegt nicht etwa daran, daß ich zu große Hände habe, sondern daran, daß meine Yvonne eine so entzückend schmale Taille hat.«
Der Amerikaner erzählt: »Wenn meine Joan morgens auf dem Pony durch unsere Wiesen reitet, dann berühren ihre Fußspitzen das taufeuchte Büffelgras. Und das liegt nicht

etwa daran, daß wir so kleine Ponys haben, sondern weil meine Joan so wunderbare lange Beine hat.«
Der Stahlarbeiter überlegt und sagt dann: »Wenn ich morgens zur Arbeit gehe und meiner Gertrud zum Abschied feste auf den Hintern schlage, dann wackelt der so lange, bis ich von der Arbeit zurück bin. Und das liegt nicht etwa daran, daß meine Frau einen besonders strammen Hintern hat, sondern weil wir bei ›Hoesch‹ eine so kurze Arbeitszeit haben ...«

Es war die Zeit, da sich an den westdeutschen Universitäten die Außerparlamentarische Opposition (APO) formierte. Die dort versammelten Studenten stellten die Errungenschaften des Wirtschaftswunders in Frage und forderten radikal politische Reformen. Die von Rudi Dutschke angeführten APO-Genossen machten sich auf die von ihnen nicht mehr anerkannten Führungskräfte und Autoritäten ihre eigenen witzigen Reime:

»Unter den Talaren
der Muff von 1.000 Jahren.«

Der Titel des erfolgreichen Films ›Zur Sache, Schätzchen‹ wurde zu einem gegen Klaus Schütz, den Regierenden Bürgermeister von Berlin, gerichteten Slogan umgedichtet:

»Zur Sache, Schützchen,
nimm Dein Mützchen.«

Und die in Wohngemeinschaften wie der Kommune 1 zusammengerückten Kommunarden gaben die Parole aus:

»Wer zweimal mit derselben pennt
gehört schon zum Establishment.«

Vielleicht war dieser spöttische Zweizeiler aber auch eine Erfindung der Gegner.

Als sich die APO zurückzog und ihre Anhänger zu jenem »langen Marsch durch die Institutionen« aufforderte, mit dem sie die Bastionen der Mächtigen unterminieren wollten, wurden ihnen Witze nachgereicht. Sie machten sich vor allem über den schwer verständlichen Soziologenjargon der Revolutionäre lustig. Der Jargon hörte sich so an:

Ein Soziologenteam befragte 600 Arbeiter eines Hüttenwerks und kam zu folgendem Ergebnis: »Alle Arbeiter, mit denen wir gesprochen haben und die überhaupt ein Gesellschaftsbild entwickeln, sehen die Gesellschaft als unabwendbare oder abwendbare, unüberbrückbare oder »partnerschaftlich« zu vermittelnde Dichotomie ... Arbeiterbewußtsein und Dichotomie-Vorstellung sind aneinander gebunden.«
(Dichotomie = Verzweigung, Zweiteilung.)

Andere Angriffsziele waren die antiautoritäre Kindererziehung und die Diskussionssucht der Alternativen.

»Die Kindergärtnerin macht eine Eignungsprüfung mit der vier Jahre alten Tochter eines Politologen und sagt: »Nenn mir doch bitte einige Wörter, die dir gerade einfallen.«
Da wendet sich das Kind an seine Mutter: »Was meinst du, Mama, möchte die Tante einige konsequent logisch konstruierte Sätze hören, oder nur ein paar ganz schlichte, irrelevante Bemerkungen?«

Ein antiautoritäres Ehepaar will beim Standesamt das neugeborene Kind anmelden.
»Junge oder Mädchen?« fragt der Standesbeamte.
Antwort des Vaters: »Das soll doch das Kind, bitteschön, später selber entscheiden.«

Zwei Alternative treffen sich auf der Straße.
»Kannst du mir sagen, wie ich zum Bahnhof komme?«
»Nein, das weiß ich leider auch nicht. Aber es ist ganz wichtig, daß wir darüber geredet haben!«

Für eine bezeichnende Bemerkung im antiautoritären Kindergarten war auch der Kindermund zuständig:

»Mutti?«
»Was ist?«
»Müssen wir heute wieder tun, was wir wollen?«

Eine eigentümliche Spezies von Witzen hatte damals mit Leuten zu tun, die sich bei Konzernherren oder Mafiabossen um einen hochdotierten Job bewerben. Gemeinsam war ihnen die ausgefallene Struktur und ein Angebot an Pointen, die eher mit dem bizarren angelsächsischen als mit dem deutschen Humor zu tun hatten.

Ein Mann mit glänzenden Zeugnissen und imponierendem Auftreten hat sich bei Neckermann um den Posten eines Abteilungsleiters beworben. Der Konzernchef empfängt ihn in seinem Büro persönlich und meint entgegenkommend: »Von allen Bewerbungen war Ihre die beste, Herr Lankhaus.«
»Danke, Herr Nackermann«, sagt der Bewerber.
Der Chef runzelt die Stirn. »Verzeihung«, reagiert er, »ich heiße Neckermann, nicht Nackermann.«
Herr Lankhaus entschuldigt sich wortreich und folgt dem Konzernherrn in einen Saal, wo sich die Führungskräfte der Firma versammelt haben. Neckermann stellt den Bewerber vor und teilt seinen Abteilungsleitern mit, daß er Herrn Lankhaus für geeignet halte, die ausgeschriebene Stelle zu besetzen.
»Schönen Dank für Ihr Vertrauen, Herr Nackermann«, sagt der Bewerber, »ich werde Sie nicht enttäuschen.«
Die Führungsriege erstarrt. Sichtlich verärgert bittet der

Chef Herrn Lankhaus vor die Tür. »Hören Sie«, sagt er dort, »ich heiße Neckermann und nicht Nackermann. Das sage ich Ihnen jetzt zum letzten Mal.«
Wieder entschuldigt sich der Bewerber; nach einem Rundgang durch die Firma geht Neckermann mit ihm in die Kantine. Dort läßt er Mokka mit Kognak servieren, die beiden prosten sich zu, und als Lankhaus seinen Schwenker abstellt, sagt er begeistert: »Der Kognak ist ganz vorzüglich, Herr Nackermann.«
Der Firmenchef erbleicht. »Lassen Sie sich Ihre Unterlagen geben und verschwinden Sie«, knurrt er, »aber ein bißchen plötzlich, wenn ich bitten darf.«
Herr Lankhaus sucht das Weite. Als er zu Hause ankommt, steht seine Frau vor der Tür und fragt: »Na, wie war's, Schatz?«
»Wie soll's gewesen sein?« antwortet Lankhaus mürrisch. »Derselbe Scheiß wie bei Qualle ...«

Ein Industriekonzern will den Posten des Personalchefs neu besetzen. Aus der Fülle der Angebote hat der Firmenchef drei Bewerber ausgesucht, die er persönlich begutachten will. Der erste kommt, die Sekretärin dirigiert ihn ins Büro des Chefs. Nach kurzem Wortgeplänkel fragt der Konzernherr unvermittelt: »Wenn Sie mich einmal genauer ansehen, fällt Ihnen da etwas auf?«
Der Bewerber fixiert sein Gegenüber aufmerksam und sagt nach einer Weile: »Sie tragen einen Kaschmir-Anzug und eine teure Uhr von Cartier. Ihr linkes Auge ist von einem etwas helleren Blau als das rechte. Und Sie haben keine Ohren.«
»Schönen Dank«, sagt der Chef, er entläßt den Bewerber mit den Worten: »Sie werden bald von uns hören.«
Der zweite kommt ins Büro und wieder stellt der Konzernherr die Frage: »Wenn Sie mich einmal genauer ansehen, fällt Ihnen da etwas auf?«
Der Bewerber blickt sein Gegenüber lange an und sagt

schließlich: »Sie tragen ein Toupet, maßgeschneiderte Hemden, und Sie haben keine Ohren.«
»Sehr gut beobachtet«, sagt der Chef, »Sie werden bald von uns hören.«
Der dritte Bewerber ist ein gutaussehender Mann, den die Sekretärin gern in ihrer Nähe haben würde. Also gibt sie ihm den Rat: »Wenn der Chef Sie nach seinen besonderen Merkmalen fragt, sagen Sie ihm bloß nicht, daß er keine Ohren hat. Das kann er nämlich nicht leiden. Und noch ein Tip: Er trägt Haftschalen.«
Dermaßen gewarnt, betritt der Mann die Höhle des Löwen. Und als der Chef seine stereotype Frage stellt, antwortet der Mann ohne zu zögern: »Sie tragen einen Platinring mit sechs Brillanten, eine Krawatte von Armani und sehr gut geschliffene Haftschalen.«
»Donnerwetter«, sagt der Konzernherr, »Sie können bei uns anfangen, ich gratuliere. Aber eine Frage habe ich noch: Wie sind Sie darauf gekommen, daß ich Haftschalen trage?«
»Ganz einfach«, sagt der dritte Bewerber. »Wenn Sie Ohren hätten, würden Sie vermutlich 'ne Brille tragen.«

Der Boß einer Rauschgift-Mafia sucht einen neuen Leibwächter, der es nicht nur in den Fäusten, sondern auch im Kopf hat. Drei Bewerber stellen sich nacheinander vor. Der erste wird vom Boß ohne Umschweife gefragt: »Was war bis jetzt Ihre größte berufliche Leistung?«
»Ich habe in einer Nacht in Süditalien 14 Mitglieder der ›Cosa Nostra‹ umgenietet.«
»Sehr schön«, sagt der Mafia-Chef, »und wieviel Buchstaben hat das Alphabet?«
»Sechsundzwanzig.«
»Hervorragend!« sagt der Boss und verabschiedet den Bewerber. »Sie werden in den nächsten Tagen von uns hören.«
Der zweite stellt sich vor und wird gefragt: »Was war bisher Ihre größte berufliche Leistung?«
»Ich habe in der vergangenen Woche 20 Mitglieder einer

Konkurrenz-Gang mit einem Flammenwerfer plattgemacht.«
»Gute Arbeit«, sagt der Boss, »und wieviel Buchstaben hat das Alphabet?«
»Sechsundzwanzig.«
»Bravo, Mann! Sie werden von uns hören.«
Der dritte Bewerber ist ein unauffälliger Mann mit klugen Augen. Auf die Frage nach seiner größten Leistung antwortet er: »Ich habe in einer Nacht ohne fremde Hilfe 26 Kaufhäuser niedergebrannt.«
»Toll«, sagt der Boss, »und wieviel Buchstaben hat das Alphabet?«
»Vierundzwanzig.«
»Leider falsch. Wie kommen Sie auf vierundzwanzig?«
»C&A gibt es nicht mehr...«

Solche skurrilen Fundsachen wurden im anderen Teil Deutschlands nur selten angeboten. In der DDR dominierten nach wie vor die ausgekochten, zielsicheren Witze über die politische Führung, den Staatssicherheitsdienst oder die wirtschaftliche Notlage.

Honecker liegt am Ostseestrand, und mit der Morgenröte steigt die Sonne auf.
»Guten Tag, liebe Sonne«, sagt Erich.
»Guten Tag, Herr Staatsratsvorsitzender«, sagt die Sonne, »ich wünsche Ihnen einen erholsamen Tag, Herr Staatsratsvorsitzender!«
»Das ist aber freundlich von dir, liebe Sonne«, sagt Erich, »das ist sehr freundlich, daß du mir einen erholsamen Tag wünschst.«
»Ich danke Ihnen, sehr geehrter Herr Staatsratsvorsitzender«, sagt die Sonne.
Am Abend, als die Sonne untergeht, schaut Erich ihr nach und sagt: »Vielen Dank, liebe Sonne, ich hatte einen angenehmen Tag!«

»Ach, Mann!«, sagt die Sonne. »Leck mich am Arsch, jetzt bin ich im Westen!«

Else Möller schreibt aus Ost-Berlin einen Brief an ihre in Köln lebende Tante Hanni.
»Liebe Hanni, die Vorbereitungsphase läuft. Bitte, schick uns doch wie im letzten Jahr drei Handgranaten und ein Kilogramm Sprengstoff mit Zündschnüren. Wir bereiten alles vor. Schöne Grüße. Deine Else.«
Im Frühjahr kommt wieder ein Brief an Tante Hanni.
»Meine Liebe, die Vorbereitungsphase 1 ist abgeschlossen. Der Staatssicherheitsdienst hat den ganzen Garten umgegraben. Jetzt kannst Du uns die Tulpenzwiebeln schicken ...«

Zwei Vettern, der eine aus Ost-, der andere aus Westdeutschland, haben sich in Berlin getroffen. Zum Abschied sagt der »Wessi«: »Du könntest mir eigentlich mal schreiben, wie es dir geht und wie bei euch so die Lage ist.«
»Das wird schwer sein«, meint der »Ossi«, »bei uns geht alle Post durch die Zensur.«
»Das macht nichts«, sagt der Vetter aus dem Westen, »wenn alles o.k. ist, schreibst Du mit schwarzer Tinte, wenn es Probleme gibt, schreibst Du dasselbe in Grün.«
Wochen später erhält der »Wessi« einen Brief in schwarzer Tinte: »Hier ist alles wunderbar. Unserem Land geht es immer besser. Die Menschen sind glücklich und man kann kaufen, was man will. Butter, Eier, Apfelsinen, frischen Fisch – nur leider keine grüne Tinte.«

Auch Radio Eriwan diente den Spöttern aus der DDR weiterhin als Quelle für pfiffige Gebrauchsanweisungen.

Anfrage an Radio Eriwan:
»Stimmt es, daß dem Kosmonauten Gagarin auf dem Roten Platz ein rotes Auto überreicht worden ist?«

Antwort:
»Im Prinzip ja. Nur handelte es sich nicht um den Kosmonauten Gagarin, sondern um einen Arbeiter gleichen Namens. Und es geschah nicht in Moskau, sondern in Kiew. Es war auch nicht ein Auto, sondern ein Fahrrad, das ihm gestohlen wurde.«

Anfrage an Radio Eriwan:
»Was wäre eigentlich passiert, wenn statt Kennedy Ulbricht erschossen worden wäre?«
Antwort:
»Eine etwas abwegige Frage. Aber eines ist gewiß: Onassis hätte die Witwe nicht geheiratet.«
Anfrage an den Sender Jerewan:
»Was passiert, wenn der Sozialismus in der Sahara eingeführt wird?«
Antwort:
»Die ersten zehn Jahre passiert gar nichts. Und dann wird allmählich der Sand knapp.«

Von 1959 bis 1969 war Heinrich Lübke Bundespräsident der Republik. Viele faule Witze wurden über ihn gemacht, aber komischer war noch, was der prominente Sauerländer – speziell in seiner zweiten Amtsperiode – selber von sich gab.

1966 zum Auftakt seines Besuches in Madagaskars Hauptstadt Tananarive begann der deutsche Gast:

»Sehr geehrter Herr Präsident, sehr geehrte Frau Tananarive ...«

Im Ostasiatischen Verein in Hamburg erläuterte er 1964, was man zu Indonesien wissen muß:

»Indonesien besteht aus Inseln, die liegen teils nördlich, teils südlich vom Äquator, und dazwischen ist eine Menge Wasser.«

Zur Eröffnung der Bundesgartenschau in Essen 1965 versicherte er:

»Wir wollen uns freuen, an diesem Tag hier gewesen zu sein, wo wir, wenn das Wetter nicht ganz ausreicht, die Gartenschau im Saale miterleben.«

Ebenfalls 1965 redete er in Kassel vor der Arbeitsgemeinschaft Deutscher Chorverbände:

»Die Nachwuchskrise, unter der viele Gesangvereine leiden, muß daher als ein Symptom verstanden werden, das erst mit anderen Zeiterscheinungen zusammengenommen, ein Bild von der inneren Situation unseres Volkes ergibt.«

Und bei der Eröffnung des Hauses der Ruhrfestspiele in Recklinghausen 1965 fragte er:

»Könnte nicht in unseren Familien der gemeinsamen Dichterlesung wieder mehr Raum gegeben werden?«

Über Günter Grass urteilte er 1964:

»Der schreibt so unanständige Dinge, über die nicht einmal Eheleute miteinander sprechen.«

Als das Jahrzehnt zu Ende ging, war in Westdeutschland ein Mann populär, der die sexuellen Tabus zügig aus dem Wege räumte und die Liebespaare in Wort und Bild darüber aufklärte, daß ihre Praktiken nicht der Weisheit letzter Schluß seien: Oswald Kolle, der Trainer für Leibesübungen aller Art.

1969 stellte er der Freiwilligen Selbstkontrolle in Wiesbaden seinen Film ›Dein Mann, das unbekannte Wesen‹ mit der Bitte um Freigabe vor. Die verantwortliche Kommission glaubte ihren Augen nicht zu trauen, als sich auf der Leinwand ein Penis blicken ließ, der sich standhaft dem Ziel seiner Wünsche näherte.

»Das kommt ohne Schnitte nicht ins Kino«, entrüsteten sich die männlichen Prüfer. Nur die einzige Frau des Gremiums bestand darauf: »Der Schwanz bleibt drin!« Sie konnte sich durchsetzen.

Nach der Sitzung wurde Volksaufklärer Kolle von einem Mitglied der Kommission folgendermaßen getadelt: »Sie wollen wohl die ganze Welt auf den Kopf stellen. Jetzt soll die Frau schon oben liegen ...«

Auch so entstehen Witze.

Das Letzte

Lieber locker vom Hocker als hektisch am Ecktisch.

Frage an Radio Eriwan:
»Was ist das Beste an der Muttermilch?«
Antwort: »Die Verpackung!«

»Wollen wir nicht mal eine Orgie feiern?«
»Wie viele Teilnehmer haben Sie denn zusammen?«
»Wenn Ihre Frau mitmacht, sind wir drei.«

»War Ihr Sohn mal Schlosser?«
»Nein, warum?«
»Er guckt nach jeder losen Mutter.«

Lieber arm dran als Bein ab.

Chris Howland

Prüdes – Prüde Menschen – Prüderie

Heutzutage haben junge Menschen keine Vorstellung davon, wie prüde unsere Eltern in den vierziger oder fünfziger Jahren waren. Wahrscheinlich haben wir alles gemacht, was die Menschen heute machen, aber es war weitaus schwieriger.

Wenn man damals in einem Hotel ein Doppelzimmer verlangte, mußten Mann und Frau ihre Pässe zeigen, und wenn sie nicht denselben Namen trugen – Pech gehabt! Das lag gar nicht am Hotel. Es konnte jeder wegen Kuppelei verklagt werden, der einem unverheirateten Paar ermöglichte, miteinander zu schlafen. Das galt auch für private Räume. Und es gab eine Sittenpolizei, die dafür Sorge trug, daß alle sich gut benahmen.

Das hielt die Menschen nicht auf, denn Sex kann man nicht stoppen, aber es machte alles komplizierter.

Anfang der fünfziger Jahre drehte Sidney Chaplin, der Sohn des berühmten Charlie, in Hamburg einen Film. Er hatte damals eine sehr berühmte Freundin und versuchte, in einem von Hamburgs internationalen Hotels ein Doppelzimmer zu buchen.

»Sind Sie verheiratet?« fragte die strenge Empfangsdame. Sidney Chaplin schenkte ihr einen erstaunten Blick. »Spielt das eine Rolle?« fragte er. »Hier spielt es eine Rolle«, entgegnete die Empfangsdame, »schließlich sind wir nicht in Amerika.«

Sie mußten sich mit zwei Einzelzimmern begnügen.

Ich kann die folgende Geschichte nicht belegen, aber ich halte sie für wahr. 1952 kam die amerikanische Filmschauspielerin Zsa Zsa Gabor nach Deutschland, um einen Film zu drehen. Sie reiste in Begleitung ihres langjährigen Partners, des Diplomaten Porfirio Rubirosa. Vier Wochen vor der Ankunft glich ihr Hotel in Darmstadt einem aufgeregten Bienenstock. Wände wurden eingerissen, Verbindungstüren eingebaut, neue Teppiche, neue Betten – die komplette Ausstattung für eine Königin und ihren Gemahl. Mit einer Ausnahme: Offiziell mußten Zsa Zsa und Rubirosa zwei Einzelzimmer beziehen. Der ganze Aufwand erfüllte drei Zwecke:

– dem Gesetz war entsprochen worden;
– die Unbescholtenheit des Hotels blieb gewahrt;
– und den beiden VIPs wurde die Peinlichkeit erspart, wie wir Normalsterblichen mitten in der Nacht Hotelflure auf und ab laufen zu müssen.

Doch die Prüderie erstreckte sich weit über Hotelzimmer hinaus.

Nehmen wir zum Beispiel Kondome. Heute kann man sie überall kaufen, sogar in verschiedenen Farben und Geschmacksrichtungen. Aber damals?

Man flüsterte auf den Apotheker ein, und wenn man zu jung aussah, wurde man gar nicht erst bedient.

Einer meiner Freunde hat jedesmal über Stunden Mut aufgetankt, um in die Apotheke zu gehen. Und wenn er von einem Mann oder einer Frau mit strengem Gesichtsausdruck bedient wurde, verlor er seinen ganzen Mut und kaufte statt dessen Aspirin. Sein Sex-Entzug und die darauf folgende Enttäuschung lösten bei ihm schreckliche Kopfschmerzen aus. Sein einziger Trost bestand darin, daß er ein Zimmer voller Aspirin hatte, um die Kopfschmerzen loszuwerden.

Noch scheinheiliger konnten die Amerikaner sein. Ich erlebte das 1955 während eines Besuches in New York. Da war ich zu einer Petting-Party eingeladen.

Anfangs dachte ich, es handele sich um eine ganz normale Party, doch dann entdeckte ich, daß die jungen Leute ihre Eltern mitgebracht hatten. Nachdem alle am Gartengrill ihren Hunger gestillt hatten, saßen die Mamas und die Papas im

Halbkreis auf der einen Seite, und die jungen Paare nahmen, ebenfalls im Halbkreis, auf der anderen Seite Platz. Bald darauf wurde es dunkel, und die einzige Lichtquelle war die ersterbende Holzkohlenglut des Grills.

Als junger Ehemann mußte ich mich auf der Elternseite niederlassen und den ganzen Abend einem erheblichen Langweiler zuhören, der mir auseinandersetzte, daß Rasierklingen ewig halten würden, wenn man nur das Rostproblem lösen könnte. Meine Gedanken waren ganz woanders, ich quälte meine Augen, um zu erkennen, was auf der stummen Seite des Kreises geschah.

Ich nehme einmal an, die jungen Leute dort taten alles bis zur Grenze dessen, was sie wirklich tun wollten. Ich hörte leises Stöhnen und Seufzen, aber das laute Geschnatter auf meiner Seite machte es schwierig, Einzelheiten zu unterscheiden.

Um Mitternacht wurde das Ende der Party verkündet, irgendwer schaltete das Licht ein. Und da sah ich sechzehn derangierte Teenager die Hosen zuknöpfen, Büstenhalter zurechtrücken, Kleider glattstreichen, Lippenstiftspuren abwischen u.s.w.

Mit Bangen wartete ich auf das große Donnerwetter, aber die Eltern waren glücklich, weil der Anstand bewahrt worden war. Die Prüderie hatte über das Laster gesiegt. Die jungen Leute kehrten über die Maßen frustriert heim, und ich hatte eine Menge nutzloser Informationen über Rasierklingen erhalten.

Deshalb mag ich den folgenden Witz nicht, der in den fünfziger Jahren die Runde machte:

Was sagen Mädchen nach einem »Quickie«?
Das australische Mädchen sagt: »Ich hoffe, du denkst nicht schlecht von mir.«
Das deutsche Mädchen sagt: »Das war großartig. Wohin gehen wir essen?«
Das englische Mädchen sagt: »Fühlst du dich jetzt besser, mein Lieber?«
Und das amerikanische Mädchen sagt: »Wie war noch mal dein Name?«

Das amerikanische Mädchen hätte das niemals gefragt. Nicht einmal vorher. Ich höre, die Leute hätten sich geändert – sie seien liberaler geworden. Das mag zutreffen, aber ihre prüden Vorstellungen von Sex haben sich nicht gewandelt. Ein typisches Beispiel ist Hollywood. Fast jeder amerikanische Film enthält eine oder mehrere heiße Liebesszenen, aber wenn man genau hinschaut, sieht man, daß die Schauspieler nie ihre Unterwäsche ausziehen. Wenn alle Amerikaner sich so verhalten, grenzt es an ein Wunder, daß es immer noch vierhundert Millionen von ihnen gibt.

Lentz/Thoma

1970–1979

Die RAF bombte und nahm Geiseln, Palästinenser überfielen die israelischen Sportler bei den olympischen Spielen in München, Rainer Barzel scheiterte mit einem sicher geglaubten Mißtrauensvotum, die SPD regierte weiter.

Willy Brandt hatte 1971 den Friedensnobelpreis erhalten. Die Guillaume-Affäre, der Spion als engster Berater, zwang den Kanzler drei Jahre später zum Rücktritt. Die Kanzlerzeit des Helmut Schmidt begann. Und die Deutschen erzählten weiter Ostfriesenwitze.

Diese oft sehr dürftigen Geschichten waren für den Anfang der siebziger Jahre repräsentativ. Bestimmt könnten kluge Köpfe aus diesem Tatbestand ernste Hintergründe filtern. Es gab aber keine. Außer dem einen, daß die Grundstimmung der Deutschen optimistisch war.

Wenn man Eike Christian Hirsch (›Der Witz-Ableiter‹) glauben will, und warum sollte man das nicht, entstanden die Ostfriesenwitze 1970 in einem Gymnasium in Westerstede, einem Ort zwischen Oldenburg und Ostfriesland. In der Schülerzeitung ›Trompeter‹ wurde in einer Spalte »Aus Lehre und Forschung« der »Homo ostfriesiensis« erfunden. Aus Spaß und aggressiver Konkurrenz zwischen Ammerländern und Ostfriesen. Als der ›Spiegel‹ 1971 Kostproben druckte, wurden die deutschen Witzbolde richtig erfinderisch.

Warum gerade jetzt und gerade in der Bundesrepublik? Es gibt keine einleuchtende Erklärung. Abwertende Späße über

Gruppen sind nicht speziell deutsch. Die meisten Beispiele konnte man schon anderswo hören, sie wurden zwischen Flamen und Wallonen, Griechen und Türken, Bayern und Österreichern, oder in den USA als Neger- oder auch Polenwitze erzählt. Manchmal werden sie aus Unverständnis den Fremden gegenüber besonders bösartig. Ostfriesen sind angeblich blöd und rückständig, haben Stroh im Kopf und streuen Pfeffer auf den Fernseher, um das Bild scharf zu machen.

Frage: Warum starren die Ostfriesen immer vom Strand aufs Meer hinaus? Antwort: Sie warten auf die Sexwelle.

Ein Ostfriese wird in Bayern festgenommen und beschuldigt, eine Frau überfallen zu haben. Nach einer Nacht in der Münchner Zelle wird morgens eine Gegenüberstellung arrangiert. Fünf Münchner, ähnlich gekleidet, werden neben den Ostfriesen gestellt, die betroffene Frau gegenüber. Als sich alle eine Weile angesehen haben, tritt der Ostfriese vor, zeigt auf die Frau und sagt: »Die war's!«

Ein Ostfriese reist nach Ägypten und fährt mit einem Dampfer über den Nil. Das Schiff wird durch ein anderes Fahrzeug gerammt und sinkt. Schon kommen die ersten Krokodile angeschwommen.
Da ruft der Ostfriese: »Da sieht man es wieder, alles verlottert hier. Aber die Rettungsboote sind von Lacoste!«

Witze dieser Art übertreiben meistens so, daß sie nicht wirklich schmerzen. Die Ostfriesen lebten sehr frohgemut damit. Aber sie erfanden auch »Abwehr-Witze«:

Frage: Was geschieht, wenn ein Ostfriese nach Österreich auswandert?
Antwort: Dann haben die Ostfriesen einen Deppen weniger und die Österreicher einen Ingenieur mehr.

Der ›Monat‹ beklagte 1970, daß die »rhetorischen Kapazitäten im 6. Deutschen Bundestag minimal« geworden seien. Dabei gab es in den siebziger Jahren ja noch denkwürdige Redeschlachten zwischen Helmut Schmidt und Herbert Wehner auf der einen, Franz Josef Strauß und Kurt Georg Kiesinger auf der anderen Seite. Aber mit der Wahl 1969 machte sich doch ein Generationswechsel bemerkbar. Und die CDU mußte sich mühsam an die Oppositionsrolle gewöhnen. Nur wenige glaubten, daß die »Linken« lange regieren könnten. Sie blieben aber dann fast 14 Jahre.

Willy Brandts Affären mit Frauen wurden Witzthema, wenn auch sehr behutsam.

Eine schöne Fee kommt zu Brandt und verspricht: »Sie haben drei Wünsche frei.«
»Fräulein«, antwortet der, »dreimal dasselbe!«

Willy Brandt versuchte auch im Osten mit den früheren Feinden friedliche Nachbarschaften zu entwickeln. Dabei ging es auch darum, die Truppenkonzentration der UdSSR in Ost-Europa zu verringern. Diese Politik brachte dem Kanzler 1971 den Friedensnobelpreis. Der Witz hielt sich zurück, er griff wieder einmal schon anderswo verwertete Anspielungen auf:

Willy Brandt wandelt morgens immer am Bundeshaus über den Rhein. Er hält sich jetzt für Jesus.

Die FDP galt spätestens seit dem Machtwechsel 1969 als »Mehrheitsbeschaffer«, als eine Partei, mit der ein Wahlsieger immer dann in einer Koalition regieren kann, wenn er die absolute Mehrheit verpaßt hat. Hans-Dietrich Genscher wurde ihr Vorsitzender und der neue starke Mann der Partei, kurze Zeit als Innenminister, dann als der ausdauerndste Außenminister der Republik. Über seine Reiselust witzelte man:

Zwei Flugzeuge stoßen in der Luft zusammen. In beiden sitzt Genscher.

Sein Vorgänger als Außenminister und FDP-Chef, Walter Scheel, ließ sich 1974 zum Bundespräsidenten wählen. Die Kölner alberten über den sprachlichen Gleichklang von Schäl und Scheel:

Scheel wird Bundespräsident – Tünnes lacht sich kapott!

Otto Habsburg, der älteste Sohn des letzten österreichischen Kaisers, wurde 1979 als CSU-Abgeordneter in das europäische Parlament gewählt. Das »von« hatte er nach österreichischem Gesetz abgelegt.

Ein Witz berichtet, Otto Habsburg sei im Wandelgang des Parlaments gefragt worden, ob er sich denn am Abend auch das Fußballspiel ansehe.
»Wer spielt denn?« fragt der letzte Habsburger.
»Österreich – Ungarn« ist die Antwort.
»Und gegen wen?« will er wissen.

Die SPD und ihr Bemühen um mehr »Gerechtigkeit« produzierte ungewollt auch mehr Bürokratie.

Frage an einen Verwaltungschef:
Wie viele Menschen arbeiten bei Ihnen?
Antwort: Knapp die Hälfte!

Die Arbeitszeit in der Bundesrepublik war schon 1970 kürzer als in allen anderen EWG-Ländern. Aber da noch 500.000 Arbeitskräfte fehlten, wurden Warnsignale kaum beachtet. Die Hamburger ›Bureau-Ordnung‹ von 1872 schrieb noch vor, »von 6 Uhr vormittags bis 6 Uhr nachmittags« anwesend zu sein. Es durfte in dieser Zeit auch nicht gesprochen werden. So streng waren da die Bräuche, aber die Vorschriften und die Arbeitswelt änderten sich in nur hundert Jahren.

Von 1970 bis 1979 stieg das monatliche Durchschnittseinkommen in der Bundesrepublik von 890,-- auf 1.680,-- Mark. Der Preisindex kletterte allerdings auch von 100 auf 154. Die

Arbeitslosigkeit dagegen war auf unter 1% gesunken. Die Stahlarbeiter streikten 1979 ganze 44 Tage, um die 35-Stunden-Woche zu erreichen.

In einer Gewerkschaftsversammlung verkündet der Redner: »Und im Jahr 2000 werden wir nur noch an jedem Mittwoch arbeiten!«
Zwischenruf: »Den ganzen Tag?«

Die Wirtschaft boomte noch, der Sektverbrauch hatte sich bei den Westdeutschen in 20 Jahren vervierfacht. Erstmals wurde der Alkoholmißbrauch bei Jugendlichen diskutiert.

23 Millionen Bürger verreisten 1974, davon 58% mit dem Auto. Angesichts der steigenden Staatsverschuldung und einer Preissteigerungsrate von 7% (1974) nahmen auch warnende Stimmen zu. Zum Beispiel im Hinblick auf die japanische Herausforderung.

Der Lehrer verkündet in einer Düsseldorfer Schule. »Kinder, wir nehmen heute deutsche Lyrik durch, wir müssen ja mal zu den Wurzeln unserer Sprache kommen. Also, ich mache das ganz leicht, zitiere immer zwei oder drei Zeilen, und ihr sagt mir dann, was das ist und wer es geschrieben hat. Ich beginne mit einem ganz leichten Beispiel: »Festgemauert in der Erden, steht die Form aus Lehm gebrannt ...«
Die Kinder senken verlegen die Köpfe, nur ein kleiner japanischer Schüler namens Hashimoto meldet sich: »Das ist das Lied von der Glocke von Friedrich Schiller.«
»Gut«, lobt der Lehrer, »und ein zweites Beispiel: Der Mond ist aufgegangen, die gold'nen Sternlein prangen am Himmel hell und klar ...«
Wieder meldet sich nur der kleine Hashimoto. Er ruft: »Das ist das Abendlied von Matthias Claudius!«
»Hervorragend«, sagt der Lehrer. »Jetzt strengt auch ihr anderen mal euren Grips an: ›Vom Eise befreit sind Strom und Bäche ...‹

Schon zeigt der kleine Hashimoto auf: »Faust, erster Teil, Johann Wolfgang von Goethe!«
»Scheiß-Japse!« flucht ein Schüler in der letzten Reihe.
»Wer war das?« fragt der Lehrer böse.
»Max Grundig bei der Eröffnung der ersten Sony-Fabrik in Stuttgart-Fellbach«, antwortet der kleine Hashimoto.

Nach und nach wuchsen überall die »Grünen« als neue Partei heran. Allerdings gründeten sie erst 1980 eine Bundespartei. Witze über die neuen »Störenfriede« konnten auch sehr bösartig sein.

Zwei Grüne diskutieren. Der eine sagt: »Wir können ja nicht davon ausgehen, daß nun grundsätzlich alles schlimm und verwerflich sein muß, was während der Zeit des Nationalsozialismus entstanden ist.«
»Mag ja sein«, erwidert der andere, »aber denk nur an die Autobahnen, die Autobahnen!«

Das ist schon fast schwarzer Humor, wie er sich z. B. auch in Krankenhaus- und Hinrichtungswitzen äußerte. Die waren in diesen wirtschaftlich florierenden Jahren besonders beliebt.

Der Chefarzt besucht den Patienten, als der nach der Operation aus der Narkose aufwacht. »Ich habe eine schlechte Nachricht und eine gute Nachricht für Sie. Welche wollen Sie zuerst?«
»Zuerst die schlechte«, entscheidet der Patient besorgt.
»Wir haben Ihnen beide Beine abnehmen müssen.«
»O Gott«, stöhnt der Patient, »und die gute?«
»Im Zimmer nebenan liegt ein Mann, der interessiert sich für Ihre Schuhe.«

Ist das noch erlaubt? Goethe schrieb in den ›Wahlverwandtschaften‹: »Durch nichts bezeichnen die Menschen mehr ihren Charakter als durch das, was sie lächerlich finden.«

Schon Aristoteles behauptete, das Wesen des Witzes bestehe in einem Defekt. Häßliches sei darum komisch. Und Komödiendichter haben ja zu allen Zeiten Figuren auftreten lassen, die unter körperlichen Gebrechen zu leiden hatten. Gelacht wurde über Bucklige, Kleinwüchsige, Stotterer, »Tattergreise«, Betrunkene.

Zwei Männer aus München und Chicago schicken sich gelegentlich Briefmarken und dabei auch freundliche Grüße. Nach einem besonders gelungenen Tausch schreibt der Münchner: »Lieber amerikanischer Brieffreund! Deine letzten Marken haben meine Sammlung so aufgewertet, daß ich gar nicht weiß, wie ich Dir danken soll. Dabei ist mir aufgefallen, daß wir uns eigentlich gar nicht kennen, obwohl wir uns doch schon so lange schreiben. Hiermit lade ich Dich also ein, mich in München zu besuchen. Ich könnte im Sommer Zeit finden, damit wir uns ein paar schöne Tage machen. Kosten wird es Dich nichts.«
Nach zwei Wochen kommt ein Brief aus Chicago: »Lieber deutscher Brieffreund, vielen Dank für Deine freundliche Einladung! Dabei ist mir auch klargeworden, daß wir uns wirklich schon so lange schreiben und doch kaum kennen. Du mußt nämlich wissen, daß Reisen für mich nicht so einfach ist: Ich bin nur einen Meter vierzig groß, habe einen Buckel und bin nicht so beweglich.«
Der Münchner antwortet beschwichtigend: »Lieber amerikanischer Brieffreund, wir kennen uns wirklich zuwenig. Dabei verdanke ich Dir so viel. Deine kleinen Behinderungen sollen uns doch nicht stören. Ich besitze ein hübsches Anwesen im Grünen vor der Stadt, wo wir uns allein und in aller Ruhe einige schöne Tage machen können. Also, wann kommst Du?«
Nach anderthalb Wochen antwortet der Amerikaner: »Lieber deutscher Brieffreund, vielleicht sollte ich Dir noch sagen, daß ich wegen eines lahmen linken Beines an Krücken gehe. Das macht die Reise nicht gerade leichter.«
Wieder schreibt der Münchner zurück: »Lieber amerikani-

scher Brieffreund! Das soll uns alles nicht aufhalten. Ich habe Personal, das Dich pflegen kann, und würde mich freuen, wenn Du trotzdem kommst. Es wird nur langsam Zeit, der Sommer naht, bitte melde mir möglichst schnell, wann Du fliegst.«
Nach einigen Tagen trifft ein Eilbrief ein: »Lieber deutscher Brieffreund. Nun muß ich Dir auch noch den letzten Punkt nennen, der eine Reise zu Dir erschwert: Ich bin nämlich schwarz.«
Jetzt telegrafiert der Münchner: »Keine Rassenvorbehalte, bitte nur noch Ankunft mitteilen!«
Der Amerikaner schickt endlich ein zustimmendes Telegramm: »Ankomme Dienstag, 6. Juli, mit Lufthansa LH 106 um 18.05 Uhr München. Kennzeichen: Weiße Nelke im Knopfloch.«

Auch Greise waren immer ein beliebtes Objekt für Witzemacher.

»Mein Großvater ist 80, er macht noch den Garten allein und kauft ein.«
»Meiner ist 84 und hat gerade wieder das goldene Sportabzeichen gemacht!«
»Mein Großvater ist 92 und steigt noch allen Frauen nach. Er weiß nur nicht mehr, warum.«

Und dann die Stotterer! Über sie und Leute mit Hasenscharten wurden mehr Witze gemacht als über jede andere Behinderung. Aber Hasenschartenwitze lassen sich nur erzählen, nicht schreiben. Einige Pointen mit Stotterern versuchen wir hier zu vermitteln.

Ein Gast bestellt stotternd beim Ober ein Bier. Der fragt zurück: »P- P- P-i-ls o- o- oder ei- ein He- Helles?«
Der Gast wird böse: »Da- das f- f- f- finde ich a- a- aber n- n- nicht n- n- nett v-v-von Ihnen ...«

Da sagt der Ober: »W- w- weiß schon, w- w- was S- S- Sie sa- sagen wollen, a- a- aber ich st- st- st- stottere auch!«
Ein neuer Gast bestellt am Nachbartisch ein Würstchen.
Der Ober fragt ohne Mühe: »Mit Brötchen oder mit Kartoffelsalat?«
Als er zurückkommt, spricht ihn der erste Gast empört an:
»J- j- jetzt ha- ha- habe ich es ja ge- gehö-hö- hört, S- S- Sie ha- ha- haben mich doch au- auf- auf den A- a- a- Arm ge- ge- genommen!«
»Völl- völlig f- f- falsch. S- S- Sie nicht, d- d- den!«

Ein schwer stotternder Mann erzählt einem Bekannten auf der Straße, daß er jetzt in eine Stotterschule gehen wolle.
Nach einigen Wochen begegnen sich die beiden wieder auf der Straße.
»Waren Sie denn schon auf der Schule?« fragt der Bekannte.
Der andere nickt und antwortet fließend: »Fischers Fritz fischt frische Fische. Frische Fische fischt Fischers Fritz.«
Da staunt der Fragesteller und sagt:
»Das ist ja toll! Und das in so wenigen Wochen!«
»Ja«, antwortet der Stotterer, »a- a- a-ber m- m- man br- br- braucht's- s- s- so s- s-selten.«

Ein Stotterer, ein Asthmatiker und ein Mann mit einer Hasenscharte spielen miteinander Skat.
Der Stotterer reizt: »A-a-achtzehn.«
Der Asthmatiker keucht: »Hab ich.«
»Zw-zw-zw-zwanzig«.
»Hab ich.«
»Dr-dr-dr-dreiundzw- zw- zwanzig!«
»Hab ich.«
»S- s- s- siebenundzw- zw- zw- zwanzig!«
»Hab ich.«
»Vier- vier- vierzig!«
Der Asthmatiker erwidert mit der beinahe letzten Luft:

»Hab ich auch noch!«
»S- s- s-sechzig!«
Der Asthmatiker kippt bewußtlos vom Stuhl.
Da steht der Mann mit der Hasenscharte auf, blickt ihm in die Karten und sagt dumpf: »Mit dem Blatt wäre er sowieso kaputtgegangen.«

Man könnte eine eigene Sammlung über solche Witze anlegen. Sie überdauern jede Zeit. Aktuelle Ereignisse dagegen entziehen sich oft der Blödelei. Offenbar fühlten sich die Menschen oft zu real bedroht, so daß selbst der Galgenhumor versagte. Terroristen-Witze zum Beispiel kamen in Deutschland nicht auf, einer wurde lediglich aus den Niederlanden importiert:

Fünf junge Molukken wollen einen Zug überfallen. Sie haben sich als Musiker getarnt, ihre Waffen in Geigen- und Cellokästen verpackt.
Einer der Beteiligten findet beim Öffnen des Geigenkastens wirklich eine Geige und schimpft: »Verdammt, jetzt sitzt mein Vater heute abend mit 'ner Maschinenpistole im Orchester.«

Ein Witz zum Thema kam auch aus der DDR. Ihn lieferte Radio Eriwan:

Frage: Warum gibt es in der DDR keine Terroristen?
Antwort: Weil sie zehn Jahre lang auf ein Fluchtauto warten müßten.

Immer noch und immer wieder war es Amerika, das Land der unbegrenzten Möglichkeiten, zu dem sich Witzbolde etwas einfallen ließen. Dort wurde 1979 das erste Elektro-Auto entwickelt. Es konnte etwa 160 km weit fahren und eine Höchstgeschwindigkeit von 100 Stundenkilometern erreichen.

»Was kostet denn so ein elektrisches Auto?« fragt ein Kunde in einem Geschäft.
»46.000 Mark«.
»So teuer?«
»Ja, 20.000 der Wagen und 26.000 die Verlängerungsschnur!«

Auch Tünnes in Köln wischte den Amerikanern eins aus:

Tünnes führt einen amerikanischen Besucher durch Köln. Er zeigt ihm die U-Bahn, und der Amerikaner sagt: »Das ist doch nur eine kleine Unterführung und keine U-Bahn. In New York, da haben wir eine Anlage, die diesen Namen wirklich verdient.«
Der Tünnes geht mit ihm zu den Kölner Rheinbrücken. »So kleine Flußüberquerungen erwähnen wir erst gar nicht«, protzt der Amerikaner, »die Golden-Gate-Bridge in San Francisco, das ist eine Brücke!«
Auf dem Rückweg kommen die beiden am Kölner Dom vorbei.
»Was ist denn das?« fragt der amerikanische Gast und zeigt auf die Kathedrale.
»Ach«, sagt der Tünnes, »dat Kapellchen? Dat war, glaube ich, vorige Woche noch gar nicht da.«

In den USA erregte 1976 ein New Yorker Student Aufsehen, der das Modell einer Atombombe entworfen hatte. Er wollte warnend beweisen, wie leicht so etwas herzustellen sei. In der DDR machte man einen Witz auf die Sowjetunion daraus:

Ein Erfinder bietet dem Kreml eine neue Waffe an: Handliche Atombomben, die man in Koffern verpacken kann. Versehen mit Zeitzündern, könnte man sie in der westlichen Welt verteilen und damit die Regierungen erpressen.
Doch die Kreml-Herren winken ab.
Der Grund: Woher soll man so viele Koffer bekommen?

Erstes Thema blieben in der DDR die Ignoranz der Politiker und die Krise der Volkswirtschaft – so zum Beispiel die Tatsache, daß es oft die einfachsten Dinge nicht zu kaufen gab.

Ein Mann kommt in den Laden: »Haben Sie Unterwäsche?«
»Nee, keine Unterwäsche gibt es nebenan. Hier gibt's nur keine Laken.«

Ein Mann betritt eine Eisenwarenhandlung.
»Ham 'Se Nägel?«
»Nee.«
»Ham 'Se Schrauben?«
»Nee.«
»Ham 'Se wenigstens 'n Schraubenzieher?«
»Nee.«
»Na, was ham 'Se denn dann überhaupt?«
»Durchgehend geöffnet.«
»Und warum ham 'Se durchgehend geöffnet, wenn Se doch nischt verkoofen?«
»Det Schloß ist kaputt.«

Und dann machte ein Witz die Runde, der endlich auch einmal die USA mit der Deutschen Demokratischen Republik verband. Der Trabi, das berühmteste DDR-Auto, schenkte ihm seine Pointe:

Ein reicher Amerikaner hat gelesen, daß in der DDR ein Auto gebaut werde, dessen Lieferfrist alle anderen in der Welt übertreffe. »Das muß ich haben«, beschließt er und bestellt gegen Dollar einen Trabi.
Die Autobauer in der DDR sind verwundert, aber auch stolz, daß ihr Produkt jetzt international gefragt ist. Da es Devisen bringt, schicken sie natürlich gleich ein Exemplar auf die Reise.
Als das Auto ankommt, freut sich der Amerikaner. »Das ist

ein Kundendienst«, ruft er begeistert, »zwei Jahre Lieferfrist, aber ein Modell aus Pappe schicken sie sofort!«

1974 hatten Ost und West ihr 25jähriges Bestehen gefeiert, die Bundesrepublik zurückhaltend, die DDR festlich. Unser Nachbarland bestand nach dem politischen Willen der Bonner Regierung ja gar nicht, es wurde der Hallstein-Doktrin folgend in Gänsefüßchen gesetzt. Hallstein war Staatssekretär im Kanzleramt, und seine Doktrin forderte, daß Staaten, die diplomatische Beziehungen zur DDR aufnahmen, von der Bundesrepublik abgelehnt wurden. Bonn war mit diesem Verdikt auch einige Jahre erfolgreich, weil Beziehungen fast immer auch Geld bedeuteten. Und davon hatten die Bonner damals noch genug.

Eine böse Schlappe wurde der westlichen Selbsteinschätzung 1974 in Hamburg zugefügt. Ein DDR-Fußballer mit dem Namen Sparwasser schoß im Spiel um die Fußballweltmeisterschaft gegen die favorisierte westdeutsche Mannschaft ein Tor. Das reichte zum Sieg der DDR-Kicker.

»Die DDR ist die größte DDR der Welt«, rühmte man sich wieder einmal im Osten. Die Westdeutschen wurden allerdings trotzdem noch einmal Weltmeister, welch ein Glück!

›Waterloo‹ hieß treffend einer der beliebtesten Titel der Pop-Gruppe »Abba«. Insgesamt stieg die Zahl der in der Bundesrepublik verkauften Schallplatten 1972 zum ersten Mal auf über hundert Millionen. 1976 waren es schon hundertsechsunddreißig Millionen. Wer einen Namen hatte, wollte singen und damit Geld machen.

Selbst der Libero der neuen Weltmeistermannschaft, Franz Beckenbauer, hat es versucht. Er sang:

»Eins zu null für deine Liebe,
eins zu null hast du gesiegt,
denn ich weiß, daß alles Glück in meinem Leben
ganz allein in deinen Händen liegt.
Eins zu null für deine Liebe,
eins zu null für dich allein,

hab' ich dich, so kann mir nichts passieren –
deine Liebe läßt mich glücklich sein.«

Auf dem Fußballplatz war er besser.

»Lieber fernsehgeil als radioaktiv«, hieß ein Spruch. Die Besucherzahlen in Kinos und Theatern gingen entsprechend zurück. 1978 meldete die Statistik, daß die Kinobesuche pro Jahr von 15,4 pro Einwohner (1954) auf 2,1 gesunken waren. Schlechte Zeiten für die Stars der Leinwand, die Herren der öffentlich-rechtlichen Anstalten schenkten dem Volk neue Idole.

Ein Star beklagt sich bei seiner Frau über die Lügen, die in den Medien über ihn verbreitet werden.
»Sei doch froh«, beschwichtigt sie, »daß die nicht die Wahrheit sagen.«

Bei der Bundestagswahl im Oktober 1976 gewannen CDU/CSU mit 48,6 %, die SPD erhielt 42,6 % und die FDP 7,9 % der Stimmen. Aber da SPD und FDP zusammenblieben, konnte die sozial-liberale Koalition weiterregieren. Mit dem deutlichen Schönheitsfehler: Die stärkste Partei blieb in der Opposition.

So etwas konnte der SED im Osten nicht passieren. Bei der Wahl zur 7. Volkskammer der DDR stimmten 99,86 % für die Einheitsliste. Die Abstimmungsergebnisse wurden nur belächelt.

1970 kursierten in der DDR noch Witze über Walter Ulbricht. 1971 trat er dann als »Erster Sekretär der SED« aus Altersgründen zurück. Erich Honecker wurde sein Nachfolger.

Ulbricht ist mit seiner Frau im Auto unterwegs. Es überholt sie ein Wagen mit dem Kennzeichen »GB«.
»Woher kommen die denn?« fragt Ulbricht den Fahrer, ›GB‹, ist das vielleicht unsere Geheimpolizei?«
»Nee«, antwortet der Fahrer, »ich vermute, es sind die Genossen aus Bulgarien.«

»Bei bulgarischen Genossen steht immer ›BG‹ dran, hier steht aber ›GB‹«.
»Vielleicht ›Gambodscha‹«, meint der Fahrer.
Da meldet sich Frau Lotte: »Alles falsch, es wird ›Gönichreich Bolen‹ heißen.«

Ulbricht und Mao Tse-tung unterhalten sich über Innenpolitik.
»Und wie viele politische Feinde haben Sie in der Volksrepublik China?« fragt Ulbricht.
»Es werden so ungefähr siebzehn Millionen sein«, antwortet Mao Tse-tung.
»Ju, das ist ungefähr so wie bei uns.«

Die Chinesen waren überhaupt in aller Munde, weil sie den Streit mit der Sowjetunion pflegten.

Zu Wahlen fragt ein Amerikaner einen Chinesen: »Do you have elections?«
»Yes«, antwortet der, »evely Molning!«

Der chinesische Botschafter soll einen hohen Düsseldorfer Karnevalsorden bekommen, weil er den Ministerpräsidenten Rau immer mit »Helau« angesprochen hat.

1970 schoß das »Reich der Mitte« seinen ersten Erdsatelliten in den Weltraum. Er hieß »Tung Fang Hung«. Der Name war für rheinische Frohnaturen, die darin einen Hundefänger vermuteten, Anlaß für chinesische Sprachübungen:

»Was heißt auf chinesisch ›der Dieb‹?«
»Langfing.«
»Der Polizist?«
»Langfingfang.«
»Der Polizeihund?«
»Langfingfangwau.«

»Zwei Polizeihunde?«
»Langfingfangwauwau.«

Der chinesische Verkehrsminister heißt nach diesem Schema »Um-lei-tung«, Teenager = »Zu-jung-zum« und Jungfrau = »Zu-dumm-zum«.

Eine chinesische Mondrakete verfehlt ihr Ziel um einige Meter. Mehrere Kommissionen sollen untersuchen, wo die Fehlerquelle liegt. Sie ermitteln: Von zehn Millionen und dreihundertvierundvierzigtausend Chinesen sind eintausendachthundertdreiunddreißig eine Zehntelsekunde zu spät auf die Wippe gesprungen.

Eine Zeitlang gingen in den siebziger Jahren im Westen auch Hasen-Witze von Mund zu Mund. Unsere Brüder und Schwestern aus der DDR sollen sie erfunden haben, um ein wirtschaftliches Manko zu verspotten – die mageren Angebote in den Geschäften. Eike Christian Hirsch schrieb, es seien Witze mit einem Tier gewesen, »das, obwohl schwach und arm, alle Leute reinlegt«. Professor Röhrich urteilte, dieser Hase sei eine Figur, mit der sich vor allem Kinder sofort identifizieren können, weil sie sich auch der Kindersprache bedient. Clement de Wroblewsky erzählte in seinem Buch die DDR-Version:

Häschen kommt in 'n Gemüseladen: »Hattu Möhren?«
»Nein«, sagt die Verkäuferin.
Am nächsten Tag kommt Häschen wieder vorbei:
»Hattu Möhren?«
»Nein, Häschen«, sagt die Verkäuferin, »da mußt du schon woanders fragen gehen.«
Häschen geht also in die Apotheke: »Hattu Möhren?«
Antwortet die Apothekerin: »Hattu Rezept?«

Der westliche Urwitz verblödelte die Geschichte:

Der Hase fragt in der Apotheke: »Hattu Möhren?«
Der Apotheker verneint. Am nächsten Tag kommt der Hase wieder: »Hattu heute Möhren?«
»Nein, ich habe keine Möhren!«
Am Tage danach fragt der Hase wieder: »Hattu jetzt Möhren?«
»Nein, ich habe wirklich keine Möhren.«
Um den aufdringlichen Hasen gleich abzuwehren, stellt der Apotheker ein Schild ins Fenster: »Heute keine Möhren!«
Als der Hase das sieht, kommt er herein und sagt: »Hattu gestern doch Möhren gehabt!«

Das ließ sich auch in den Schallplattenladen übertragen:

»Hattu Platten? Ja? Muttu mal aufpumpen!«

In einer westlichen Apotheke wurde der Häschenwitz dann erdrosselt:

»Hattu Möhren?«
»Ja.«
»Hattu ganzen Witz versaut!«

Es folgten unendlich viele andere Tierwitze. Sie gehörten – wie schon Ende der vierziger Jahre – zum Hausgebrauch, durften in keinem besseren Haushalt fehlen.

Ein altes Ehepaar, das an die Wiedergeburt glaubt, trifft folgende Vereinbarung: Wer von den beiden als erster stirbt, soll sich nach einiger Zeit melden und sagen, wie es ihm geht. Drei Wochen später stirbt der Mann. Nach einem Monat meldet er sich und fragt: »Hallo Edith, wie geht es dir *denn so?«*
»Ja, meine Güte, Josef«, sagt sie, »da höre ich ja endlich etwas von dir. Wie geht's dir *denn?«*

»Fabelhaft«, sagt die Stimme des Mannes, »jeden Tag reichlich zu trinken und zu essen, ein herrliches Leben im Grünen und jede Menge Weiber!«
»Das ist ja toll, bist du im Himmel?«
»Nein«, antwortet die Stimme, »ich bin Karnickelbock in Arizona.«

Manche versuchen auch Shaggy-Dog-Scherze und Tierwitze zu kombinieren. Aus dieser Kreuzung entstehen dann solche Geschichten:

Zwei Nilpferde schwimmen fröhlich im Wasser, drehen sich mal auf den Rücken, mal auf den Bauch, sie fühlen sich offensichtlich wohl. Als sie an Land krabbeln und etwas mühsam über eine Bodenerhebung kriechen, sehen sie einen Stern vor sich, der sich bewegt. Sie folgen dem Stern und kommen an einen Stall, aus dem helles Licht nach draußen fällt. Drinnen sehen sie ein Kind in einer Krippe liegen, daneben die Mutter. Da verbeugt sich das eine Nilpferd vor Maria, küßt ihr die Hand und sagt: »Wir sind die heiligen drei Könige aus dem Morgenland. Wir sollen hier die Geschenke abholen.«

Ein Pferd kommt an die Kinokasse und verlangt »Einmal Sperrsitz.«
Die Kassiererin staunt: »Donnerwetter, ein Pferd, das sprechen kann!«
Da winkt das Pferd ab: »Keine Sorge, während der Vorstellung bin ich ganz ruhig!«

Drei Pferdetrainer unterhalten sich darüber, welchem Futter sie bei einem Rennen den Vorzug geben.
»Am Tage vorher und am Renntag kriegen sie nichts als Hafer«, versichert der erste, »dann rennen die wie der Blitz!«
Der zweite wiegt zweifelnd den Kopf. »Da werden meine zu unruhig, etwas Mischfutter muß schon dazu.«

Beide sehen den dritten an.
Der zögert. »Richtig zu fressen kriegen meine eigentlich gar nichts«, meint er schließlich.
»Gar nichts zu fressen?« wundern sich die beiden ersten, »was denn dann?«
»Nur was zu trinken«, versichert der dritte Trainer, »morgens eine Flasche Sekt ins Wasser, mittags ein paar Flaschen Whisky und abends Bier.«
Die beiden anderen staunen: »Und das soll gut sein?«
»Ja.«
»Haben Ihre Pferde mit dieser Mischung denn schon mal gewonnen?«
»Direkt gewonnen eigentlich nicht. Aber am Start sind sie immer die lustigsten!«

Ein Pferdeliebhaber erzählt seinem Freund:

»Stell dir vor, gestern war ich beim Galopprennen, gehe da an der Bahn vorbei und bücke mich, um ein Schnürband am Schuh zuzumachen. Kommt doch wahrhaftig ein Jockey vorbei und sattelt mich.«
»Ja und?«
»Ich bin zweiter geworden.«

Das Gebot, daß Witze kurz sein müssen, galt nicht mehr grundsätzlich. Manche hatten die Länge von Kurzgeschichten:

Im Zoo fragt ein Mann den Direktor: »Haben Sie vielleicht irgendwann mal einen jungen Elefanten übrig?«
»Da kommen Sie aber genau richtig, wir haben gerade zwei zuviel.«
»Was kostet denn so was?« fragt der Mann.
»Die geben wir billig ab, etwa 2.000,-- Mark pro Stück.«
»Einen würde ich nehmen«, sagt der Mann.
»Dann warten Sie einen Moment, wir binden ihm schnell einen Strick um den Hals.«

»Moment«, sagt der Mann, »ich muß quer durch die Stadt, Sie müssen mir den Elefanten schon vorbeibringen.«
Der Direktor schüttelt den Kopf. »Hören Sie, dazu ist aber ein Spezialtransport erforderlich, den Wagen müssen wir auch erst kommen lassen. Das kostet Sie ungefähr einen guten Tausender mehr.«
Der Mann rechnet, erklärt sich dann einverstanden und läßt seine Visitenkarte zurück.
Am nächsten Morgen kommt der Wagen mit dem jungen Elefanten. Ein leutseliger Wärter steigt aus und fragt: »Na, wo haben Sie denn Ihren kleinen Privatzoo?«
»Privatzoo? Den habe ich nicht.«
»Ich meine, wo soll der Elefant denn hin?«
»Sehen Sie das Fenster da im ersten Stock? Da soll er rein.«
»Guter Gott!« ruft der Wärter, »ich kriege doch keinen Elefanten eine Haustreppe hoch. Da brauchen Sie Maurer, die das aufhacken und einen Kran, der den Elefanten hochhebt. Das kostet Sie aber noch mal eine schöne Stange Geld!«
Maurer und Kranführer werden bestellt, und als der Elefant schließlich in der Wohnung ist, fragt der Wärter: »Wo soll er denn nun hin?«
Der Mann hebt die Hand: »Sehen Sie das Eisenbett da in der Ecke? Da soll er drauf!«
»Es ist Ihr Elefant«, sagt der Wärter kopfschüttelnd, »ganz wie Sie wollen.«
Als das Tier endlich auf dem Bett sitzt und der Mann bezahlt hat, meint der Wärter: »Wie ich schon sagte, es ist Ihr Elefant, aber können Sie mir vielleicht doch einmal erklären, warum er da oben auf das Eisenbett mußte?«
»Aber natürlich«, erwidert der Mann. »Wissen Sie, ich wohne hier mit meiner Frau und dem Bruder von meiner Frau, meinem Schwager. Wenn wir jetzt abends vor dem Fernseher die Tagesschau ansehen, dann sagt meine Frau zum Beispiel: ›Mexico City, liegt das denn wirklich so hoch?‹ Nun gut, dann überlegt man ja eine Weile. Aber

mein Schwager, der Bruder von meiner Frau, der sagt sofort: ›Weiß ich, Mexico City liegt 2.270 Meter hoch.‹
Dann gucken wir weiter, und meine Frau fragt nach einer Weile: ›Gibt es denn wirklich so viele Autos bei uns?‹ Da muß man ja schließlich kurz überlegen. Aber der Bruder von meiner Frau, mein Schwager, der sagt sofort: ›Weiß ich. In Deutschland fahren 35 Millionen Pkw und Millionen Lastwagen, mehr als in ganz Lateinamerika und Afrika zusammen.‹
Dann schauen wir wieder eine Weile zu, und dann fragt meine Frau vielleicht:
›Hongkong, besteht das denn nur aus Inseln?‹ Das hat man ja nicht gleich im Kopf. Aber mein Schwager, der Bruder von meiner Frau, der ruft: ›Weiß ich! Hongkong hat etwa sechs Millionen Einwohner auf 239 Inseln!‹
Doch heute abend, da wird er nach Hause kommen, mein Schwager, der Bruder von meiner Frau, er wird nach oben gehen und wieder runterkommen. Und dann wird er sagen: ›Stellt euch vor, auf meinem Bett liegt ein junger Elefant!‹ In diesem Moment blicke ich gar nicht erst von der Zeitung auf! Ich sage dann nur: ›Weiß ich!‹«

Auf solche Beispiele konnten sich sowohl Intellektuelle als auch weniger Anspruchsvolle verständigen. Man könnte da von einer Sozialfunktion des Witzes reden. Auch bei Papageienwitzen:

Ein Mann fragt nach dem Preis eines wunderschönen bunten Papageis.
»Der ist nicht billig«, erklärt der Verkäufer, »der spricht drei Sprachen. Also, viertausend Mark müssen Sie schon ausgeben.«
»Das ist etwas viel, was soll denn der zweifarbige gleich daneben kosten?«
»Fünftausend Mark.«
»Der ist ja teurer als der schöne bunte?«

»Das stimmt, aber er spricht dafür auch fünf Sprachen.«
»Und was muß ich für den etwas unscheinbaren grauen da links bezahlen?«
»Der kostet siebentausend Mark.«
»Siebentausend Mark für so einen mickrigen Vogel! Was kann der denn?«
»Was er kann, weiß ich eigentlich auch nicht so recht. Aber die anderen sagen ›Chef‹ zu ihm.«

Bei einer Versteigerung bietet ein Interessent sehr hoch für einen Papagei. Hartnäckig wird dagegengehalten, das Gebot immer wieder erhöht.
Der Mann bleibt stur. »Dreitausendfünfhundert Mark«, ruft er, »aber das ist mein letztes Gebot!«
Und er bekommt den Zuschlag.
»Soviel Geld wollte ich eigentlich gar nicht ausgeben«, stöhnt er, als er den Vogel in Empfang nimmt, »hoffentlich kann er wenigstens sprechen!«
Sagt der Versteigerer: »Was glauben Sie denn, wer die ganze Zeit gegen Sie geboten hat?«

Wie in allen anderen Wohlstandsstaaten, wuchs auch bei uns die Kriminalität. Zu den Gangstern, die mit gezogener Pistole vor den Schaltern auftauchten, gehörten im Witz auch die großen Tiere.

Ein Elefant überfällt eine Bank. Er kommt durch die Tür, geht zielstrebig auf die Kasse zu, streckt den Rüssel über das Sicherheitsglas und saugt das gesamte Papiergeld auf. Dann verläßt er ruhigen Schrittes die Bank. Erst jetzt drückt der total verdatterte Kassierer auf den Alarmknopf. Als die Polizei eintrifft, ist der Elefant längst verschwunden.
»Wie sah der Täter denn aus?« fragt der Polizeibeamte.
»Wie soll er schon aussehen, wie ein Elefant eben«, berichtet der Kassierer.
»Welche Farbe hatte er, wie groß war er?«

»Ja, so mittelgrau, und mittelgroß.«
»Besondere Kennzeichen?«
»Ich sage ja, mittelgrau und mittelgroß.«
»War es ein indischer oder ein afrikanischer Elefant?«
Der Kassierer sieht den Beamten erstaunt an: »Gibt es da Unterschiede?«
»Natürlich, die einen haben große Ohren, die anderen kleine.«
Da sagt der Kassierer: »Das konnte ich nicht sehen. Der hatte doch einen Strumpf über das Gesicht gezogen!«

Die Pleite der Herstatt-Bank in Köln 1974 ließ Banken für Jahre zum beliebten Lieferanten für Witze werden, auch wenn das neue Bankensicherungsgesetz die Sorgen der Kunden um die Sicherheit ihrer Einlagen beseitigte.

Bei einem Banküberfall ruft der Täter: »Alle hinlegen, keine Bewegung!«
Die Angestellten folgen dem Befehl. Auch der Filialleiter, der jedoch tadelnd zu einer jungen Angestellten hinübersieht und sagt: »Fräulein Meier, dies ist kein Betriebsausflug, das ist ein Banküberfall!«

Die Mark rollte wie einst der Rubel. Der Umgang mit Geld paßte sich neuen Gewohnheiten an. Preußische Sparsamkeit galt nicht mehr als Tugend. Der Staat machte es ja vor, wie man auf Pump gut leben konnte.

Zu einem Lottogewinner kommt der Bote der Gesellschaft, um den Scheck zu überreichen. »Sechs Millionen Mark«, sagt er, »herzlichen Glückwunsch. Was werden Sie denn mit dem Geld anfangen?«
»Erst mal Schulden bezahlen.«
»Und der Rest?« fragt der Geldbote.
»Der Rest muß warten.«

Die Damen gingen mit der Mode und eine Saison lang auf Pfennigabsätzen. Viele Deutsche kauften auf Raten, zahlten monatlich ab, manchmal mehr, als sie eigentlich hatten. Unerwartete Belastungen durfte es dann nicht geben.

Der Filialleiter einer Bank ruft einen Kunden an, und sagt: »Wir müssen Sie leider darauf aufmerksam machen, daß Sie mit Ihrem Konto 43.000,-- Mark im Minus sind.«
»So?« reagiert der Kunde, »haben Sie denn die Entwicklung meines Kontos in der letzten Zeit mal verfolgt?«
»Da können Sie sicher sein«, sagt der Banker.
»Und wissen Sie auch, wie mein Konto vor anderthalb Jahren aussah?« Nach kurzem Blättern in den Unterlagen sagt der Filialleiter: »Da waren Sie mit 67.000,-- Mark im Plus.«
»Aha! Und habe ich Sie da etwa angerufen?!«

Spielkasinos, Lotto und Toto fanden immer mehr Zulauf. Auch hinter den geschlossenen Türen der Kneipen wurde nach Mitternacht gespielt.

Ein Mann hat seinem Hund das Pokerspiel beigebracht. Immer häufiger zockt das begabte Tier in der Runde mit.
»Dein Hund pokert wirklich fabelhaft«, sagt einer der Spieler in einer Pause zu dem Besitzer, »vor allem sein Pokerface ist nicht zu übertreffen!«
»Das stimmt«, sagt der, »aber einen Fehler macht er immer noch: Sobald er ein gutes Blatt hat, wedelt er mit dem Schwanz.«

Angebot und Nachfrage regelten den Preis, die Marktwirtschaft blieb das meistgebrauchte Schlagwort.

Ein Mann fragt im Geschäft nach Heringen.
»Vier Mark sechzig das Stück«, sagt der Inhaber.
»Das ist aber teuer, im Laden gegenüber kosten sie nur drei Mark vierzig.«

»Warum kaufen Sie denn nicht da?« fragt der Inhaber.
»Die haben keine mehr«, meint der Kunde.
Sagt der Inhaber: »Wenn ich keine Heringe mehr habe, kosten sie auch bei mir nur drei Mark vierzig.«

Die neuen Reichen und der Snobismus des »Geldadels« boten eine spezielle Angriffsfläche für den Witz, wie es sie nach dem Krieg noch nicht gegeben hatte.

Ein Kunde sucht in einem Spezialgeschäft nach einem Geburtstagsgeschenk für einen Freund. »Etwas Ausgefallenes, wenn ich bitten darf, der Mann hat alles, was Sie sich denken können.«
»Vielleicht ein Gemälde, einen französischen Impressionisten?«
»Nein, nein, davon hat er genug, das ist es nicht.«
»Oder einen chinesischen Teppich ...«
»Sie sind auf dem ganz falschen Weg. Ich sage doch, es muß etwas Ausgefallenes sein!«
Der Geschäftsinhaber denkt lange nach. »Wenn ich es mir so überlege«, sagt er schließlich zögernd, »ich habe da im Keller noch etwas sehr Extravagantes. Ein sibirisches Scheißhaus.«
»Das klingt gut«, stimmt der Kunde zu, »zeigen Sie doch mal!«
Im Keller kramt der Geschäftsinhaber drei völlig verrostete Eisenstangen aus dem Regal. »So, das ist es«, kommentiert er, »ein wirklich ungewöhnliches Geschenk!«
Der Kunde wundert sich: »Und wie soll das funktionieren?«
»Die erste Stange rammt man in den Schnee, die ist zum Aufhängen des Mantels da.«
»Gut, und die zweite?«
»Die zweite wird auch in den Schnee gesteckt, die ist zum Festhalten.«
»Interessant«, äußert sich der Kunde, »das leuchtet mir ein. Und die dritte?«

Der Geschäftsinhaber wirbelt die Stange am ausgestreckten Arm um seinen Kopf und erklärt: »Die ist zum Abwehren der Wölfe!«

Joseph Beuys wurde mit einem Eklat aus der Kunstakademie Düsseldorf entlassen.
Seine Fettecken reizten die Spötter auch zu Wortspielen:

»Mögen Sie Beuys?«
»Nein, Girls!«

Psychotherapeuten, in den USA schon seit langem in Mode, hatten auch bei uns mehr und mehr zu tun. Der Irre ging nun zum Psychiater. Wer von den beiden eigentlich behandelt werden mußte, war oft ungewiß. In Dürrenmatts ›Die Physiker‹ z. B. ist die Irrenärztin die Irre.

Zu einem Psychotherapeuten kommt ein Mann und klagt, er glaube immer, er sei ein Hund.
Der Therapeut sagt: »Dann legen Sie sich doch mal auf's Sofa.«
»Darf ich nicht«, entgegnet der Patient.

Ein Mann erzählt dem Psychotherapeuten, seine Frau glaube, sie sei ein Huhn.
»Seit wann hat sie das denn schon?«
»Seit anderthalb Jahren.«
»Und da kommen Sie erst jetzt zu mir?«
»Herr Doktor, wir brauchten doch die Eier!«

Es entwickelte sich auch eine Form des »tiefsinnigen Blödelns«, die nicht jedermanns Geschmack war, weil viele gar nicht wußten, worüber sie da lachen sollten. Aber das muß man auch beim Witz wohl gelegentlich in Kauf nehmen.

Zwei Männer treffen sich.
»Wie geht's?« fragt der eine.
»Gut«, antwortet der andere und wedelt mit der Hand vor seinem Gesicht hin und her.
»Und Ihrer Frau?«
»Auch gut.« Wieder wedelt er mit der Hand.
»Gehen die Kinder schon zur Schule?«
Der Mann wedelt mit der Hand. »Schon lange, und ohne Probleme.«
»Sagen Sie, was machen Sie denn immer mit Ihrer Hand?«
»Das ist wegen der Elefanten.«
»Elefanten? Es sind doch gar keine da!?«
»Sehen Sie, es hilft!«

Der Tünnes fragt einen Nachbarn: »Waren Sie schon mal in Indien?«
»Nein«, sagt der.
»Dann müßten Sie eigentlich meine Schwester kennen.«
»Wieso das?«
»Die war auch noch nicht in Indien!«

Ein Mann wird ans Telefon gerufen. Er kommt jammernd zurück und berichtet, sein Vater sei gestorben.
Nach einer Weile wird er wieder ans Telefon gerufen. Erneut kommt er jammernd zurück. Was denn los sei, wird er gefragt.
»Es war mein Bruder. Sein Vater ist auch gestorben.«

Die Diskussion um den § 218, der Abtreibung unter Strafe stellt, wurde in Zeiten einer größeren sexuellen Freiheit immer brisanter. Aber die katholische Kirche und mit ihr die meisten CDU-Anhänger wollten nicht nachgeben. Trotzdem verabschiedete die sozialliberale Koalition 1976 Reformen.

Drei Geistliche unterhalten sich über die Frage: Wann beginnt das Leben?
»Das ist doch keine Frage mehr und längst wissenschaftlich anerkannt«, meldet sich der katholische Priester, »das Leben beginnt mit der Zeugung.«
»Na ja«, sagt der evangelische Geistliche, »wir sind da etwas toleranter und meinen: Das Leben beginnt mit der Geburt.«
Beide warten auf die Meinung des Rabbi. Der richtet den Blick in die Ferne und versichert: »Also, wenn ich alles zusammenfasse, was ich darüber auch aus dem Kreis meiner Gemeinde weiß, beginnt das Leben erst dann, wenn die Kinder aus dem Haus sind und der Hund tot ist.«

Das Kardinalskollegium in Rom wählte 1978 nach 450 Jahren den ersten Papst, der nicht aus Italien kam: Der polnische Kardinal Wojtyla wurde Papst Johannes Paul II. Seine Haltung zu den Themen Zölibat und Abtreibung war unnachgiebig. Obwohl von 1964 bis 1970 13.440 katholische Priester ihr Amt niedergelegt hatten. Der Papst mußte sich deswegen viele Witze gefallen lassen. Zum Beispiel:

Dem Papst erscheint in einer Nacht Gottvater. Johannes Paul II. erkundigt sich tief beeindruckt, ob er denn ein paar Fragen stellen dürfe. Gottvater nickt ihm gütig zu.
»Wird es irgendwann weibliche Priester geben?«
Der liebe Gott antwortet: »Nicht, solange du lebst.«
»Wird irgendwann der Zölibat abgeschafft, die Priesterehe erlaubt?«
»Nicht, solange du lebst.«
»Wird es irgendwann noch einmal einen polnischen Papst geben?«
Sagt Gottvater: »Nicht, solange ich lebe!«

1973 wurde die neue Form einer Gesamtschule in Berlin und Hessen von der CDU abgelehnt. Als sie 1974 vom Deutschen Bildungsrat doch als Versuch empfohlen wurde, wollte die Partei das ganze Gremium abschaffen. Der Deutsche Bildungsrat war eine Kommission aus Vertretern von Bund und Ländern und 18 Experten, die Gutachten und Empfehlungen für die Regierung erarbeitete.

Der Schulrat erscheint in einer dieser Schulen und nimmt an einer Deutschstunde teil. Als ein Thema gerade abgeschlossen ist, mischt er sich ein und fragt einen der Schüler: »Was weißt du denn vom ›Zerbrochenen Krug‹?«
Der Schüler erschrickt, wird rot und stammelt: »Ich war es nicht, Herr Schulrat, ganz bestimmt nicht!«
Der Schulrat schüttelt den Kopf und blickt den Studienrat fragend an.
Seine Reaktion: »Also ich kenne den Jungen, und wenn der sagt, er war es nicht, dann stimmt das wohl auch.«
Irritiert verläßt der Schulrat die Klasse und erzählt die Geschichte dem Direktor. »Was sagen Sie denn dazu?«
»Wissen Sie was«, sagt der und zieht sein Portemonnaie aus der Tasche, »ich gebe Ihnen zwanzig Mark für den Krug, und wir lassen die Sache auf sich beruhen.«
Dem Schulrat verschlägt es die Sprache. Am nächsten Tag berichtet er dem Wissenschaftsminister über die Frage nach dem ›Zerbrochenen Krug‹ …
Der überlegt und kommt zu dem Schluß: »Wenn Sie mich fragen, war es der Direktor. Warum hätte er sonst bezahlen wollen?«

Autorität wurde mehr und mehr zum Problem, »Leistungsdruck« ein negatives Schlagwort. Wie erringt man Autorität? Keine der vielen neuen pädagogischen Hochschulen konnte das ihren Absolventen für die Begegnung mit aufsässigen Schülern mitgeben.

Es kommt einer aus der Schule zu seiner Mutter und jammert: »Mutti, ich will nicht mehr in die Schule! Die Kinder hänseln mich dauernd und werfen mir Radiergummis und leere Blechdosen an den Kopf. Auch die Lehrer sind alle so häßlich zu mir!« – »Junge«, sagt die Mutter, »das mußt du durchstehen! Du bist ja erst seit sechs Wochen Rektor.«

Wir hatten bereits darauf hingewiesen, daß alles, was die Ruhe störte, Flugzeugentführungen, Anschläge, Attentate usw., für die Witzbolde selten ein Thema war. Ausnahmen bestätigten die Regel. Naturwissenschaftler behaupteten, das folgende Beispiel sei ein »mathematischer« Witz, und sogar der einzige, den es gebe. Aber mit solchen Superlativen soll man vorsichtig sein.

Zu ihren Fachkongressen reisen die Wissenschaftler immer mit dem Flugzeug an. Eines Tages fehlt einer der Professoren in der Maschine, erscheint aber auf dem Kongreß.
»Wieso waren Sie denn nicht im Flieger?« fragen die Kollegen.
»Ich bin mit dem Zug gefahren.«
»Und warum?«
»Wissen Sie, ich beschäftige mich neuerdings viel mit Statistik. Und da ist mir aufgefallen, daß in letzter Zeit doch häufig ein Attentäter mit einer Bombe im Flugzeug sitzt.«
Die Kollegen nehmen das zur Kenntnis. Sie wundern sich nur, daß der Professor einige Monate später doch wieder im Flugzeug sitzt. Sie fragen ihn: »Hat Ihre Beschäftigung mit der Statistik etwas Neues ergeben?«
»Das eigentlich nicht«, antwortet der Wissenschaftler, »ich habe nur weiter geforscht.«
»Und dabei sind Sie zu anderen Ergebnissen gekommen?«
»Ich habe festgestellt, daß so gut wie nie zwei Attentäter auf einmal mit Bomben im Flugzeug sitzen.«
»Und?«
»Seitdem trage ich immer eine bei mir.«

Der Bundestag beschloß, die 0,8-Promille-Grenze für Autofahrer einzuführen. Dabei wurde auch darüber debattiert, daß Alkoholismus inzwischen ein Suchtproblem geworden war. Die Spaßmacher nahmen das zur Kenntnis.

Im Ruhrgebiet nennt man die zwei bekanntesten Frauen der Reviers: Klara Korn und Anne Theke.

Ein neuer Gast, der jetzt häufig in die Kneipe kommt, bringt immer seinen Hund mit, gibt ihm zu trinken und zu essen ab und spricht zuweilen mit ihm.
»Sie hängen wohl sehr an diesem Tier«, fragt der Wirt.
»Das können Sie wohl sagen, dieser Hund hat mir schon zweimal das Leben gerettet!«
»Das Leben gerettet? Was Sie nicht sagen! Wie denn?«
»Ich war zweimal todkrank, und er hat keinen Arzt an mich rangelassen.«

Ein Mann steht an der Theke und verlangt drei Bier und drei Korn. Der Wirt gibt ihm die Getränke, der Gast trinkt nach und nach und verlangt dann wieder drei Bier.
»Hören Sie«, sagt der Wirt, »ich gebe Ihnen die Biere gerne einzeln, das verschalt doch sonst.«
Der Gast schüttelt den Kopf. »Das ist so eine nostalgische Geschichte«, sagt er, »das hat seine Gründe.«
Der Wirt interessiert sich: »Nostalgische Geschichten finde ich schön, erzählen Sie!«
»Wir waren drei Freunde«, berichtet der Gast, »und wir haben immer zusammen getrunken. Dann haben wir uns trennen müssen, der eine Freund lebt jetzt in Australien, der andere in Österreich. Aber wir haben gesagt: Wir trinken immer noch so, als wären wir zusammen.«
»Das gefällt mir«, kommentiert der Wirt und schenkt weiterhin drei Biere aus.
Nach einem halben Jahr verlangt der Gast nur noch »zwei Bier und zwei Korn«.

»Hören Sie«, sagt der Wirt, »Sie haben mir ja Ihre schöne Geschichte erzählt. Jetzt mache ich mir richtig Sorgen: Ist einem Ihrer Freunde etwas zugestoßen?«
»Nein, das nicht«, antwortet der Gast, »nur mir *hat der Arzt den Alkohol verboten.«*

Zum Ende des Jahrzehnts und mit dem Beginn der achtziger Jahre geschah in Deutschland Sensationelles: Es wurden gesamtdeutsche Treffen der Regierenden arrangiert. Willy Brandt war 1970 als erster nach Erfurt gefahren, DDR-Ministerpräsident Willi Stoph kam zum Gegenbesuch nach Kassel. Helmut Schmidt reiste später auch, und Erich Honecker sollte noch in die Bundesrepublik kommen. Daß er dann in Bonn wie ein Staatschef empfangen wurde, genoß er nach den Jahren der Hallstein-Doktrin sichtlich. Die Ergebnisse dieser aufwendigen Gespräche führten jedoch kaum zu Erleichterungen und Gemeinsamkeiten. Wenn man nicht den Beschluß, von 1980 an gemeinsam dieselbe Sommerzeit einzuführen, dafür halten will.

Das Letzte

Fragt ein Mann einen Bauern: »Sagen Sie mal, raucht Ihr Pferd?«
»Nein, wieso?«
»Dann brennt Ihr Stall!«

Zwei Kölner Putzfrauen treffen sich morgens.
Sagt die eine. »Ich mache heute Diät.«
Sagt die andere: »Dann mache ich die Fenster.«
(Äd = Erde)

»Papa, was ist ein Vakuum?«
»Junge, ich hab's im Kopf, aber ich komme nicht drauf.«

»Mutti, guck doch mal aus dem Fenster!«
»Was ist denn los, Junge?«
»Der Erwin will nicht glauben, daß du schielst.«

Ein Kuckuck fliegt über dem Meer. Unten schwimmt ein Hai, sieht hoch und ruft: »Kuckuck!«
Ruft der Kuckuck: »Hai!« (Hi!)

Chris Howland

Gott

Ein guter Religionswitz macht mir viel Vergnügen, ich führe das auf die Bibel zurück. Wie die meisten meiner Zeitgenossen habe ich als junger Mensch eine gesunde religiöse Bildung erhalten. Wir gingen sonntags zweimal in die Kirche, und ich sang im Chor. Ohne Übertreibung kann man sagen, daß Kirchenmusik einen bedeutenden Einfluß auf meine musikalische Entwicklung hatte. Ich lernte, Chopin auf dem Klavier zu spielen, und mühte mich mit Bach an der Orgel. (Ob er wohl in der Lage war, all die schwierigen Sachen zu spielen, die er schrieb?) Wenn ich heute an unsere Schulkapelle denke, höre ich nichts als Musik.

Aber die Bibel? Trotz ihrer Millionen von Wörtern steht kein einziger guter Witz darin, nicht mal ein leises Lächeln – dabei ist sie ein jüdisches Buch! Ich habe das nie verstanden. Will man uns etwa sagen, Gott könne nicht lächeln? Falls ja, wieso hat er uns dann die Fähigkeit zu lachen gegeben?

Seit den Tagen meiner Kindheit ist allerdings einiges lockerer geworden. Die Naturwissenschaften haben dazu beigetragen, viele Dogmen zu zerstören oder abzuändern, und wir sind heute offener, wenn wir über unseren Glauben sprechen. Es gibt noch immer Orte, wo man wegen Gotteslästerung hingerichtet werden kann, doch alles in allem ist die Welt in ihrer Sicht Gottes erwachsener geworden. Und sie ist frecher geworden! Lassen Sie mich diese neue Perspektive in Schutz nehmen: Hätten wir nicht das Gefühl, daß Gott existiert, hätte es keinen Reiz, Witze über ihn zu machen. Angesichts seines Zorns ist ein Witz bloß eine Bagatelle – verglichen mit den schrecklichen Dingen, zu denen Menschen fähig sind.

Nun denn, auf die Gefahr hin, in die ewigen Flammen der Hölle verbannt zu werden, werde ich Ihnen vier Religionswitze erzählen. Wahrscheinlich wird Gott über die ersten drei lachen, und der vierte wird ihn, denke ich, angenehm überraschen.

Gott und der heilige Petrus spielen Golf.
Gott schlägt ab, der Ball beschreibt einen herrlichen Bogen, landet auf dem Green und tropft Richtung Loch. Als er gerade den Rand erreicht, packt eine Maus den Ball und rennt mit ihm davon. Doch sie hat nicht aufgepaßt. Eine Katze springt aus dem Buschwerk und schnappt die Maus. Doch auch die Katze ist übereifrig. Ein Adler stürzt herab, packt sie mit seinen Krallen und fliegt davon. Aber auch der Adler macht einen Fehler: Er übersieht ein niedrig fliegendes Düsenflugzeug und kollidiert mit ihm. Der Adler läßt die Katze fallen, die Katze läßt die Maus fallen, die Maus läßt den Ball fallen. Der Ball landet auf dem Green und rollt direkt ins Loch.
Petrus ist stocksauer. Er mustert Gott und sagt: »Also, Gott, was ist los? Spielen wir Golf oder blödeln wir?«

Drei Könige folgen einem Stern nach Osten und wandern durch die Wüste. Sie konzentrieren ihren Blick so sehr auf den Himmel, daß der erste König den Stall übersieht. Er marschiert wie blind auf ihn zu, die beiden anderen Könige wollen ihn aufhalten, aber schon stößt er mit dem Gesicht heftig gegen die Stallwand. Der König tritt einen Schritt zurück, hält sich die Nase und schreit: »Jesus Christus!«
Aus dem Stall ist die Stimme der Jungfrau Maria zu vernehmen: »Was für ein hübscher Name für den Jungen. Eigentlich wollten wir ihn Karl-Heinz nennen.«

Der Papst stirbt und tritt vor die Himmelspforte.
»Wer bist du?« fragt Petrus.
»Ich bin der Papst aus Rom.«
»Einen Moment«, sagt Petrus, »wir reden mal mit Gott.«
Er nimmt den Telefonhörer und wählt.
»Hallo, Chef«, sagt er. »Hier ist einer, der sich Papst aus Rom nennt. Schon mal von ihm gehört? Nein? Okay, ich frag' mal den Heiligen Geist.«
Petrus wählt eine andere Nummer. »Bist du das, Smokey? Pete hier. Ich hab' hier jemanden, der sich Papst aus Rom nennt. Kennst du den?«
Lautes Gebrüll am anderen Ende der Leitung.
»Den läßt du unter keinen Umständen rein! Das ist der Typ, der die ganzen schmutzigen Geschichten über mich und Maria verbreitet!«

A trifft B.
»Was ist los mit dir?« fragt A.
»Soeben habe ich Gott gesehen«, antwortet B, sichtlich erschüttert.
»Und?«
»Sie ist schwarz!«

Lentz/Thoma

1980–1989

Im Jahr 1982, als sich jung und alt überall in der zivilisierten Welt mit großem Engagement der Friedensbewegung anschlossen, um gegen das dramatische Wettrüsten der Weltmächte zu protestieren, sang ein zartes blondes Mädchen aus der Bundesrepublik Deutschland zur Gitarre ihr Lied:

Ein bißchen Frieden,
ein bißchen träumen,
damit die Menschen
nicht so oft weinen …

Nicole gewann mit ihrem schlichten Wunschkonzert beim »Grand Prix d'Eurovision de la Chanson« den 1. Preis. Offenbar waren sich die zuständigen Jurys und Millionen Fernsehzuschauer darin einig, daß die Flucht in den Traum keine schlechte Medizin gegen zunehmende Ängste sei. Auch die Bettelei um Nächstenliebe oder die raunende Prophezeiung wurden vom Schlager angesprochen:

Hier ist ein Mensch,
der will zu dir,
du hast ein Haus,
öffne die Tür.

Eine von Peter Maffay gesungene Voraussage nannte der Volksmund respektlos ›Das Zahnarztlied‹:

Über sieben Brücken mußt du geh'n
sieben dunkle Jahre übersteh'n.

Sobald Kriege ihre Erholungspausen beenden, schlüpfen die Akteure der Traumfabrik in Frauenkleider oder bewerfen sich mit Sahnetorten. Die Blödelei der Filmkomödie lenkt von der Notlage ab, von der bedrohlichen Lage in Afghanistan, Polen, Israel, Iran/Irak und von der Tatsache, daß die USA etwa 9.500 nukleare Sprengköpfe, die UdSSR etwa 6.500 bereithielten. Auch im eigenen Land wuchsen die Gefährdungen: 1981, als 250 000 Menschen in Bonn für Frieden und Abrüstung demonstrierten, verübten Terroristen in der Bundesrepublik mehr als 400 Brand- und Sprengstoffanschläge.

Wenn Gefahr droht, kneift der Witzbold. Die Beruhigung, die Beschwichtigung durch erbauliche Glück-Wünsche überließ er den Schlager- und Filmemachern. Oder dem Bundespräsidenten Karl Carstens, der – gleichfalls 1981 – mit seiner Frau in Etappen 1.129 km durch westdeutsche Lande wanderte. Vielleicht seine bedeutendste Leistung.

1982, als die Arbeitslosenzahl in der Bundesrepublik auf zwei Millionen angewachsen war, löste Helmut Kohl den tüchtigen Helmut Schmidt als Bundeskanzler ab. Schmidt hielt künftig weltweit Vorträge und verdiente damit mehr Geld als vorher. Erst jetzt holte ihn ein Witz ein, der seine Eitelkeit veralberte.

Helmut Schmidt muß als Zeuge vor Gericht erscheinen.
Er wird zur Person befragt.
»Name?«
»Schmidt.«
»Vorname?«
»Helmut.«
»Geboren in?«
»Hamburg.«

»Geburtsdatum?«
»23. Dezember 1918.«
»Beruf?«
»Größter Staatsmann des Jahrhunderts.«
Der Gerichtsschreiber zögert und blickt den Vorsitzenden fragend an. Der sieht seine Beisitzer an, überlegt eine Weile, nickt schließlich gönnerhaft und setzt die Zeugenbefragung fort.
Zum Schluß der Verhandlung geht Helmut Schmidt mit Egon Bahr aus dem Saal und fragt: »Na, Egon, wie war ich?«
»Hervorragend, Helmut«, sagt Bahr, »klare Worte, präzise Aussagen, ein blendendes Auftreten, nur…«
»Was?«
»Das mit dem größten Staatsmann des Jahrhunderts, daß du es von dir selber sagst, das könnten einige falsch verstehen.«
Da schüttelt Helmut Schmidt energisch den Kopf und antwortet: »Was sollte ich denn machen, Egon? Ich stand schließlich unter Eid…«

Mit Helmut Kohl fanden die Witzemacher so etwas wie eine weitere Zielscheibe für ihre Dummenwitze. Aber obwohl in der Bonner Szene ständig neue erzählt wurden, waren ihre Pointen ärmlich oder bereits bekannt, weil viele Heinrich-Lübke-Witze nun einfach Helmut Kohl zugeschrieben wurden. Es zeigte sich bald, daß der neue Kanzler nicht aus dem Holz geschnitzt war, aus dem man die Deppen der Nation macht.

Helmut Kohl fragt Heiner Geißler:
»Hast du gerade mal dreißig Pfennig klein, ich muß einen Freund anrufen?«
Sagt Geißler: »Hier hast du sechzig Pfennig, da kannst du alle deine Freunde anrufen!«

Über den Versuch, seine Bildung anzuzweifeln, soll Kohl selber gelacht haben.

Vor dem Start der Bayreuther Festspiele ruft der Kanzler das Büro für Vorbestellungen an und sagt: »Hier Helmut Kohl. Ich hätte gerne zwei Karten für morgen.«
»Für ›Tristan und Isolde‹?«
»Nein. Für Hannelore und mich.«

Es kann durchaus sein, daß dieser Witz seinen Ursprung in der DDR hatte, wo man sich schon in den fünfziger Jahren über die First Lady des Staates, Lotte Ulbricht, lustig machte:

Die Frau von Otto Grotewohl ruft bei Lotte an:
»Du, Lotte, hast du nicht Lust mitzukommen, wir gehen heute abend zu ›Figaros Hochzeit‹.«
»Ach«, sagt Lotte, »ich weiß nicht. Ich kenne die Leute doch gar nicht.«

Eine Zeitlang waren in der Bundesrepublik neben Kohl und den Ostfriesen die Manta-Fahrer die Dummen. Ein Beispiel:

Zwei Manta-Fahrer treffen sich. Sagt der eine:
»Du, ich habe mir eben 'n neuen Duden gekauft.«
»Schon eingebaut?« fragt der andere.

Auf Autofahrer – zumal wenn sie betrunken waren und von der Polizei angehalten wurden – reagierten die Scherzkekse mit besonderem Vergnügen. Eine Statistik aus dem Jahr 1980 hatte gerade den Alkoholkonsum registriert: 12,7 Liter pro Kopf und pro Jahr. (1,5 Millionen Menschen galten damals in der Bundesrepublik als alkoholabhängig.)

Ein Mann fährt in den frühen Morgenstunden in Schlangenlinien über die Landstraße. Ein Polizist auf dem Motorrad überholt ihn und hält ihn an.

»Haben Sie Alkohol getrunken?« fragt der Polizist.
»Geringfügig!«
»Sie haben aber ein Fahne, die ist nicht von schlechten Eltern!«
»Das issen Irrtum vom Amt.«
»Also gut. Ich müßte jetzt eigentlich mit Ihnen einen Alkoholtest machen, aber ich habe leider meine Tüte vergessen. Darum werde ich gleich mit Ihnen einen anderen Test machen. Ich nenne die Firmennamen von Autos, und Sie antworten darauf mit einem anderen Firmennamen. Sind Sie damit einverstanden?«
»Immer!«
»Also fangen wir an«, sagt der Polizist, »Jaguar.«
»Februar«, antwortet der Mann.

Ein Wagen, der abends in Zick-Zack-Kurven über eine Landstraße fährt, wird von zwei Polizisten angehalten. Der eine beugt sich durch das Fenster, schnuppert und fragt den Fahrer: »Sagen Sie mal, haben Sie Alkohol getrunken?«
»Nicht einen Tropfen«, sagt der Mann am Steuer, »wie kommen Sie darauf?«
»Na, dann blasen Sie mal hier in diese Tüte.«
Der Fahrer bläst, der Polizist betrachtet das Röhrchen und sperrt Mund und Nase auf.
»Donnerwetter«, sagt er, »das sieht man selten. Genau 2,1 Promille.«
»Das kann gar nicht stimmen«, reagiert der Autofahrer, »da muß etwas mit Ihrem Meßgerät nicht in Ordnung sein.«
»Na, das werden wir ja sehen«, wendet sich der Staatsdiener an die Beifahrerin, »blasen Sie doch mal in die Tüte, gnädige Frau.«
Die Frau tut das in aller Ruhe; das Röhrchen zeigt 2,3 Promille an.
»Aber das ist ganz ausgeschlossen«, meint die Frau er-

staunt, »ich habe heute abend doch nur zwei Flaschen Mineralwasser und eine Tasse Kaffee getrunken. Ihr Meßgerät ist nicht in Ordnung.«
»Also gut«, sagt der zweite Polizist, »ehe wir uns streiten, fahren wir jetzt zur Wache und machen eine Blutprobe.«
Der Fahrer hat einen besseren Vorschlag: »Das können Sie doch einfacher haben. Hinten auf der Bank schläft unser Kind, das wecken wir jetzt und lassen es auch in Ihr Röhrchen pusten.«
Das Kind wird geweckt, es bläst in die Tüte, das Röhrchen zeigt 2,0 Promille an.
»Teufel, Teufel«, sagt der erste Polizist, »da haben Sie ja doch recht gehabt, unser Gerät ist kaputt. Entschuldigen Sie vielmals, Sie können weiterfahren.«
Der Mann am Steuer bedankt sich, schaltet den Motor ein und fährt los. Nach einer Weile sagt er zu seiner Frau: »Eins muß ich dir ja lassen, Maria, es war eine phantastische Idee von dir, unserem kleinen Franz zum Abendessen Whisky in die Flasche zu füllen.«

Ganz ähnlich konstruiert ist ein Witz, über den man in der DDR lachte.

Ein »Trabi« wird auf der Autobahn von einem Streifenwagen überholt und gestoppt. Vier Polizisten steigen aus, gehen auf das Auto zu und grüßen freundlich.
»Deutsche Verkehrspolizei, Oberwachtmeister Hübner«, stellt sich der ranghöchste Polizist vor. »Wir fahren schon über 100 Kilometer hinter Ihnen her und dürfen Ihnen mitteilen, daß Sie wegen Ihrer rücksichtsvollen und verkehrsgerechten Fahrweise von uns mit der jährlich vergebenen Auszeichnung ›Bester Kraftfahrer‹ prämiert werden. Wenn Sie hier bitte unterschreiben würden. Die Auszeichnung ist mit einer Geldsumme von 800,-- Mark verbunden.«
»Na, toll!« sagt der Fahrer, »Mit dem Geld kann ich dann ja endlich meinen Führerschein machen.«

»Hören Sie bloß nicht auf meinen Mann«, meint die Beifahrerin, »der redet immer so 'n Quatsch, wenn er betrunken ist.«
»Siehste!« schreit das Kind von hinten, »ich hab's euch ja gleich gesagt: Mit 'm geklauten Auto kommen wir nicht weit.«
In diesem Moment geht hinten die Kofferraumhaube auf. Die Oma schaut heraus und fragt: »Was ist? Sind wir schon im Westen?«

Clement de Wroblewski, der diese Begebenheit in seinem Buch ›Wo wir sind ist vorn ...‹ veröffentlicht hat, glaubt, die Urheber solcher Witze in der DDR ausfindig gemacht zu haben. Er schreibt:

»Vom Ende der siebziger Jahre war der Hauptproduzent (des Witzes) das intellektuelle Kleinbürgertum, war sein Entstehungsgebiet der Ballungsraum, die Großstadt, ging seine Verbreitung von Berlin (Hauptstadt) aus. Sicher, das Räsonieren, jene subtil-nörglige Art des Meckerns, ist seit jeher eine Spezialität der Berliner Volksseele, aber die DDR hatte im Laufe der Zeit auch einen großen Haufen vagabundierenden Intellekts freigesetzt, ob nun institutionell gebunden oder nicht. An Berlins berühmtester Kreuzung Friedrichstraße/Ecke Unter den Linden, im kleinen, eher unattraktiven Espresso vom Lindentorso, wurde dieser Haufen zur kritischen Masse ... und die Filmemacher, Maler, Fotografen, Graphiker, Liedermacher, Jazzer, Rocker, all diese Caféhocker hatten unendlich viel Muße und Zeit, die Zeitläufte auf ihren Humorwert zu untersuchen und Sarkasmen, Sprüche, Verballhornungen und Witze zu produzieren ...

Egal, welche Milieus den politischen Witz der DDR hervorbrachten: verbreitet von Mund zu Mund wurde er zur echten, sogar einzigen Volkskunst des Landes. Selektiert aber und letztendlich gefiltert wurden diese Witze im Caféhaus. Dort verfestigte sich ihre authentische Form.«

Wenn es also so war, daß das lustige Künstlervölkchen bei

Kaffee und Wodka den Staat und seine Schwachstellen auf den Arm nahm, sind vermutlich auch die folgenden Beispiele Produkte seiner Phantasie.

Bei einem Internationalen Leichtathletik-Sportfest wirft ein amerikanischer Hüne den Hammer 83,23 Meter weit. Weltrekord! Die Reporter umringen den Mann und fragen ihn: »Sagen Sie mal, worauf führen Sie diesen Erfolg zurück?«
»Auf mein College. Dort bin ich ausgebildet und trainiert worden. Ich liebe mein College und schenke ihm diesen Sieg.«
Der Amerikaner hat nicht mit seinem russischen Konkurrenten gerechnet. Der wirft seinen Hammer beim dritten Versuch 83,26 Meter weit. Weltrekord! Wieder sind die Reporter da und fragen: »Wie haben Sie das geschafft?«
»Ich liebe die siegreiche Sowjetunion«, sagt der Russe. »Als ich meinen Hammer abwarf, hab ich nicht an die Universität, sondern nur an mein Land gedacht. Ihm verdanke ich alles.«
Es tritt ein unbekannter Sportler aus der DDR in den Schutzkreis, er schleudert seinen Hammer 84 Meter weit. Neuer Weltrekord! Wieder eilen die Reporter herbei und sagen: »Weltrekord, Menschenskind, worauf führen Sie das zurück?«
»Auf meinen Vater«, sagt der Sieger.
»Wieso auf Ihren Vater?«
»Als ich noch ganz klein war, hat mein Vater zu mir gesagt: ›Wenn dir jemals einer einen Hammer in die Hand drückt, mein Junge, wirf ihn so weit weg wie möglich.‹«

Zwei Volkspolizisten wollen unbedingt zur Wasserschutz-Polizei versetzt werden. Sie weihen ihren Vorgesetzten ein, und der gibt zu bedenken:
»Genossen, das ist aber nicht so ganz leicht. Die stellen hohe Anforderungen, als erstes müßt ihr eine schwierige Aufnahmeprüfung bestehen.«

»Das werden wir schon schaffen«, sagen die beiden. Sie bewerben sich und werden von einer Kommission geprüft, deren Vorsitzender ihnen folgende Frage stellt: »Was passiert mit Wasser, wenn man es auf hundert Grad erhitzt?«
Die Kandidaten blicken sich fassungslos an, schütteln die Köpfe, schweigen.
»Na, gut«, sagt der Vorsitzende, »dann eine zweite Frage: Was passiert mit Wasser unter null Grad?«
Schweigen, Ratlosigkeit, keine Antwort.
Da entläßt die Kommission die beiden Bewerber mit dem Hinweis, sie kämen für die Wasserschutz-Polizei der DDR leider nicht in Frage. Niedergeschlagen melden sie sich beim Offizier der Volkspolizei zurück und beichten ihm ihre Niederlage.
»Welche Fragen haben die euch denn gestellt?« will der Vorgesetzte wissen.
»Was passiert mit Wasser unter null Grad?«
»Hm. Hätt' ich auch nicht gewußt. Und was noch?«
»Was passiert mit Wasser über hundert Grad?«
»Über hundert Grad? Seltsame Frage. Also wenn die gesagt hätten, was geschieht mit Wasser bei neunzig Grad, hätte ich ganz locker geantwortet: Da fließt es im rechten Winkel ab ...«

Ein hübsches Mädchen aus der DDR, vierzehn Jahre alt, ist bei einem Internationalen Sportwettbewerb in Ost-Berlin erste Siegerin im Bodenturnen. Staatschef Erich Honecker läßt die Kleine zu sich kommen, tätschelt ihr die Wangen und sagt: »Du hast dich um unser Land verdient gemacht. Gibt es einen Wunsch, den ich dir erfüllen kann, Mädel?«
»Jawohl, Herr Staatsratsvorsitzender«, antwortet das Mädchen. »Ich wünsche mir, daß Sie für einen Tag die Mauer öffnen lassen.«
Da droht Honecker schelmisch mit dem Zeigefinger und sagt: »Du, du, Du ... du willst wohl mit mir allein sein.«

Nach dem 9. November 1989 konnten solche dem Oberhaupt der DDR zugeschriebenen Hirngespinste nicht mehr gesponnen werden. Die Mauer war weg, ganz Deutschland jubelte. Was »zusammengehört«, wie Willi Brandt meinte, wuchs allerdings doch nicht so leicht zusammen. Die Westdeutschen mußten zahlen, die Ostdeutschen für ihre neue D-Mark hart arbeiten. Sparen war angesagt; bei knappen Kassen hatten unter anderem Märkte für Waren zum »Selbermachen« Hochkonjunktur.

Das Ehepaar Zeindel hat sich im ersten Möbelgeschäft der Stadt die teuren Bauteile für einen hochmodernen Kleiderschrank gekauft und im Schlafzimmer nach Gebrauchsanweisung zusammengebaut.
Eines frühen Morgens – ihr Mann ist schon zur Arbeit – steht Eva Zeindel vor ihrem Schrank und bewundert seine makellose Schönheit. Da fährt draußen die Straßenbahn nach Stoppenberg vorbei. Das neue Möbelstück ächzt in allen Fugen und stürzt in sich zusammen.
Entsetzt eilt Frau Zeindel zum Telefon, ruft den Geschäftsführer des Möbelhauses an und berichtet ihm atemlos über den Zusammenbruch des Kleiderschranks.
»Lassen Sie alles so stehen und liegen, gnädige Frau«, beruhigt sie der Mann, »ich schicke Ihnen sofort unseren für solche Ausnahmefälle zuständigen Spezialisten.«
Wenig später läßt Eva Zeindel den Spezialisten herein, einen gutaussehenden Herrn in den besten Jahren. Fachmännisch baut er den Schrank wieder auf, und als er seine Arbeit beendet hat, rattert draußen die Straßenbahn nach Stoppenberg vorbei. Der kostbare Einkauf zittert und bricht zusammen.
»Aha«, sagt der Spezialist, »die Sache ist klar wie Kloßbrühe. Die Straßenbahn bewirkt Erschütterungen, die unser schöner Schrank nicht vertragen kann. Wann kommt die nächste Bahn?«
»In einer halben Stunde etwa«, sagt Frau Zeindel.
Der Spezialist lächelt gewinnend, baut den Schrank in zehn

Minuten wieder auf und erklärt: »Ich werde gleich in den Kleiderschrank steigen, um mir einmal genau anzusehen, welche Einzelteile von den Erschütterungen besonders in Mitleidenschaft gezogen werden. Wir müssen dann einige Schrauben austauschen und die Verstrebungen verstärken – selbstverständlich kostenlos.«
Der Spezialist steigt in den Schrank, bittet Frau Zeindel, die Tür abzuschließen und kräftig dagegenzudrücken. Während sie das tut, kommt Herr Zeindel nach Haus, er hat einen Aktenordner vergessen. Pfeifend kommt er am Schlafzimmer vorbei, sieht, wie seine Frau – noch im Morgenrock – die Schranktür zuhält und ist mit zwei Schritten bei ihr. Er stößt Eva beiseite, reißt die Tür auf und sieht drinnen einen Mann stehen, der in gekrümmter Haltung mit beiden Händen die Verstrebungen des Schrankdachs abtastet.
»Was machen Sie denn hier?« fragt Herr Zeindel.
»Sie werden es nicht glauben: Ich warte auf die Straßenbahn nach Stoppenberg«, antwortet der Spezialist.

Garantiert Marktwirtschaft schon Demokratie? Die Diskussion darüber verstärkte sich nach dem »Sieg« des Kapitalismus über den Sozialismus im Wettstreit der Systeme. Eine weise, jiddische Geschichte wurde wieder aktuell:

Der Moische trifft den David und fragt:
»Sag, was hast du da unter dem Arm?«
»Ein Bild, ich will es verkaufen.«
»Zeig her«, sagt der Moische. »Es ist ja wirklich ein schönes Bild, was willst du dafür haben?«
»Na, zwanzig Dollar.«
»Gut, dafür nehme ich es.«
Eine Woche später treffen sich die beiden wieder, diesmal hat der Moische das Bild unter dem Arm.
»Was hast du denn da?« fragt der David.
»Dein Bild, es paßte doch nicht so recht in meine Wohnung. Ich werde es verkaufen.«

»Und was willst du dafür haben?«
»So fünfundzwanzig Dollar, dachte ich.«
»Es ist ein schönes Bild, ich nehme es«, sagt der David.
Es vergeht wieder eine Woche, die beiden treffen sich, diesmal hat der David wiederum das Bild unterm Arm.
»Das ist ja unser Bild«, sagt der Moische, »nenn mir einen Preis, wenn du es verkaufen willst.«
»Dreißig Dollar will ich dafür haben.«
»Gut, dafür nehme ich es.«
Die Woche darauf begegnen sie sich erneut, und das Feilschen um das Bild geht noch eine Weile hin und her. Bis der Tag kommt, an dem keiner von beiden mehr das Bild besitzt. Und der Moische fragt: »Wo ist denn unser Bild geblieben?«
»Verkauft«, sagt der David.
Der Moische schüttelt entsetzt den Kopf: »Bist Du meschugge? Wovon sollen wir denn jetzt leben?«

Ende der achtziger Jahre veröffentlichten die Zeitungen unter der Rubrik »Vermischtes« viele kuriose Meldungen, über die sich die Witzemacher wieder einmal keine Gedanken machten.

In Rußland wurde ein seit neunzig Jahren eingefrorener Salamander wiederbelebt. Ein Sandkorn, dem die Wissenschaftler ein Alter von 3.843 Milliarden Jahren (!) bescheinigten, wurde im Bayerischen Wald gefunden. In Mainz wurden einundsiebzig deutsche Weinpanscher mit Freiheitsstrafen bis zu zwei Jahren bestraft. Auf solche und ähnliche Versündigungen reagierten die gehobenen Weintrinker zwar nicht mit einem Witz, aber mit einer einleuchtenden Parole: »Das Leben ist zu kurz, um schlechte Weine zu trinken.« Zum Thema Wein hatte sich bereits vor fünfzig Jahren ein trinkfester ostpreußischer Gutsbesitzer geäußert: »Von allen leichten Landweinen ist mir der Kognak der liebste.«

Weil sie eine teure Flasche Kognak als Geschenk mitgebracht hat, wird die junge Bewunderin eines weltberühmten Bildhauers ins Atelier des Meisters vorgelassen. Sie verbeugt sich

tief und sagt: »Ich bin eine große Verehrerin Ihrer Kunst und schätze mich glücklich, daß ich Sie bei der Arbeit beobachten kann. Wie ich sehe, arbeiten Sie gerade an einer Löwenplastik. Es ist ja faszinierend, wie der Stein unter Ihren Händen Konturen annimmt und die Löwen immer deutlicher Gestalt annehmen. Darf ich fragen, wie Sie das machen?«
»Ganz einfach«, sagt der Bildhauer, »alles weghauen, was nicht nach Löwen aussieht.«

Witze, die der gescheiten Schlußbemerkung des Bildhauers ebenbürtig waren, kursierten in den achtziger Jahren selten in Deutschland. Aber es gab – vor und nach der Wiedervereinigung – immer auch Scherzartikel über Ausländer, die so schlau konstruiert waren, daß man das Gefühl hatte, Türken oder Griechen hätten sie zu ihren Gunsten selbst erfunden.

Ein Autofahrer in Essen dreht die Scheibe herunter und fragt einen Türken, der am Straßenrand steht:
»Wie komme ich denn hier nach Aldi?«
»Zu Aldi!« berichtigt der Türke.
Der Autofahrer blickt auf die Uhr und sagt: »Um sechs Uhr Aldi schon zu? Das glaube ich nicht.«

Zwei »Ossis« haben in einem Berliner Supermarkt eingekauft und stehen in der Kassenschlange.
»Über die Apfelsinen kann man nicht meckern«, sagt der eine zum anderen, »aber haste mal die Tomaten angefühlt? Wie Gummi! So was gab's bei uns nicht.«
»Auch das Schweinefleisch taugt nichts«, meint der zweite, »viel zu hell und faserig. So was wäre bei uns erst gar nicht angeboten worden.«
»Genau! Und haste diese kleinen, schrumpligen Äppel gesehen? Die wären bei uns ans Vieh verfüttert worden.«
Ein Türke, der schon seit zwanzig Jahren in Westdeutschland arbeitet, steht hinter den beiden. Er hat sich ihre Bemerkungen in Ruhe angehört und legt nun zwei schwere

Hände auf die Schultern der »Ossis«.
»Wir euch nicht gerufen«, sagt er.

Ein Grieche kommt in die Zentrale einer Bank, baut sich forsch vor einem Schalter auf und sagt zu dem Beamten: »Ich möchte gern 'n Gyros-Konto bei Ihnen eröffnen, aber 'n bißchen zaziki, zaziki.«
»Hör'n Se mal«, antwortet der Angestellte, »ein solcher Ton ist bei uns nicht Ouzo.«

Ein Türke und ein Deutscher, Nachbarn in der Kölner Südstadt, haben sich ein neues Auto gekauft. An einem Samstagvormittag bringen die beiden ihre Fahrzeuge auf Hochglanz. Als der Deutsche einen Eimer Wasser über sein Wagendach schüttet, holt der Türke eine Säge aus dem Werkzeugkasten und sägt damit ein Stück vom Auspuff ab.
»Was ist denn mit dir los, Adnan?« fragt der Deutsche, »hast du nicht mehr alle Tassen im Schrank?«
»Wieso?« sagt Adnan. »Wenn du deinen taufst, kann ich meinen ja wohl beschneiden ...«

Zu Köln am Rhein, wo sich Tünnes und Schäl immer noch gute Nacht sagen, bedrohte 1988 Hochwasser die Altstadt. Dazu der passende Witz:

Die Familie Schmitz – Vater, Mutter und ein kleiner Sohn – sitzen auf dem Dach ihres Häuschens und starren trübsinnig auf die steigenden Fluten. Da sehen sie plötzlich einen Hut auf dem Wasser, der mit der Strömung schwimmt, aber nach einer Weile wendet und – gegen die Strömung ankämpfend – zurückkommt.
»Das ist ja eigenartig«, sagt der Vater, »was kann das sein?«
»Das ist sicher Großvater«, erwidert der Junge, »der hat gestern abend zu mir gesagt: ›Egal was passiert, morgen schneide ich den Rasen.‹«

Zur selben Zeit, als Opa im Garten den Rasen schnitt, gingen in Düsseldorf drei Freunde am Rhein spazieren. Das zurückweichende Hochwasser spülte mit letzter Kraft eine Flasche an den Strand, die von einem der Freunde geöffnet wurde. Ihr entschwebte eine wunderschöne Fee; sie verkündete den Männern folgende Botschaft:

»Über 1.000 Jahre war ich in dieser Flasche eingesperrt, aber nun habt ihr mich befreit. Zum Dank dafür werde ich jedem von euch einen Wunsch erfüllen.«
Der erste zögert nicht lange. »Ich wünsche mir eine große Farm in Argentinien«, sagt er. »Eine mit Wäldern und Wiesen, auf denen über 1.000 Rinder grasen.«
Die Fee klatscht in die bleichen Hände und – schwups! – sitzt der Mann im Schaukelstuhl auf der Terrasse einer argentinischen Hazienda. Und auf den Wiesen grasen über 1.000 gutaussehende Rinder.
»Und was wünschst du dir?« fragt die Fee den zweiten Freund.
»Einen Harem in Saudiarabien mit goldenen Betten und 100 nackten Weibern.«
Wieder klatscht die Fee in die bleichen Hände und – schwups! – liegt der zweite im goldenen Bett eines Palastes, und 100 nackte Haremsdamen schlendern abwartend an ihm vorbei.
»Und nun zu dir«, wendet sich die Fee an den dritten Freund. »Welchen Wunsch soll ich dir erfüllen?«
Der Mann wirft der Fee einen traurigen Blick zu und flüstert: »Ich möchte gern meine beiden Freunde wiederhaben.«

Kleine Stichproben aus dem Angebot der Statistiken und Nachrichten, die der deutschen Öffentlichkeit in den achtziger Jahren bekanntgegeben wurden.

- Die Kosten für die gesundheitlichen Schäden durch Rauchen werden in der Bundesrepublik auf jährlich 30 Milliarden DM geschätzt. (1981) Sieben Jahre später ermittelt die Statistik: In der Bundesrepublik Deutschland werden jährlich 120 Milliarden Zigaretten geraucht.

- Das erste Retortenbaby wird im Namen der Katholischen Kirche getauft. Aber die künstliche Befruchtung wird weiterhin von ihr abgelehnt. (1982)
- Die deutsche Bundesregierung registriert die mangelhafte Verwirklichung der vom Grundgesetz geforderten Gleichberechtigung der Frau.
- In Amerika wird in einer neuen Bibelausgabe mitgeteilt, daß Gott nicht unbedingt ein männliches Wesen sein muß.
- Die Fernseh-Serien ›Schwarzwaldklinik‹, ›Traumschiff‹ und ›Tatort‹ sind die Quotenrenner des Jahres 1986. Im selben Jahr wird der Weltkongreß der Prostituierten in Brüssel erfolgreich abgeschlossen. Das am meisten gebrauchte Wort des Jahres heißt »Tschernobyl«.
- Die Katholische Kirche entzieht Uta Ranke-Heinemann den akademischen Lehrauftrag wegen ihrer öffentlich geäußerten Zweifel an der jungfräulichen Geburt Mariä. (1987)
- Der Politiker Uwe Barschel stirbt unter ungeklärten Umständen in einem Hotel in Genf. (1987)
- In der Bundesrepublik wird das schnurlose Telefon eingeführt. (1987)
- Die UNESCO schätzt die Zahl der Analphabeten in der Bundesrepublik Deutschland auf 3 Millionen. Die Wörter des Jahres heißen AIDS und Kondome. (1987)
- 1988 lautet der am meisten zitierte Satz des Jahres: »Wer zu spät kommt, den bestraft das Leben.« (M. Gorbatschow)

Witze über den Massen-Tourismus, Kondome, den Papst und den lieben Gott sind hier schon an anderer Stelle zitiert worden. Von den gesammelten Stichproben waren es fünf, welche die Phantasie der Witzbolde beflügelten.

Zum Thema Gleichberechtigung:

Frage: Warum ist die Frau dem Manne untertan?
Antwort: Weil es sich bewährt hat.

Zum Thema Uwe Barschel:

Dem Reporter und dem Fotografen einer großen Illustrierten gelingt es, zu später Stunde in das Schweizer Hotelzimmer eines prominenten Politikers einzudringen. Sie stellen fest, daß der Mann tot auf einer Chaiselongue liegt. Der Fotograf hebt die Kamera, aber sein Kollege verhindert ein erstes Bild.
»Tu mir einen Gefallen«, sagt er, »und hilf mir dabei, den Toten in die Badewanne zu legen.«
»Warum das denn?« fragt der Bildreporter.
»Weißt du vielleicht, wie Chaiselongue geschrieben wird?«

Zum Thema drahtloses Telefon:

Eine Blondine kauft bei Aldi ein. Da klingelt ihr Handy. Sie meldet sich, ihr Freund ist am Apparat und sagt: »Ich wollte dir mal einen Kuß durchs Telefon geben, Schatz.«
»Wie lieb von dir, Purzel«, antwortet die Blondine, »aber woher weißt du, daß ich bei Aldi bin?«

Zum Thema Fernsehen:

Die Fernsehlandschaft in Westdeutschland hatte sich gründlich verändert. Private, durch Werbung finanzierte Anstalten, machten den öffentlich-rechtlichen Sendern Konkurrenz. Der Kampf um Quoten zog das Niveau nach unten. »Fernsehen ist der einzige Bereich, der durch Wettbewerb schlechter geworden ist«, hieß es bei den »Mainzer Tagen der Fernsehkritik«.

Zwei kleine Jungen unterhalten sich in der Pause auf dem Schulhof. Sagt der eine: »Haste mal im Fernsehen bei RTL ›Tutti-Frutti‹ gesehen? Supergeiles Programm, lauter halbnackte Weiber, irrsinnige Titten.«

»Kenn ich«, sagt der andere. »Aber die Scheiße daran ist: Immer wenn man gerade die Hose auf hat, kommt schon wieder Werbung.«

Ein Fernsehdirektor wird gefragt, warum das Fernsehen nicht mehr so erfolgreich sei wie vor 20 Jahren.
»Ich weiß es auch nicht«, antwortet er. »Dabei bringen wir immer noch dieselben Filme wie damals.«

Frage: Was ist positiv an Vergeßlichkeit aus Altersschwäche?
Antwort:
1. *Man lernt dauernd neue Menschen kennen.*
2. *Man kann die Ostereier suchen, die man selber versteckt hat.*
3. *Es gibt keine Wiederholungen im Fernsehen mehr.*

Zum Thema Rauchen:

Ein Mann sitzt im Nichtraucher-Abteil eines D-Zugs und raucht. Kommt eine ältere Dame herein und sagt aufgebracht:
»Machen Sie sofort die Zigarette aus. Wir befinden uns hier in einem Nichtraucher-Abteil.«
Der Mann reagiert nicht.
»Hören Sie«, lamentiert die Frau, »wenn Sie nicht sofort aufhören zu rauchen, hole ich den Schaffner.«
Der Mann raucht weiter und stößt genußvoll den Rauch aus.
»Jetzt will ich Ihnen mal etwas sagen«, sagt er, »kurz vor Abfahrt des Zuges mußte meine Frau dringend auf die Toilette. Sie kam nicht rechtzeitig zurück, und meine drei Kinder und ich sind ohne sie abgefahren. Meine Jüngste hat die Hosen vollgemacht, Karl-Heinz hat unsere Fahrkarten aus dem Fenster geworfen, und Dieter hat seine Nudeln auf den Tisch gekotzt. Jetzt sitzen alle drei im Speisewagen, und

der Kellner wartet darauf, daß ich die Rechnung bezahle. Aber ich habe mein Geld vergessen, und wir sitzen im falschen Zug. Was soll mir da noch passieren?«

Ein Mann sitzt im Nichtraucher-Abteil eines Intercity und zieht eine Zigarre aus dem Etui. Ihm gegenüber sitzt eine Frau und meutert.
»Hier wird nicht geraucht«, empört sie sich und der Mann gibt klein bei.
Nach einer Weile zieht sie ihre Jacke aus.
Jetzt hat der Raucher seine große Stunde. »Hier wird nicht gebumst«, sagt er wütend.

Da ist es wieder, das am meisten gebrauchte Wort der letzten Jahrzehnte. Es sitzt zusammen mit anderen schmückenden Beiwörtern aus den Untiefen des Sexualjargons auf seinen sechs Buchstaben und wartet darauf, daß es auch in diesem Kapitel zur Kenntnis genommen wird. Vollkommen zu Recht. Denn viele Gazetten waren in den achtziger Jahren dazu übergegangen, die sogenannten Four Letter Words voll auszuschreiben, und im Kino und Theater gehörten die drastischen Ausdrücke längst zum Vokabular der Schauspieler. Frei nach dem Motto, das Spaßmacher aus der DDR kurz nach der »Machtübernahme« durch Erich Honecker erfunden hatten: »Alles ist schlechter geworden. Nur eins ist besser geworden: Die Moral ist schlechter geworden.« Fromme Zeitungen tarnten die schlimmen Wörter allerdings immer noch brav mit drei Punkten: f..., b..., v...

Mit der allmählichen Abschaffung des schon lange hinfälligen Tabus lief eine eigenartige gesellschaftliche Veränderung parallel: Je freizügiger die Medien mit dem Sexualjargon umgingen, desto unaufdringlicher und weniger barbarisch entwickelten sich die Handlungsabläufe der Männerwitze. Das Angebot an direkten Sauereien, an unter der Gürtellinie ansetzenden Zoten ging langsam zurück. Woran lag das?

Die typische deutsche Kneipe als Wechselstube für vulgäre

Pointen hatte Kundschaft verloren. Die alten Kameraden – Hüter der Männerkumpanei – ruhten in den ewigen Jagdgründen. Und ihre Söhne und Enkel verbrachten viel Freizeit da, wo sie andere Braten gerochen hatten als Frikadellen und kalte Koteletts. Jugoslawische, italienische, griechische und türkische Restaurants kamen in Mode, und die Jugend zog es in Bistros, Discos, Straßencafés. Dort fehlten die Stammtische und Theken; durch den Standortwechsel wurden die Ankerplätze der Zote kleiner.

Vier Beispiele aus dem Sex-Fundus der achtziger Jahre.

Ein Mann reitet auf einem gelben Pferd durch einen gepflegten Park. Roß und Reiter kommt ein Spaziergänger entgegen, der bleibt stehen, sperrt Mund und Nase auf und sagt: »Ein gelbes Pferd ... so etwas habe ich ja noch nie gesehen.«
»Na, wunderbar«, antwortet der Reiter, »ich kann nur hoffen, daß eine hinreißende junge Frau, die hier jeden Morgen vorbeikommt, genau dasselbe sagt wie Sie.«
»Und wieso?« fragt der Spaziergänger.
»Nun, dann werde ich sagen: ›Das ist eine lange Geschichte, meine Dame. Die kann ich Ihnen nur bei einem gemeinsamen Abendessen erzählen.‹ Da sie neugierig ist, wird sie die Einladung annehmen. Vorsichtshalber habe ich bereits im Waldhotel einen Tisch bestellt und alle wichtigen Angestellten über unser Kommen informiert. Der Chef des Nobelrestaurants wird uns persönlich begrüßen, und dem Oberkellner habe ich vorher ein gutes Trinkgeld gegeben, damit er den Satz sagt: ›Ich habe für die Herrschaften unseren schönsten Tisch reserviert und mir erlaubt, Ihren Wein kalt zu stellen, Herr Doktor.‹ Schönster Tisch, Ihr Wein, Herr Doktor ..., das imponiert den Damen. Wir werden vorzüglich speisen, und zum Abschluß des Menüs bestelle ich Mokka und Kognak. Natürlich habe ich mit dem Oberkellner vorher verabredet, daß er den Satz sagt: ›Ich bedaure unendlich, Herr Doktor, aber der Mokka ist uns leider ausgegangen. Darf es Espresso sein?‹ Dezent, aber

deutlich werde ich mich beschweren und mit Nachdruck erklären: ›Sie wissen doch selbst, daß ein Espresso nach einer solchen Mahlzeit fehl am Platze ist.‹ Und ich werde mich an meinen reizenden Gast mit der Bemerkung wenden: ›Bitte, entschuldigen Sie das Malheur. Dann müssen wir wohl oder übel den Mokka bei mir zu Hause trinken.‹ Ich bin sicher, die Dame wird meinen unverfänglichen Vorschlag nicht ablehnen. Bei mir zu Hause biete ich natürlich keinen Mokka an, sondern einen eisgekühlten Champagner. Während ich die zweite Flasche öffne, werde ich sagen: ›Wollen wir es uns auf der Couch nicht ein bißchen bequem machen?‹ Wenn die junge Frau ja sagt, und ich bin sicher, daß sie das tut, werde ich sie zur Couch führen. Auf dem Weg dorthin wird sie straucheln, weil ich unter dem Teppich eine Parkettbohle angesägt habe. Ich fange sie auf und ... na ja, dann muß die Sache eigentlich irgendwie laufen.« Der Spaziergänger hat dem Reiter aufmerksam zugehört. »Toll« sagt er, »einfach toll! In einer Zeit der flüchtigen Liebesbeziehungen und kurzfristigen Verhältnisse bauen Sie ja einen richtigen Generalstabsplan auf, um Ihr Ziel zu erreichen. Ich muß weiter, aber ich komme in der nächsten Woche wieder hier vorbei. Sie müssen mir dann erzählen, ob Ihr Plan erfolgreich war!«

Die beiden trennen sich. Als sich der Mann auf dem gelben Pferd einem Waldsaum nähert, kommt ihm das Ziel seiner Wünsche entgegen. Die schöne junge Frau bleibt stehen, stutzt, schüttelt den Kopf und sagt: »Ein gelbes Pferd ... das habe ich ja noch nie in meinem Leben gesehen.«

Da lüftet der Reiter den Hut, blickt die Frau an, errötet und fragt: »Wollen wir bumsen?«

Ein rüstiger Witwer, der schon längere Zeit mit einer lustigen Witwe liiert ist, aber noch nicht mit ihr geschlafen hat, will heiraten. Als sie abends in ihrem Stammlokal die üblichen Formalitäten besprechen, sagt die Frau:

»Bevor wir die Ringe tauschen, muß ich dich darüber infor-

mieren, daß ich im Zusammenhang mit der körperlichen Liebe gewisse Angewohnheiten habe. Und ich bitte dich herzlich, sie zu respektieren.«
»Schieß los, Häschen«, sagt der Mann.
»Also paß auf. Wenn ich abends ins Schlafzimmer komme und den Scheitel in der Mitte trage, bedeutet das, daß ich Migräne habe und nicht mal einen Kuß vertragen kann. Trage ich den Scheitel links, sind mir kleinere Zärtlichkeiten ganz willkommen. Aber wenn ich den Scheitel rechts trage, kannst du mit mir machen, was du willst.«
Der Mann betrachtet seine Zukünftige mit Nachsicht.
»Ich danke dir für die Aufklärung«, sagt er dann. »Nun darf ich dich auf bestimmte Dinge aufmerksam machen, die ich mir im Lauf der Zeit angewöhnt habe.«
»Schieß los«, sagt die Frau.
»Also paß auf. Wenn ich morgens aufstehe, trinke ich zum Frühstück grundsätzlich eine Flasche Champagner. Mittags pflege ich fünf Flaschen Bier und achtzehn Klare zu trinken, und abends gehe ich zu Whisky über; eine Pulle, manchmal auch zwei, nehme ich locker zur Brust. So – und wenn ich dann ins Bett gehe, ist es mir vollkommen egal, wo du deinen Scheitel trägst.«

Im Zirkus tritt ein Dompteur auf, dem es als einzigem Artisten auf der Welt gelungen ist, ein Krokodil zu dressieren. Das Tier macht einen Kopfstand, balanciert Bälle auf der Nase, raucht Pfeife. Zum Schluß seines Programms öffnet der Dompteur seine Hose und legt dem Krokodil seinen Penis in den Rachen, den es vorsichtig schließt. Nach einer Weile schlägt der Meister dem Krokodil zwischen die Augen, und augenblicklich läßt es den wichtigen Körperteil unbeschädigt wieder frei.
Stürmischer Applaus. Der Dompteur ordnet seine Garderobe und sagt: »Wer das nachmacht, kriegt von mir auf der Stelle 500,-- Mark bar auf die Hand.«
Niemand meldet sich.

»Also gut«, meint der Artist, »ich erhöhe mein Angebot auf 1.000,-- Mark.«
Wieder herrscht Schweigen im Publikum. Erst als der Dompteur auf 1.500,-- Mark erhöht, meldet sich in der vorletzten Reihe ein junger Mann. Er geht in die Manege, schüttelt dem Dompteur die Hand und sagt:
»Bevor wir anfangen, stelle ich eine Bedingung.«
»Welche Bedingung?«
»Sie dürfen mir nicht so brutal zwischen die Augen schlagen ...«

Ein Stammtischbruder nervt seine Freunde damit, daß er ihre Erzählungen ständig mit Sätzen kommentiert wie: »Das hätte noch viel schlimmer kommen können«, oder »Das ist noch gar nichts«, oder »Das weiß ich aber besser.«
Eines Tages kommt ein Kumpel aufgeregt herein und sagt:
»Jetzt paß mal auf, Karl. Ich erzähle dir jetzt eine Geschichte, zu der fällt dir überhaupt nichts mehr ein.«
»Was ist denn passiert?« erkundigt sich Karl.
»Unser Kegelbruder Erwin kommt vor ein paar Tagen nach Hause und findet einen anderen Mann bei seiner Frau. Er dreht völlig durch, geht an die Schublade, nimmt einen Revolver heraus, erschießt den Mann, erschießt seine Frau, und schließlich erschießt er sich selber. So.«
»Das hätte noch viel schlimmer kommen können«, sagt Karl.
»Was hätte denn jetzt noch schlimmer kommen können?«
»Zwei Tage früher, und ich wäre tot gewesen!«

Was erzählte man sich sonst noch in Deutschland, wenn der Tag lang war? Beschließen wir das Kapitel über die achtziger Jahre mit ein paar Scherzen, die sich mit Vergnügen über Alterskrankheiten lustig machten.

Ein älterer Herr fährt mit seiner Frau und einem Freund in die Oper.

»Ich hatte ja wie du Symptome der Alzheimer Krankheit«, wendet er sich an den Freund, »aber stell dir vor: Mein Arzt hat mir ein neues Medikament verschrieben, und seitdem ich das einnehme, habe ich keine Probleme mehr.«
»Kannst du mir bitte den Namen des Arztes sagen?«
»Ja, natürlich, einen Moment. Wie heißt noch die schöne Blume mit dem langen Stengel und den kleinen Dornen dran?«
»Meinst du vielleicht eine Rose?«
Der Fahrer stößt seine Frau an und fragt: »Sag mal, Rosa, wie heißt noch der Arzt, der mich geheilt hat?«

Ein altes Ehepaar sitzt vor dem Fernsehapparat. Als die Werbung beginnt, steht die Frau auf.
»Gehst du in die Küche?« fragt der Mann.
»Ja, warum?«
»Dann tu mir doch bitte den Gefallen und bring mir aus dem Kühlschrank ein Stück Torte mit. Du kannst zwei Bällchen Eis dazulegen und einen Schuß Himbeergeist darüberschütten. Aber schreib dir alles auf, sonst vergißt du es.«
»Meinst du, ich hätte Alzheimer?« sagt die Frau und verschwindet in der Küche.
Nach einer Weile kommt sie mit einem Teller zurück, auf dem zwei Spiegeleier liegen.
»Und wo ist der Schinken?« fragt der Mann.

Es kommt ein sehr alter Mann in die Sprechstunde eines Arztes und sagt: »Ich habe ein Problem, Herr Doktor, vielleicht können Sie mir helfen.«
»Nur Mut«, sagt der Arzt, »was macht Ihnen denn zu schaffen?«
»Ich kann nicht mehr pinkeln.«
»Soso, Sie können nicht mehr pinkeln. Wie alt sind Sie denn?«
»Ich bin gerade 95 geworden.«
»95? Na, dann haben Sie ja auch genug gepinkelt ...«

Das Letzte

Eine Frau kommt in die Bäckerei und bestellt »Ein B... B... Brot und z... zwei Brö... Brö... Brötchen.«
»Sie stottern ja ganz schön«, sagt die Verkäuferin.
»Och, d... d... das ist no... no... noch gar nichts«, meint die Kundin, »da... da... so... so... sollten Sie erst mama... mal meine Schwe... Schwester hören. Ehe die nein ge... gesagt hat, ist d... d... die im sechsten Mo... Monat.«

Die Deutschlehrerin fordert ihre Schüler auf, Sätze mit ›der, die, das‹ zu bilden. Herbert meldet sich und sagt: »Meine Schwester kriegt ein Kind. Der die das gemacht hat, ist abgehauen.«

»Hamsam Samstag Schalke geseh'n? Hattata geregnet.«

Ein Mann fährt in den frühen Morgenstunden in Schlangenlinien über die Landstraße. Zwei Polizisten halten ihn an und fragen: »Sagen Sie, haben Sie vielleicht Restalkohol?«
»Immer diese Bettelei«, antwortet der betrunkene Fahrer.

Wohin fliegt der schwule Adler?
Zu seinem Horst.

»Gott ist tot! – Nietzsche«, hat jemand an eine Wand des Bahnhofs Zoo in Berlin gesprayt.
»Nietzsche ist tot – Gott«, hat ein anderer darunter geschrieben.

Chris Howland

Witze erzählen

Einen Witz zu erzählen, ist immer ein Problem, weil man im vorhinein an so vieles denken muß. Sind Damen anwesend? Oder Priester? Oder ein Einbeiniger? Oder ein Schwarzer oder ein Gelber? Oder ein Politiker? Oder jemand, der gerade einen geliebten Menschen verloren hat?

Zuerst die Damen.

Normalerweise erzählen Männer ihre Witze anderen Männern. Nicht etwa, weil Frauen nicht lachen könnten, sondern weil viele Witze von Sex handeln und es ein ungeschriebenes Gesetz ist (oder war?), daß Männer im Beisein von Damen keine Sexwitze erzählen. So oder so, viele dieser sogenannten Witze sind ganz und gar nicht lustig – es sind primitive Geschichten mit null Inhalt. Andere jedoch sind äußerst komisch, und die Tatsache, daß sie riskant wirken, verleiht ihnen zusätzlichen Reiz.

Ich bin der Meinung, daß es keine Rolle spielt, ob ein Witz sexistisch, jüdisch, schwarz, feministisch, rassistisch oder politisch ist, er muß nur gut sein.

Trotzdem, man muß auf sein Publikum achten. Wird nur ein einziger Zuhörer verärgert, ziehen sich die übrigen in ihre Schneckenhäuser zurück, weil sie sich schämen. Es ist so, als würde man beim In-der-Nase-Bohren erwischt, wenn man geglaubt hat, allein zu sein. Von daher habe ich einen simplen Ratschlag für jeden, der das Berufsfeld des Witzeerzählers betritt: Riskiere es oder halte den Mund! Einen Mittelweg gibt es nicht.

Sollten Sie sich entschließen, Ihr Glück zu versuchen – hier sind ein paar Grundregeln, die Sie aufmerksam lesen sollten.

Die Auswahl der Witze. Wenn Sie ein gemischtes Publikum haben, erzählen Sie niemals einen Witz, den Sie nicht vorher an Ihren Freunden ausprobiert haben. Hat er bei diesen nicht funktioniert, wird er es bei jenen auch nicht tun.

Ist es ein langer Witz? (Lassen Sie's!) Ist es ein Witz, den Sie zum ersten Mal in der Schule oder auf der Universität gehört haben? (Ihre Zuhörer auch!) Oder im Fernsehen? (dito) Lassen Sie die Finger von Witzen über Abtreibung, Kindesmißbrauch, alleinerziehende Mütter, Prostataprobleme oder Menstruation; und achten Sie sorgsam darauf, keinesfalls Facelifting, überschüssiges Fett oder künstliche Befruchtung zu erwähnen!

Ich sage es noch einmal: Diese Ratschläge sind für Sie gedacht. Über Ihre Zuhörer mache ich mir keine Sorgen, weil die sich um sich selbst kümmern, sobald Sie die Linie übertreten.

Zum Schluß kommen wir zum Wichtigsten überhaupt: dem Erzählen des Witzes. Heutzutage werden Damen genauso behandelt wie Männer, die Farbigen haben die Gleichberechtigung erreicht, Politiker darf man der Lächerlichkeit preisgeben (solange es ausländische Politiker sind), und die Juden erzählen ohnehin die besten Judenwitze – folglich können wir alles offen aussprechen und uns prächtig amüsieren.

Nun ja, nicht ganz. Um es für diejenigen leichter zu machen, die Witze ganz und gar nicht mögen, beginne ich immer mit dem Satz: »Ich gehe jetzt in die Küche, um ein paar Geschichten zu erzählen. Wenn ihr sie hören wollt, kommt einfach mit.«

Und wissen Sie was? Oft sind die Frauen vor mir in der Küche!

Jetzt kommt die Nagelprobe. Der Augenblick der Wahrheit. Der Sekt-oder-Selters-Test. Man braucht Mumm dazu, aber ich halte es für die beste Methode.

Sobald mein kleines Auditorium sich versammelt hat, senke ich die Stimme und kündige an, daß mein erster Witz das Gesetz der Logik erklärt.

An einem Stammtisch stiftet der Wirt zum zehnjährigen Bestehen einen Korb mit Sekt und erlesenen Konserven. Die Stammtischbrüder überlegen, wer den Korb bekommen soll, und einer schlägt einen Wettbewerb vor: Wem die beste Antwort einfällt auf die Frage »Wo ist der schönste Platz der Welt?«, soll ihn mitnehmen können.
Alle überlegen eine Weile. Am meisten bejubelt wird dann die Antwort von Werner, der sagt: »Der schönste Platz? – Bei meiner Frau im Bett.«
Werner darf den Korb mit nach Hause nehmen. Seine Frau fragt ihn natürlich, wofür er den bekommen habe. Das mag er ihr nicht sagen und behauptet, er habe auf die Frage nach dem schönsten Platz geantwortet: »In der Kirche.«
»So originell kann ich das nicht finden«, meint seine Frau, freut sich aber über die schönen Sachen.
Am nächsten Tag will einer der Stammtischbrüder Werner am Telefon erreichen. Als seine Frau abhebt, sagt er: »Also, Kompliment noch einmal, das muß ich sagen, das war wirklich eine hervorragende Antwort, die Werner auf die Frage nach dem schönsten Platz gegeben hat!«
»Das freut mich«, antwortet die Frau, »ich verstehe es nur nicht ganz. Wissen Sie, ich habe ihn da überhaupt nur dreimal reingekriegt, einmal zur Verlobung, einmal zur Hochzeit und einmal zum Firmenjubiläum.«

Der trifft sie mitten zwischen die Augen. Schlimmer kann es nicht werden, oder? Schocktaktik. Entweder Ihre Zuhörer lieben es, oder sie hassen es. Man ist ganz unverblümt, und wenn es ihnen nicht gefällt, können sie immer noch zurück zur Party. Eines kann ich Ihnen versprechen: Es gibt eine Explosion. Und sobald sie verklungen ist, sollten Sie einen Blick in die Runde werfen. Ist jemand gegangen? Sind Sie ganz allein zurückgeblieben? Oder füllt sich der Raum? Lassen Sie sich Zeit. Und wenn das Gelächter nachzulassen beginnt, gehen Sie den nächsten Witz an. Sagen Sie Ihren Zuhörern, er gehöre in dieselbe Kategorie – ein logischer Witz:

Ein Mann betritt ein Irrenhaus und baut sich vor der Empfangsdame auf: »Ich brauche einen neuen Arsch!«
Die junge Frau ist erstaunt. »Einen neuen Arsch, wieso?«
»Meiner hat ein Loch.«

Wenn er den Zuhörern gefällt, können Sie ein wenig zur Ruhe kommen. Jetzt kann Ihnen nichts mehr passieren. Ist Ihnen schon einmal aufgefallen, daß ein Witz häufig zum nächsten führt?

Eine Kettenreaktion.

Hier ist ein entfernter Verwandter des vorigen Witzes:

Eine junge Frau kommt in die Praxis eines Psychiaters.
Als der Arzt sie sieht, packt er sie, wirft sie auf die Couch und schläft mit ihr.
Anschließend steht er auf, ordnet seine Kleider, setzt sich dann in den Sessel neben der Couch und sagt: »Nun, das war mein Problem. Was ist das Ihre?«

Aber nicht immer müssen die Witze schmutzig sein. Es gibt auch hübsche und richtig saubere darunter. Aber alle enthalten sie eine Botschaft.

Die Mäusemutter geht mit ihren fünf Mäusebabys spazieren. Plötzlich prescht eine große Katze aus dem Gebüsch hervor und knurrt: »A-a-a-a-arragg.«
Mutter Maus bleibt ganz ruhig. Sie stellt sich auf die Hinterbeine, blickt der Katze in die Augen und sagt: »Wau Wau.«
Die Katze ist verschreckt, schaut nach links, nach rechts, rennt dann so schnell davon, wie sie gekommen ist.
Mutter Maus wendet sich an ihre Sprößlinge. »Da seht ihr, Kinder, wie wichtig es im Leben ist, wenigstens eine Fremdsprache zu beherrschen.«

Und das bringt uns sofort zu einem weiteren Witz über Tiere und ihre Eltern.

Es ist Frühling, und Vater Karnickel und sein Sohn haben ein Rendezvous mit all den hübschen kleinen Kaninchenfrauen, die im Feld in einer langen Reihe vor ihren Erdbauten stehen. »Du fängst an einem Ende der Reihe an«, sagt der Vater, »und ich fange am anderen Ende an.«
Vater Karnickel beginnt langsam. »O hallo, meine Teure, vielen Dank, Gnädigste.« Und er bewegt sich weiter zum nächsten Kaninchen.
Sein Sohn, der am andern Ende beginnt, ist ein wenig schneller. »Danke, Gnädigste; danke, Gnädigste; danke, Gnädigste ... huch, tut mir leid, Papa! ..., danke, Gnädigste; danke, Gnädigste!«

Mittlerweile geht Ihr Glas zur Neige, und möglicherweise ist Ihre Kehle ein wenig ausgetrocknet; vielleicht ist es an der Zeit, sich zu verabschieden und einem anderen das Feld zu überlassen. Sie sagen also beispielsweise: »Natürlich haben Tiere in Sachen Sex keine Komplexe. Männer dagegen haben häufig Schwierigkeiten.«

Ein Mann sucht einen Arzt auf. »Nächste Woche habe ich ein Rendezvous mit einer sehr attraktiven Frau, und ich will im Bett richtig gut sein. Können Sie mir da etwas Hilfreiches verschreiben?«
»Aber sicher«, sagt der Arzt und nimmt eine Packung Pillen, Vorläufer von »Viagra«, aus einer Schublade.
»Davon nehmen Sie drei Tage vor Ihrem Rendezvous täglich zehn Stück, und Sie werden keinerlei Probleme haben.«
Der Mann geht.
Wenig später sieht der Arzt noch einmal in den Beipackzettel, und da geht ihm auf, daß er einen Fehler gemacht hat. Nicht zehn Tabletten an drei Tagen vor dem Rendezvous, sondern drei Tabletten täglich an zehn Tagen. Er kann sei-

nen Patienten jedoch nicht warnen, da er weder seine Telefonnummer noch die Adresse kennt.
Zwei Wochen später ist der Mann wieder in der Praxis.
»Wie war Ihr Rendezvous?« fragt der Arzt etwas besorgt.
»Phantastisch«, antwortet der Mann, »fünfzehn Mal hintereinander.«
»Toll«, sagt der Arzt, »aber wie ging es der armen Frau?«
»Die war gar nicht da«, entgegnet der Mann.

Danach können Sie die Zuhörer risikolos sich selbst und ihren eigenen Witzen überlassen.

Lentz/Thoma

1990–1998

Das letzte Jahrzehnt dieser fünfzig Jahre Bundesrepublik läßt sich nicht ohne weiteres an den Zug der Zeit ankoppeln. Es fällt aus dem Rahmen. Das letzte Jahrzehnt des Jahrtausends wird durchweht von Endzeitstimmungen und geprägt vom internationalen Aufbruch in die Globalisierung. Die Zukunft erscheint ungewiß, vielen auch bedrohlich.

Wenn früher überschwenglich vom Wirtschaftswunder die Rede war, so ereigneten sich jetzt wirklich politische Veränderungen, die Wundern glichen. Die deutsche Vereinigung, der Ost und West zustimmten, gehörte dazu, und die Bankrotterklärung einer Weltmacht wie der Sowjetunion ohne militärischen Zwang erst recht.

Die Wiedervereinigung beendete die Idylle einer kleinen Republik ohne weltpolitischen Ehrgeiz. Deutschland wurde ein anderes Land. Der Schriftsteller Patrick Süskind schrieb dazu 1990 für ein Buch von Ulrich Wickert, aus dem der ›Spiegel‹ zitierte: »Man lebt nicht jahrzehntelang in einem Provisorium – schon gar nicht in einem so prächtig gedeihenden, schon gar nicht als junger Mensch –, und wenn in den Sonntagsansprachen von ›unseren Brüdern und Schwestern in der Zone‹ die Rede war oder man uns nach dem Bau der Berliner Mauer aufforderte, zum Zeichen der nationalen Solidarität nächtens ein Adventslichtlein ins Fenster zu stellen, so kam uns das ebenso lächerlich und verlogen vor, als würde man von uns Heranwachsenden im Ernst verlangen, einen Stiefel in den Kamin zu stellen, damit der Nikolaus uns Schokolade hineinwürfe. Nein, die Einheit der Nation, das Nationale überhaupt war unsere Sache nicht ... Ob die Deutschen in zwei, drei, vier oder einem Dutzend Staaten lebten, war uns schnuppe. ... Verdattert wie die Kühe, denen man ein lang verschlossenes Gatter aufsperrt, standen und stehen wir da und glotzen in die neue Richtung und scheuen uns, sie einzuschlagen. ... »Moment!« sagen wir, »Augenblick mal!« und reiben uns verblüfft die Augen, »was ist hier eigentlich passiert? Wie geht es weiter? Deutsche Einheit? Wieso das? Wozu? Wollen wir das überhaupt?«

Dreißig Jahre vorher hatte der Schriftsteller Paul Sethe, alles andere als ein Nationalist, in der Zeitschrift ›Magnum‹ geschrieben: »Aber was die Bundesrepublik als Machtstaat und Wirtschaftsorganisation gewinnt, muß das deutsche Volk als Nation teuer bezahlen. Die Frage wird noch kommende Geschlechter beschäftigen, ob der Preis nicht zu hoch gewesen ist, ob nicht die Einheit der Deutschen, ob nicht die Freiheit und das Glück von siebzehn Millionen Landsleuten für den Gewinn an Souveränität und Macht im westdeutschen Staat geopfert worden sind.«

Inzwischen reagierten die meisten Deutschen wie Patrick Süskind auf die nationale Einheit: Aufgestört und beunruhigt. Sie wollten eigentlich »keine Experimente«, wie schon ein Wahlslogan bei Adenauer hieß.

Der Witz stellte sich eher indirekt auf die neue Situation ein. Zukunftssorgen drückten sich ungenauer und diffuser aus. Wie in dieser Geschichte aus den zwanziger Jahren, die plötzlich wieder aktuell wurde. Sie beschreibt die Hilflosigkeit eines Menschen, der gar nicht der ist, der er sein soll:

»Mensch, Ornstein, was ist denn mit dir los?« ruft aufgeregt ein Spaziergänger, der auf der Hauptstraße einem alten Bekannten begegnet. »Früher warst du dick, jetzt bist du mager, früher warst du groß, heute bist du klein! Früher hattest du eine Glatze, jetzt hast du Haare ...«
Sagt der andere: »Ich heiße gar nicht Ornstein.«
»Was? Ornstein heißt du auch nicht mehr?«

Die Zahl der Arbeitslosen stieg schon 1991 auf über drei Millionen, und die Nationalstaaten starrten ziemlich hilflos auf eine mehr und mehr in andere Länder ausweichende Wirtschaft, die sich damit auch nationalen Gesetzen entzog.

Die hohe Arbeitslosigkeit konnte durch neue Aufschwünge der Wirtschaft kaum noch abgebaut werden. Die technische Revolution der Automatisierung kam fast ohne Arbeiter aus. Und bei solchen Massen Bedürftiger konnte auch das »soziale Netz« nicht halten.

Es war in Zeiten der Vollbeschäftigung geplant worden.

Bis 1990 wurde Außenpolitik in der Bundesrepublik nicht zuletzt mit Geld gemacht. Dafür reichten jetzt die Mittel nicht mehr, die Situation hatte sich nach der Wiedervereinigung gründlich geändert. Das neue Deutschland hätte neue Aufgaben definieren müssen, die es in der Welt und in Europa übernehmen konnte. Statt dessen entwickelte es Prestige-Gelüste wie die Forderung nach einem Sitz im Weltsicherheitsrat der UNO. Es versäumte auch, einleuchtende Konzepte für eine Rolle in der Europäischen Union zu erarbeiten. Auf der Weltbühne sahen viele deutsche Politiker plötzlich so aus, als seien sie eine Nummer zu klein, sie wirkten etwas provinziell.

Kohl will mit dem französischen Präsidenten Chirac Brüderschaft trinken. Er hebt das Glas und sagt: »Nous sommes perdu.«

Der Witz wurde vor dem Streit über den Chef der europäischen Zentralbank erfunden. Das Gefühl für Solidarität, ein wichtiges Element der Aufbaujahre, war in Deutschland längst abhanden gekommen. Viele Deutsche waren nicht mehr ehrlich, sie betrogen die Steuer, ihre Versicherung, mißbrauchten die sozialen Hilfen. Korruption wurde sogar den bisher Treuesten, den Beamten, vorgeworfen, und die Medien reduzierten im Quotenkampf auf gefährliche Weise ihr Niveau.

Viele Bürger und auch Politiker machten sich bereits ernste

Sorgen um die Zukunft des Landes. Sie sahen plötzlich: Marktwirtschaft allein würde nicht reichen, um die Demokratie zu erhalten.

Es geht aufwärts, sagte der Fisch, als er an der Angel hing.

Der Witz reagierte wenig intelligent, und der DDR-Witz war mit dem Ende des ostdeutschen Staat ohnehin verblichen. Der »Besserwessi«, der von den »Ossis« mit den Mantafahrern und Ostfriesen auf eine Stufe gestellt wurde, war nicht sehr ergiebig. Von Ausnahmen abgesehen, die aber meistens schon bei anderen rivalisierenden Gruppen erprobt worden waren.

Ein Neunzehnjähriger aus Chemnitz kommt zur Bundeswehr und mit der Truppe nach Bosnien. Er schreibt nach Hause: »Es ist sogar richtig interessant hier. Das Essen ist fabelhaft, und wir sind auf der Stube mit sechs Ossis und vier Wessis und kommen gut miteinander aus ...«
Die Mutter schreibt zurück: »Es beruhigt mich, daß es dir gutgeht und daß ihr ordentlich zu essen habt. Schön finde ich auch, daß ihr schon vier Gefangene gemacht habt ...«

Aus Ost-Berlin hörte man in der Endphase der DDR eher resignierende Scherze. Faule Witze wurden aber immer noch über die Partei und den »großen russischen Bruder« gemacht, posthum sozusagen.

Nachwuchswerbung in der SED:
Wer ein neues Mitglied wirbt, wird drei Monate beitragsfrei gestellt.
Wer drei neue Mitglieder wirbt, darf austreten.
Wer fünf neue Mitglieder wirbt, bekommt eine Bescheinigung, daß er nie in der Partei gewesen ist.

Ein Korrespondent der ›Prawda‹ besucht die Tschuktschen-Halbinsel und trifft dort einen ganz alten Tschuktschen.

»Guten Tag«, sagt der Journalist, »ich komme von der Prawda. Ich schreibe eine Reportage über das Leben der Tschuktschen. Können Sie mir sagen, wie alt Sie sind?«
»Zweiundneunzig Jahre.«
»Dann haben Sie ja noch die Zeit vor der Revolution erlebt. Können Sie unseren Lesern sagen, wie es Ihnen in der Zarenzeit ergangen ist?«
»Wir kannten nur zwei Gefühle«, sagt der alte Tschuktsche, »Hunger und Kälte.«
»Ein sehr griffiges Bild«, lobt der Korrespondent, »ein sehr griffiges Bild! Vielleicht können Sie mit einem ähnlich großartigen Bild auch Ihr heutiges Leben beschreiben?«
»Heute«, sagt der alte Tschuktsche, »kennen wir drei Gefühle: Hunger, Kälte und Dankbarkeit.«

Warum hat die neue First Lady als Doppelnamen »Schröder-Köpf« gewählt?
Weil »Köpf-Schröder« ein gefährlicher Imperativ wäre.

Wort des Jahres hätte 1997 nach dem tödlichen Unfall von Lady Diana »Paparazzi« werden müssen, und nicht »Reformstau«. Dem nordrheinwestfälischen Ministerpräsidenten Johannes Rau wurde folgender Witz dazu zugeschrieben:

Auf der Autobahn von Münster nach Bonn rast eine schwarze Limousine mit Höchstgeschwindigkeit hinter zwei Motorradfahrern her.
Es sind zwei Paparazzi auf der Flucht vor Möllemann.

Wenn man sich über Frauen lustig machen wollte, mußten Ende der neunziger Jahre erneut die Blondinen einspringen. Bis der Elchtest kam. Der Mann, der den Elchtest erfand und damit eine Witzserie auslöste, hieß Robert Collins. Er war Schwede, 48 Jahre alt, ein kleiner Mann mit wuscheligen Haaren, der Autos für eine Zeitung testete. Und dabei fiel der neue Mercedes Kleinwagen der A-Klasse um. Er habe ein »Elch-

Ausweich-Manöver« imitieren wollen, schrieb Collins, weil so ein Tier ja plötzlich auf der Straße stehen könne. Jedenfalls in Schweden. Daraus wurde in der deutschen Verkürzung der »Elchtest«. Kein Schwede wußte davon. Jetzt kennt man ihn auch dort.

Sagt ein Mercedes-Mitarbeiter zum anderen: »Komm laß uns einen kippen gehen!«

Es treffen sich zwei alte Freunde. Sagt der eine:
»Mir brummt der Kopf, ich habe gestern abend einen gekippt.«
Sagt der andere: »Ich wußte gar nicht, daß du A-Klasse fährst.«

Über Internet konnten 1997 mehr als zweihundert Witze zum Elchtest abgerufen werden. Dem Stuttgarter Konzern gelang es, in einer Art Geniestreich diese Anti-Werbung ins Positive zu wenden. Zum Beispiel mit Boris Becker, der erklärte, daß er aus Niederlagen immer mehr gelernt habe als aus Siegen. Der »Elchtest« wurde zwar nicht Wort des Jahres, aber doch in den deutschen Sprachschatz aufgenommen.

Blondinen und Elchtest verbanden sich kurzfristig:

Frage: Was ist der Unterschied zwischen einer Blondine und einem Wagen der A-Klasse?
Antwort: Die A-Klasse kann man leichter flachlegen.

Es gab auch bessere Beispiele:

Eine Blondine nimmt in einem Flugzeug nach Mallorca in der ersten Klasse Platz. Die Stewardeß versucht vergeblich, die Passagierin zu ihrem gebuchten Sitz zu dirigieren. Energisch wird sie vom Chefsteward darauf hingewiesen, daß sie nur ein Ticket für die Economy-Klasse habe und dort auch sitzen müsse.

Die blonde Dame schüttelt immer nur den Kopf und versichert, der Platz gefiele ihr, sie bleibe dort sitzen.
Der Pilot wird informiert.
Er redet eindringlich und ruhig auf die Blondine ein.
Plötzlich springt sie auf, nimmt ihre Tasche und setzt sich brav nach hinten.
»Nun sag uns mal, wie du das geschafft hast«, fragen der Chefsteward und die Stewardeß, »hast du ihr was versprochen?«
»Nicht das geringste«, antwortet der Pilot, »ich habe lediglich gesagt: Die ersten fünf Reihen landen nicht in Mallorca.«
Oder die Blondine, die ihre Thermoskanne bewundert: »Sie weiß immer genau, wann Sommer und wann Winter ist. Im Winter hält sie die Getränke warm und im Sommer kalt.«

Meinungsforscher sagten: Wenn ein Politiker erst Objekt von Witzen ist, hat er es geschafft, dann wird er wahrgenommen. So zeichnete sich in den späten neunziger Jahren die Herausforderung für die Regierenden auch im Witz ab.

Lafontaine und Schröder dürfen nicht mehr zusammen fliegen: Bei einem Absturz müßten gleich sieben Witwen versorgt werden.

Der rasante Fortschritt der Technik verwirrte den Durchschnittsbürger. Das fiel auch den Witzemachern auf. In Computerwitzen »wird das Menschliche technisch und das Technische menschlich aufgefaßt«, schrieb Professor Röhrich. Es kamen die ersten Computer auf den Markt, die dolmetschen, in andere Sprachen übersetzen konnten. Dabei entstanden auch Mißverständnisse, die dann als Witze verbreitet wurden.

»Der Geist ist willig, aber das Fleisch ist schwach«, soll ein Computer übersetzen.

Er liefert: »The Whisky is good, but the steaks cannot be recommended.« (Der Whisky ist gut, aber die Steaks kann man nicht empfehlen.)

Die technische Entwicklung verlief so schnell, daß vor allem ältere Mitbürger aufpassen mußten, nicht abgehängt zu werden. Die Staatssekretärin des Forschungsministeriums kommentierte dies in einer Rede so: »Wenn ich mir einen neuen Computer anschaffe und ihn installieren will, dann muß ich mir entweder drei Tage freinehmen, oder meinen zehnjährigen Sohn fragen, ob er mal eine Viertelstunde Zeit hat.«

Ein Mann kommt eilig während der Mittagspause in den Supermarkt und sagt: »Ich will nur schnell vier Tomaten kaufen!«
»Tut mir leid«, sagt die Kassiererin, »die Ware muß trotzdem in unserem neuen Computersystem registriert werden.«
»Du lieber Himmel«, schimpft der Käufer, »na, dann machen Sie schon!«
Die Kassiererin drückt mehrere Knöpfe, der Computer brummt und piept und macht »ratata ratata«. Dann kommt ein Papier heraus. »Sechs Mark siebzig«, sagt die Kassiererin.
»Für vier Tomaten? Das ist doch nicht Ihr Ernst!« schimpft der Kunde.
»Ich muß mich auf den Computer verlassen«, sagt die Kassiererin, »aber ich versuche es noch mal.« Sie drückt wieder mehrere Knöpfe, der Computer brummt und piept und macht »ratata ratata«. Das Papier kommt heraus, die Kassiererin blickt darauf und sagt: »Ich kann es nicht ändern, es bleibt bei sechs Mark siebzig.«
Der Kunde ärgert sich und meint: »Ich habe zwar überhaupt keine Zeit, aber jetzt lasse ich den Geschäftsführer kommen. Vier Tomaten für sechs Mark siebzig – wo gibt es denn so was?«
Der Geschäftsführer erscheint beflissen und erklärt: »Das

regelt alles der neue Computer!« Er drückt mehrere Knöpfe, der Computer brummt und piept und macht »ratata ratata« und wirft einen Zettel aus.
»Sechs Mark siebzig ist korrekt«, sagt der Geschäftsführer.
Da schmeißt der Kunde die Tomaten auf den Tisch und ruft: »Mit mir nicht! Sie können sich Ihre Tomaten in den Hintern stecken!«
»Das geht nicht«, erwidert der Geschäftsführer abwehrend.
»Warum geht das denn nicht?«
»Da steckt schon eine Salatgurke für sieben Mark neunzig drin.«

Die Deutschen schienen in zwei unterschiedlichen Welten zu leben, die einen in der Computerwelt mit Internet und Multimedia, die anderen auf einer zuweilen schon verzweifelt wirkenden Flucht in gewohnte Zerstreuungen wie Fernsehen und Zeitung. Während Zigtausende von Jugendlichen nach den hämmernden Rhythmen der Technomusik tanzten, wuchs der Kölner Sender »WDR 4« zur meistgehörten Welle der Bundesrepublik. Dort spielten die Programm-Macher alte deutsche Schnulzen ab, Musik für die Älteren, die so quotenstark geworden waren.

Auch der frivole Witz blieb zumeist in einem konservativen Muster:

Eine Expedition im afrikanischen Urwald wird von einem Wirbelsturm überrascht. Einige Teilnehmer müssen unter umgestürzten Bäumen ausgegraben werden, drei sind so schwer verletzt, daß sie eine stationäre Behandlung brauchen.
»Aber wo?« rätselt der Expeditionsarzt. »Es gibt in erreichbarer Nähe nur das Urwaldkrankenhaus des Dr. Johnson. Der Mann hat zwar einen etwas merkwürdigen Ruf, aber wir haben keine Wahl.«
Sie erreichen das Krankenhaus in einem Tagesmarsch, und der erwähnte Dr. Johnson begutachtet die Verletzten.

»Sie flicken wir schon wieder zusammen«, beruhigt er den ersten, »das sieht zwar alles schlimm aus, ist aber zu beheben. Ihnen fehlt das rechte Ohr, aber wenn Sie einverstanden sind, setze ich Ihnen ein Löwenohr an. Ich stutze das auf die richtige Größe zurecht. Sie müßten nur etwas hierbleiben.«
Der Verletzte stimmt natürlich zu.
Beim Anblick des zweiten Patienten pfeift Dr. Johnson erschrocken durch die Zähne: »Du meine Güte, Sie hat es aber böse erwischt! Aber wenn ich mir das genau ansehe, hier ist noch alles da, das und das richten wir wieder, das kann ich nähen ... nur, Ihr linkes Auge fehlt. Da könnte ich höchstens versuchen, Ihnen ein Tigerauge einzusetzen. Vielleicht klappt es, und Sie gewöhnen sich daran.«
Auch dieser Patient ist einverstanden.
»Oi joi joi joi!« ruft Dr. Johnson, als er den dritten Verletzten betrachtet, »Ihnen hat es ja den halben Unterleib weggerissen!« Er ordnet mit geschickten Händen die restlichen Teile und sagt: »Das stopfen wir wieder hinein, da überbrücke ich künstlich etwas, ganz so arg wie es auf den ersten Blick schien, dürfte es doch nicht sein. Es fehlt nur etwas sehr Wichtiges, und das läßt sich nicht so ohne weiteres ersetzen. Ich könnte lediglich versuchen, Ihnen den Rüssel eines jungen Elefanten anzunähen ...«
»Was bleibt mir anderes übrig«, resigniert der Verletzte.
Dr. Johnson verpflichtet die Patienten, wiederzukommen und von ihren Heilerfolgen zu berichten. »Ich muß ja auch noch meine Erfahrungen sammeln«, erklärt der Arzt.
Nach etwa einem Jahr melden sich die Patienten wieder.
»Nun, wie ist es Ihnen mit dem Löwenohr ergangen?« fragt Dr. Johnson.
»Fabelhaft, Doktor«, strahlt der erste, »natürlich hat sich meine Umgebung an den Anblick erst gewöhnen müssen, so kurz kann man das Ohr ja nicht rasieren. Aber wenn ich einen Hut trage, fällt es überhaupt nicht auf. Und dann höre ich jetzt, ich sage Ihnen, ich höre sagenhaft!«

»Das ist ja fein«, freut sich Dr. Johnson und wendet sich an den zweiten. »Und wie sind Sie mit dem Tigerauge zufrieden?«
»Phantastisch, Doktor, ich habe mich natürlich etwas gewöhnen müssen. Es war zuerst ein bißchen sperrig, aber heute sehe ich damit so gut wie nie zuvor. Ich kann aus hundert Metern die Fliege auf dem Baum erkennen.«
»Das höre ich gern«, versichert Dr. Johnson, »und wie geht es Ihnen mit dem Rüssel?«
Der dritte wiegt unschlüssig den Kopf hin und her, ehe er antwortet: »Ach, wissen Sie, teils, teils.«
»Erzählen Sie, nun mal heraus mit der Sprache!«
»Nun gut, ich habe durchaus Erfolge, vielleicht sogar mehr als früher, da kann ich nicht klagen.«
Der dritte Patient macht eine verlegene Pause, dann fährt er fort: »Es ist nur so: Wenn ich morgens mit meiner Familie beim Frühstück sitze, nimmt er sich manchmal noch ein Stück Zucker vom Tisch.«

Der Moische hat Ärger zu Hause, weil seine Frau dahintergekommen ist, daß er eine Freundin hat.
Er versucht, seine Frau zu beruhigen, das dürfe sie nicht so ernst nehmen, das sei doch heutzutage fast ein Statussymbol. »Sieh nur«, versichert er, »auch mein Chef hat eine Freundin, der Bürgermeister hat eine, und unser Freund Levi auch!«
Das alles kann seine Frau nicht beruhigen, wochenlang hängt der Haussegen schief. Eines Abends gehen sie ins Ballett. Als das Corps de ballet auf der Bühne tanzt, sagt der Levi zu seiner Frau: »Siehst du die lange Blonde ganz links?«
Sie nickt.
»Das ist die Freundin von meinem Chef. Und die Brünette gleich daneben, das ist die von unserem Freund Levi. Und die dritte von rechts, die hell Gelockte, das ist die vom Bürgermeister.«
Die Frau wartet und sieht den Moische auffordernd an.

»Und die kleine Schwarze rechts davon, das ist meine.« Seine Frau betrachtet die Mädchen eine Weile, dann stellt sie fest: »Unsere ist die schönste!«

Nicht unterzukriegen waren weiterhin die »Antifrauenwitze«, wie wir sie spätestens seit der Emanzipation schon zitiert haben. Sie seien »gegenemanzipatorisch und patriarchalisch«, urteilte Professor Röhrich.

Frage: Was bestellt eine Feministin bei McDonald's?
Antwort: Eine Cola und eine Hamburgerin.

Ein Paar feiert Silberne Hochzeit, es geht erlesen essen und fühlt sich zufrieden, als es schließlich im Bett liegt.
»Das war ein richtig schöner Tag«, versichert der Mann. »Wenn du noch irgendeinen Wunsch hast, werde ich ihn dir gern erfüllen.«
»Wirklich jeden?« fragt die Frau. »Und bist du auch nicht böse?«
»Aber nein«, sagt er, »was wünschst du dir denn?«
»Weißt du, wir sind jetzt 25 Jahre verheiratet, und seitdem hältst du die oberste Schublade deines Nachtschränkchens immer verschlossen. Ich würde ja zu gerne wissen, was darin ist!«
Der Mann zögert etwas, schließt aber dann die Schublade auf und öffnet sie. Darin liegen vier Eier und dreitausend Mark in Geldscheinen.
»Vier Eier«, fragt sie verwundert, »was sollen denn vier Eier in deinem Nachttisch?«
»Das ist so, Liebling«, erklärt er, »jedes Mal, wenn ich im Laufe unserer Ehejahre fremdgegangen bin, habe ich ein Ei in diese Schublade gelegt.«
»Was, viermal hast du das getan,« regt sie sich auf, »jetzt sag auch, mit wem und wann ...«
Nach längerer Diskussion beruhigt sie sich wieder und meint: »Nun gut, viermal in 25 Jahren, das will ich nicht so

ernst nehmen. Aber was ist mit dem Geld? Warum liegen da dreitausend Mark?«
»Das ist so, Liebling«, sagt er, »jedesmal, wenn die Schublade voll war, habe ich die Eier verkauft.«

Die Frauen setzten sich zur Wehr. Sie kicherten sich Witze über die Potenz der Männer zu, die Herren der Schöpfung sollten sich dabei in der Rolle der Blondinen wiederfinden.

Ein Mann geht wegen einiger Beschwerden an seinem besten Stück zum Arzt.
Der sieht sich das an und sagt: »Sie haben ein Gamsbartsyndrom.«
»Ein Gamsbartsyndrom? Was ist denn das?«
»Sie können ihn sich nur noch an den Hut stecken!«

Nach der Hochzeitsnacht sagt sie: »Dann koch mal Kaffee. Oder kannst du das auch nicht?«

»Wie war es denn im Urlaub?« fragt die Nachbarin.
»Ganz schön, ich habe nur die total falschen Sachen mitgenommen.«
»Was denn?«
»Meinen Mann und die Kinder!«

Frage: Was ist Mut, was Übermut, was Schlagfertigkeit?
Antwort: Mut ist, wenn ein Mann nur mit einer Badehose bekleidet in die Oper will. Übermut ist, wenn er zur Garderobenfrau geht und fragt, ob er seine Hose abgeben kann. Schlagfertig ist die Garderobenfrau, die antwortet: »Wollen Sie Ihren Knirps nicht auch hierlassen?«

Rotkäppchen wird im Wald vom bösen Wolf angefallen. »Ich bitte nicht um mein Leben«, sagt es, »ich will nur nicht sterben, ohne noch etwas erlebt zu haben. Von dir heißt es ja, du seist ein ganz toller Liebhaber.«

Da vergißt der Wolf seinen Hunger und tut, was Rotkäppchen sich wünscht.
»Gleich noch einmal«, bittet Rotkäppchen.
»Und noch ein letztes Mal«, fordert Rotkäppchen den erschöpften Wolf zur dritten Runde auf.
Danach ist der Wolf total fertig, er wankt nur noch, fällt um und ist tot.
Rotkäppchen ordnet die Kleider, nimmt ihr Körbchen und geht. Nach einer Weile kommt ihr der Förster entgegen.
»Rotkäppchen, Rotkäppchen«, droht er mit dem Finger, »das war in dieser Woche schon dein vierter Wolf!«

Witze über das Privatleben des amerikanischen Präsidenten Clinton ließen sich hier bequem einfügen.

In einem Kinsey-Report werden tausend Amerikanerinnen befragt: »Möchten Sie eine erotische Beziehung mit dem Präsidenten haben?«
82 Prozent antworten: »Nie wieder!«

Viele Witze suchten vertraute Gefilde und taten so, als hätte sich die Welt nicht verändert.

Zwei Mäuse treffen sich. Die eine Maus schwärmt unentwegt von ihrem neuen Freund, was das für ein toller Bursche sei. »Willst du mal ein Bild sehen?« fragt sie und zieht es schon aus dem Täschchen.
Die zweite Maus sieht sich das Foto an und sagt: »Das ist ja eine Fledermaus.«
»Was du nicht sagst! Und mir hat er erzählt, er sei Pilot!«

Ein Tausendfüßler klagt: Eigentlich würde ich ja auch gern mal Ski fahren, aber bis ich mir alle Skier angeschnallt habe, ist der Winter vorbei.

Es gibt zeitlose Witze und witzlose Zeiten. Und manchmal erwartete man, auf ein bestimmtes Ereignis würden die Witzbolde mit Begeisterung reagieren, um es sofort auszuwerten. Aber nichts geschah. Oder das Resultat hat uns nicht erreicht.

Doch dann, mit einem Mal, reagierte auch der Witz aktuell. Als sei er wirklich über Internet schon ein Bestandteil der neuen Medienwelt. Die Amerikaner landeten ihre Marssonde, und das war der Anlaß, um eine alte Geschichte ganz schnell wie neu auf den Markt zu werfen.

Zwei Geschäftsleute sitzen abends in einem Restaurant bei Düsseldorf und unterhalten sich über die Marsexpedition der Amerikaner.
»Es ist unfaßbar«, staunt der eine, »da steuern die von hier aus da oben auf dem Mars ein kleines Auto! Ist das nicht sowieso schon ungeheuerlich, wenn man nur in den Himmel sieht? Millionen, was sage ich, Milliarden von Sternen sehen wir da!«
»Ja«, bestätigt der andere, »und das sind nur die aus dem Kreis Mettmann!«

Schon 1990 hatte die katholische Kirche dem kritischen Paderborner Theologie-Professor Eugen Drewermann die Lehrerlaubnis entzogen. Er blieb für die Kirche ein Ärgernis. Der Witz dazu:

Kardinal Meisner sitzt beim Friseur. Der unterhält sich mit ihm und sagt zwischendurch immer »ja, Herr Drewermann, natürlich, Herr Drewermann«. Der Kardinal fragt etwas ärgerlich: »Warum sagen Sie eigentlich immer ›Herr Drewermann‹ zu mir, Sie wissen doch, wer ich bin?«
»Natürlich«, sagt der Friseur, »aber bei dem Namen Drewermann sträuben sich Ihre Haare so schön ...«

Auf der Frankfurter Buchmesse 1990 wurden über 380.000 Bücher angeboten. Das war Weltrekord. Wie viele wurden gelesen?

Eine Dame wünscht in der Buchhandlung ein Geschenk für einen Kranken.
»Etwas Religiöses?« fragt der Buchhändler.
»Nein«, sagt die Dame »es geht ihm schon wieder besser.«

Ein Mann kommt in die Buchhandlung und sagt: »Ich hätte gern Goethes Werke.«
Fragt die Buchhändlerin: »Welche Ausgabe?«
»Da haben Sie eigentlich auch wieder recht«, meint der Kunde und geht wieder.

Anschläge auf Ausländerwohnungen wie in Mölln oder Solingen führten zu Großdemonstrationen für Ausländer in Berlin, München, Köln und anderen Städten. Trotzdem konnten wir hierzulande froh sein, daß ein Politiker wie Jörg Haider nur in Österreich aktiv war. Dort holte er mit fremdenfeindlichen Parolen mehr als 20 Prozent der Stimmen. Als die rechtsextreme DVU in Sachsen-Anhalt im April 1998 massiv Wahlkampf machte, kam sie auch auf 12,9 Prozent. Vor allem junge Menschen unter 30 Jahren hatten sie gewählt.

Gut hunderttausend der knappen Million Kölner waren aus der Türkei eingereist. Aber in der Domstadt kamen die unterschiedlichen Kulturen eigentlich sehr gut miteinander aus. Die Bürger fanden sogar Gefallen an den manchmal etwas orientalisch anmutenden Straßenbildern. Und die neuen Türkenwitze waren freundlich.

Ein Junge geht über den Kölner Eigelstein und sieht im ersten Stock eines Hauses einen Türken, der dort einen Teppich ausklopft.
»Was ist los?« ruft der Junge hoch. »Springt er nicht an?«

Auf eine Pointe, die vermutlich gar nicht so wirklichkeitsfremd ist, lief die folgende Geschichte hinaus:

Der kleine Achmed ist in der Schule in Köln-Nippes seit langem der beste Schüler. Über Jahre hinweg bescheinigt ihm der Lehrer: »Achmed, wenn du doch nur Deutscher wärest, alle deutschen Schüler könnten sich ein Beispiel an dir nehmen. Niemand beherrscht unsere Muttersprache so gut wie du!«

Als Achmed wieder einmal den besten Aufsatz der Klasse geschrieben hat, sagt der Lehrer: »Achmed, ich bin es jetzt leid. Also, für mich bist du von heute an Deutscher. Und du heißt für mich auch nicht mehr Achmed, sondern Alfred.«

Als der kleine Achmed nach Hause kommt, erzählt er seinem Vater: »Du, der Lehrer hat gesagt, ich sei von heute an Deutscher, und ich hieße auch nicht mehr Achmed, sondern Alfred.«

Da ohrfeigt ihn sein Vater links und rechts. Weinend setzt sich Achmed auf den Bordstein.

Andere türkische Kinder kommen hinzu und fragen: »Achmed, was hast du denn?«

»Ach, Scheiße«, antwortet der, »ich bin erst drei Stunden Deutscher, und schon hab ich Krach mit Türken!«

1991 wurde »Ötzi« gefunden, ein Mann, der gut fünftausend Jahre im Eis gelegen hatte. Der Fund erregte auch die Diskussion über Umweltschäden. So tief war das Eis in den Alpen, das ihn versteckt hatte, seit Tausenden von Jahren nicht mehr abgeschmolzen. Erst das neue »Treibhausklima« legte ihn auf den Weg, »outete« ihn, wie wir auf gut Neudeutsch sagen.

Wiederbelebt soll Ötzis erste Frage gewesen sein: »Singt Maria Hellwig immer noch?«

Gesundheitsreformen der zuständigen Minister verunsicherten Ärzte und Patienten. Die »Lohnfortzahlung im Krankheitsfall«, von den Gewerkschaften als wichtige Errungenschaft gefeiert, wurde in Frage gestellt. Angeblich wurde sie zu oft mißbraucht.

Jesus kehrt auf die Erde zurück und nimmt in einem Zugabteil Platz. Drei Männer sitzen schon darin und mustern ihn erstaunt.
»Sind Sie wirklich ...?« fragt einer schließlich.
Jesus nickt.
»Und können Sie auch noch wie damals Wunder vollbringen?«
Jesus nickt wieder.
»Also«, sagt einer der Reisenden, »ich habe seit Jahren so stechende Kopfschmerzen. Keiner weiß, woher, und keiner kann mir helfen.«
Da legt Jesus die Hand auf den Kopf des Kranken, bewegt die Lippen, und schon sind die Kopfschmerzen wie weggeblasen.
Nun meldet sich der zweite Reisende. »Ich habe ein lahmes linkes Bein, können Sie da auch ...?«
Jesus legt die Hand auf das Bein, bewegt die Lippen, das Bein ist gesund. Freundlich sieht er jetzt den dritten Reisenden an.
Der weicht zurück, duckt sich in die Polster und ruft: »Faß mich bloß nicht an! Ich bin noch vierzehn Tage krankgeschrieben!«

Ein neues Wundermittel, »Viagra« mit Namen, kam 1998 auf den Markt: Letzte Hilfe bei Potenzschwäche. Die Warnung, daß Männer über sechzig die Wunderdroge nicht nehmen dürfen, wurde natürlich nicht beachtet, Todesfälle machten Schlagzeilen. Aber viele »Viagra«-Schlucker halten den Herzschlag bei solcher Gelegenheit für einen »schönen Tod«. Potenzwitze, von jeher eine der beliebtesten Gattungen, wenn man nicht von Be-Gattungen reden will, wurden wieder aus der Versenkung geholt.

Zwei ältere Schauspieler sitzen auf einer Parkbank.
Sagt der eine: »Ich bin ja jetzt schon seit zehn Jahren impotent.«
Sagt der andere: »Ich erst seit fünf Jahren. Toi toi toi!«

Zwei Freunde, die sich lange nicht gesehen haben, treffen sich und beschließen, das ausgiebig zu feiern.
»Gehen wir doch als erstes mal schön Austern essen«, schlägt der eine vor.
»Ach, ich weiß nicht«, zögert der andere.
»Was hast du gegen Austern?«
»Gar nichts, aber ich bezweifle ihre Wirkung. Ich habe vor drei Wochen in New York zwölf Austern gegessen – und nur sechs haben funktioniert!«

Den Forschungsergebnissen der medizinischen Wissenschaft ist es auch zu verdanken, daß die Menschen immer älter werden, selbst wenn das mit einem immensen Tablettenkonsum verbunden ist.

Alte Menschen wollten nun lange und fröhlich leben, sie brachten alle Statistiken aus dem Gleichgewicht. Die Renten- und Pensionskassen waren darauf nicht vorbereitet, der sogenannte »Generationenvertrag«, nach dem die Jungen die Versorgung der Alten erwirtschaften sollten, hielt dem nicht stand. Doch das Altwerden bleibt weiterhin ein großes Thema für Witze:

Eine goldene Hochzeit wird gefeiert. Das Jubelpaar hat ein paar Freunde eingeladen. Einer von ihnen hört, daß der Gastgeber seine Frau den ganzen Abend mit Kosenamen anredet. »Liebling, hast du wohl ein Stück Zucker? – Schatz, gefällt es dir auch? – Mein Engel, reich mir doch mal das Brot! – Mein Herzblatt, es ist ein wunderschöner Abend!«

Beim Abschied sagt der Freund zum Jubilar:
»Hör mal, das finde ich ja wirklich ganz toll, wie du noch mit deiner Frau redest. Nach 50 Jahren Ehe! Als wäret ihr im zweiten Frühling.«
Der Jubilar zögert einen Moment und antwortet dann nachdenklich: »Jaja, aber weißt du, ganz so ist es nicht. Ich habe nur total vergessen, wie sie heißt.«

Vier Bullen stehen auf der Weide. Plötzlich ruft der jüngste, der vierjährige: »Hoi, guck mal, da unten kommen acht Kühe, jetzt aber nichts wie runter!«
Sagt der achtjährige Bulle: »Au ja, das sind dann für jeden zwei!« Der zwölfjährige Bulle in der Gruppe meint eher bedächtig: »Warum müssen wir denn da runterlaufen? Die können doch zu uns hochkommen!«
Sagt der 16 Jahre alte Bulle: »Und wenn wir uns ducken, sehen sie uns vielleicht gar nicht.«

In Kanada wehrten sich Indianer lange und medienträchtig, als auf ihrem Besitz ein Golfplatz angelegt werden sollte. Obwohl fast die ganze Welt Anteil nahm und Winnetous Erben zur Seite stand, unterlagen sie. Neue Golfwitze wurden erfunden.

Wir haben uns gefragt: Warum gibt es so viele Golfwitze, aber keine über Tennis? Nur über das Idol Boris Becker wurde gelegentlich gewitzelt, aber die Angebote kamen über die Imitation seiner Mundart kaum hinaus. Kann es sein, daß der Golfsport vor allem in angloamerikanischen Ländern trotz seiner Popularität mehr mit Angabe und Snobismus verbunden wird als andere Sportarten?

Ein Chirurg kommt in den Operationssaal, der Patient liegt schon auf dem Tisch. »Was hat der Mann?« fragt er.
»Der hat einen Golfball verschluckt«, erklärt der Assistenzarzt.
Der Chirurg zeigt auf einen anderen Mann, der an der Wand steht. »Und was will der hier?«

»Der wartet auf seinen Golfball.«
Jesus spielt mit Moses zusammen Golf. Am siebten Loch ist ein See zu überwinden, bevor der Ball auf das Grün fallen kann. Jesus schätzt die Entfernung ab.
»Ich würde für diesen Schlag nicht Eisen sieben nehmen«, rät Moses.
»Jack Niklas, lange Zeit Nummer eins der Weltrangliste, hat an dieser Stelle auch mit Eisen sieben geschlagen«, erwidert Jesus.
Er holt aus, trifft, aber der Ball fällt in den See. »Läßt du mich einen zweiten Versuch machen?« fragt er Moses.
»Natürlich«, sagt Moses, »aber ich würde wirklich nicht Eisen sieben nehmen.«
»Jack Niklas hat auch Eisen sieben gewählt«, beharrt Jesus und schlägt auch den zweiten Ball in den See.
Danach wandelt er über das Wasser und sammelt die beiden Golfbälle wieder ein. Das beobachten andere Golfspieler. Einer ruft Moses zu: »Meint der, er wäre Jesus?«
»Viel schlimmer«, antwortet Moses, »er hält sich für Jack Niklas.«

Ein Ehepaar beim Golf. Während sie vor dem sechsten Grün über den Rasen gehen, fragt er: »Sag, wenn ich plötzlich tot umfiele, würdest du dann wieder heiraten?«
»Wie kommst du darauf?« protestiert sie. »Es geht uns gut, wir spielen Golf, haben Spaß daran ...«
»Es kann doch jeden Tag passieren«, sagt der Ehemann, »du solltest mal darüber nachdenken.«
»Dazu habe ich nicht die geringste Lust.«
»Nun stell dich doch nicht so an!«
»Also gut«, gibt die Frau schließlich nach, »so alt bin ich ja noch nicht, und so schwer es mir auch fiele, aber vielleicht würde ich irgendwann doch wieder heiraten.«
Während sie vor dem achten Grün über den Rasen gehen, fragt er: »Würdest du mit dem neuen Mann denn auch in unser Haus ziehen?«

»Also, nun mach mal halblang«, wehrt sie ab, »was soll ich darauf schon antworten?«
»Was du tun würdest.«
»Ich weiß es nicht.«
»Sei doch nicht so schwerfällig«, beharrt er.
»Also, wenn du mich so drängst«, sagt sie, »das Haus haben wir nach unseren Vorstellungen gebaut, das kriegt man ja beim Verkauf nie wieder zurück. Also vielleicht würde ich auch in unserem Haus bleiben.«
Vor dem zehnten Grün fragt der Mann: »Würdest du mit dem neuen Mann denn auch Golf spielen gehen?«
»Also Liebling ...«, protestiert sie.
»Nun weich nicht wieder aus, das ist doch eine harmlose Frage.«
»Na gut«, seufzt sie, »ich spiele gerne Golf, und falls er gerne Golf spielt, werde ich auch mit ihm auf den Golfplatz gehen.«
Am elften Grün angekommen, fragt der Mann: »Würdest du meinen Nachfolger denn auch mit meinen Schlägern spielen lassen?«
»Nein«, sagt sie, »das nicht. Er ist Linkshänder!«

Ein Rabbi in Jerusalem ist ein fanatischer Golfspieler und bewohnt deshalb auch ein Haus gleich neben dem Platz. Drei Wochen hat es geregnet und gestürmt, und an Golfspielen war gar nicht zu denken. Aber eines Morgens scheint endlich die Sonne, die Wiesen dampfen und leuchten grün. Um zwölf müßte man spielen können, denkt der Rabbi. Doch dann fällt ihm ein: Es ist ja Sabbat. Kein Gedanke an Golf! Der Rabbi schaut auf die Wiesen, Jerusalem liegt wie tot, dann, um ein Uhr, hält er es nicht mehr aus. Er nimmt seine Schläger und beginnt zu spielen.
Oben im Himmel gibt es eine riesige Aufregung, alle kommen gelaufen zu Gott dem Herrn und rufen: »Gott der Gerechte, hast du gesehen? Der Rabbi, er spielt Golf am Sabbat!«

»Ich weiß«, sagt Gott der Herr.
Der Rabbi geht bereits auf das dritte Loch zu, und im Himmel fragen die aufgeregten Zuschauer Gott den Herrn: »Er spielt einfach weiter, was wirst du tun? Wirst du ihn nicht strafen?«
»Natürlich werde ich ihn strafen«, sagt Gott der Herr.
Der Rabbi kommt an Loch 7, eines der schwierigsten auf dem Gelände, nur mit mindestens fünf Schlägen zu bewältigen. Der Rabbi schlägt ab, der Ball kommt in eine Windböe, nimmt eine elegante Kurve und rollt direkt ins Loch. Mit einem Schlag. Ein As.
Im Himmel ringen alle die Hände und rufen: »Was für ein Schlag! Hast du nicht gesagt, du willst ihn bestrafen?«
Da sagt Gott der Herr: »Habe ich ihn nicht bestraft? Wem soll er's erzählen?«

Um beim Sport zu bleiben: Im Fußball wurde Deutschland 1990 in Italien erneut Weltmeister. Mit viel Glück gewann unsere Mannschaft das Endspiel gegen Argentinien. Borussia Dortmund holte 1997 die Meisterschaft der Champions-League, wurde beste Vereinsmannschaft Europas. Daran mußte der Witz kratzen:

Zur Belohnung für treue Fans will der Dortmunder Verein eine Reise nach Mallorca verlosen. Die Nummer der Eintrittskarte, deren Besitzer gewonnen hat, wird durch den Stadionsprecher bekanntgegeben. Es meldet sich eine üppige Blondine mit einem schwarz-gelben Fan-Schal. Die Fans sind begeistert.
»Sie müssen aber zusätzlich ein paar Fragen beantworten«, sagt der Sprecher und bittet die Gewinnerin zu sich.
»Nichts Schweres«, beruhigt er sie, »sagen Sie mir nur, wo Mallorca liegt. In welchem Meer?«
Die Frau hat keine Ahnung.
»Schade«, sagt der Stadionsprecher, »aber das hätten Sie eigentlich wissen müssen.«

Da rufen die Fans auf den Zuschauertribünen im Chor: »Gib ihr noch 'ne Chance!«
»Gut«, sagt der Sprecher, »dann sagen Sie mir, wie die spanische Währung heißt. Es fängt mit P an.«
Die Gewinnerin weiß es nicht.
Da rufen die Fans wieder: »Gib ihr noch 'ne Chance!«
»Nun gut«, sagt der Stadionsprecher, »dann frage ich: Wieviel ist drei mal drei?«
»Neun«, antwortet die Gewinnerin nach längerem Überlegen.
Bevor der Sprecher »richtig« sagen kann, rufen die Fans erneut: »Gib ihr noch 'ne Chance!«

Ein Vereinsvorsitzender sagt nach dem Match zum Schiedsrichter: »Es war ein schönes Spiel – schade, daß Sie es nicht gesehen haben!«

Der Trainer beauftragt einen Spieler: »Du spielst morgen gegen den Meier.«
»Der tritt doch nach allem, was sich bewegt.«
Sagt der Trainer: »Dann hast du ja nichts zu befürchten.«

Zum Ende eines Scheidungsprozesses verkündet der Richter: »Die Ehe wird geschieden, das Kind der Mutter zugesprochen.«
Da fängt der kleine Junge fürchterlich an zu weinen und schreit: »Ich will nicht zu meiner Mutter!«
»Warum willst du denn nicht zu deiner Mutter?« fragt der Richter.
»Die schlägt mich immer!«
Das Gericht berät erneut und verkündet, das Kind werde dem Vater zugesprochen.
Wieder weint und schreit der Junge: »Ich will auch nicht zu meinem Vater!«
»Und warum willst du nicht zu deinem Vater?« fragt der Richter.

»Der schlägt mich auch immer!«
Der Richter erkundigt sich gütig: »Aber Junge, wohin möchtest du denn?«
»Ich will zum ersten FC Köln! Die schlagen keinen!«

Man konnte da natürlich jeden Verein einsetzen, dem der Abstieg drohte …

In Köln spielte 1998 der Wiener Toni Polster Mittelstürmer, wurde zeitweise eine Art Lokalmatador und belebte den Fußballalltag mit ungewöhnlichem Humor. Als der 1. FC zweimal nacheinander gewonnen hatte, sagte er: »Die Serie wird mir langsam unheimlich.«

Im Spiel gegen die ebenfalls abstiegsbedrohten Mönchen-Gladbacher kam es beinahe zu Handgreiflichkeiten zwischen dem Kölner Polster und dem Gladbacher Effenberg. Wütend schimpften die beiden aufeinander ein und bedrohten sich mit Fäusten, wie im Fernsehen gut zu beobachten war. Als Journalisten später fragten, was da los gewesen sei, meinte Polster: »Der Effenberg hat mich gefragt, ob ich noch eine Karte für das Weltmeisterschaftsspiel Österreich gegen Marokko hätte. Ich hatte aber keine bei mir.«

Das paßte nahtlos zum Kölner Humor, der in Tünnes und Schäl von jeher seine Wortführer hatte.

Tünnes und Schäl treffen sich.
Fragt Schäl: »Wo warst du so lange?«
Tünnes: »Ich war auf der Löwenjagd.«
Schäl: »Auf der Löwenjagd? Wie viele Löwen hast du denn geschossen?«
Tünnes: »Geschossen habe ich keinen.«
Schäl: »Wieso warst du dann auf der Löwenjagd?«
Tünnes: »Weißt du – für Löwen ist keiner schon viel!«

Über den regionalen Witz ist viel geschrieben worden, nicht zuletzt von Heinrich Lützeler, dem Bonner Professor, der die »Philosophie des Kölner Humors« erfand. Der regionale Witz ist ja meistens so regionalbezogen gar nicht, er hält oft dieselben Pointen nur in jeweils anderer Mundart bereit.

Bei »Klein Erna«:

Die Lehrerin gibt Klein Erna ein Briefchen mit, in dem sie moniert: »Werte Frau Pumeier, Klein Erna riecht manchmal so streng, und so bitte ich Sie, Klein Erna regelmäßig zu waschen.«
Daraufhin schreibt die Mutter zurück: »Wertes Frollein, Klein Erna is' keine Rose. Sie soll'n ihr nich' riechen, Sie soll'n ihr lernen!«

Oder Antek und Frantek:

Antek: »Wo so lange gewesen?«
Frantek: »Gefängnis.«
»Wegen was?«
»Beamtenbestechung.«
»Wieso das, du hast doch gar kein Geld?«
»Geld? Bestechung mit Messer!«

Regionale Witze haben für unsere Sammlung keine wesentliche Bedeutung. Wir beschränken uns deshalb auf ein paar Beispiele aus der Region, die wir als einzige gut kennen, weil wir dort leben.

Fragt Tünnes: »Was macht eigentlich der Pitter? Ich habe ihn lange nicht mehr gesehen.«
Schäl: »Der Pitter? Der arbeitet!«
Tünnes: »Für Geld tut der ja auch alles!«

Tünnes und Schäl sitzen am Rheinufer und angeln.
Sagt der Schäl: »Jetzt ist mir doch meine Brille in die Mosel gefallen!«
Tünnes: »Du Jeck, das ist doch nicht die Mosel, das ist der Rhein!«
Schäl: »Da merkst du mal, wie schlecht ich ohne Brille sehen kann!«

Nach langer Zechtour spüren Tünnes und Schäl ein menschliches Bedürfnis und stellen sich an die dunkle Wand eines Schuppens.
Sagt Tünnes: »Schäl, wie kommt das? Ich pinkele so laut, und du so leise?«
Schäl: »Tünn', das ist ganz einfach.
Du pinkelst an das Wellblech, und ich an deinen Mantel!«

Ein besonders typisches Beispiel für »rheinische Logik« bietet dieser Dialog an:

Schäl: »Tünn', wo will'ste hin – verreisen?«
Tünnes: »Ich fahre in die Sahara.«
Schäl: »In die Sahara? Ist das denn nicht gefährlich?«
Tünnes: »Was soll denn daran gefährlich sein?«
Schäl: »Na, du gehst nach dem Mittagessen ein bißchen spazieren, und dann kommt da so 'n Löwe an...«
Tünnes: »Dann nehme ich mein Gewehr und schieß den Löwen tot.«
Schäl: »Tünnes, nach dem Mittagessen, du denkst an nichts Böses, da hast du gar kein Gewehr bei dir.«
Tünnes: »Dann nehme ich meinen Revolver und schieße den Löwen tot.«
Schäl: »Tünnes, nach dem Essen, ein Verdauungsspaziergang, da trägst du doch keinen Gürtel mit Revolver...«
Tünnes: »Dann nehme ich eben einen Knüppel und schlage den Löwen tot.«

Schäl: »Tünnes! In der Sahara! Nix als Sand – wo willst du da einen Knüppel finden?«
»Schäl, hältst du nun mit dem Löwen oder mit mir?«

Das ausklingende fünfte Jahrzehnt der Bundesrepublik Deutschland auf dem Weg zum Jahre 2000 wurde auch von Notlagen belastet: Sinkende Einkommen, Abbau der Sozialleistungen, ein Staat, der wenig Geld hat. Die Renten waren plötzlich trotz aller Beteuerungen nicht mehr sicher, das Wohlstand schaffende Gleichgewicht zwischen Kapital und Arbeit war aufgehoben zugunsten des Kapitals, das neue Gesetze diktierte. Altersvorsorge wurde mit Steuern bedroht.

Die Quellensteuer auf Zinsgewinne im Jahre 1992 hatte ohnehin schon dazu geführt, daß eine große Zahl wohlhabender Bürger ihr Geld illegal nach Luxemburg oder in die Schweiz schafften. Nach dem abgewandelten Dichterwort:

Was du ererbt von deinen Vätern hast, verbirg es, um es zu besitzen.

Der am 1. Januar 1999 geborene Euro wurde in der Öffentlichkeit kaum diskutiert, als sei es unanständig, darüber zu reden, und jemand, der davor warnt, schon ein Verräter an der gemeinsamen Sache. Das ging zu Lasten der Demokratie, die ohnehin bei den Brüsseler Behörden keine große Rolle spielte. Kein Parlament legitimierte mehr die Beschlüsse der Brüsseler Bürokratie, auch nicht das europäische, das mit so hohem Aufwand an mehreren Plätzen tagte.

Wenn es in Deutschland auch eine Abstimmung über den Euro gegeben hätte wie in anderen Ländern, wäre mit Sicherheit eine große Mehrheit gegen das europäische Abenteuer zustande gekommen. Hier fanden Ängste noch kein Ventil, der Euro hat es bis heute nicht zu einem Witz gebracht. Wenn man nicht auf einen Scherz zurückgreifen will, der von uns selber erfunden wurde, daß nämlich ein Euro aus zehn Neandertalern bestehen soll.

Eine gewisse Ratlosigkeit, Ausdruck von Irritation über die atemberaubende Vernetzung und Technisierung, steckt auch in Witzen, wie sie Ende der neunziger Jahre aufkamen:

Zwei Männer, die in der Nähe eines Indianerreservats wohnen, hacken im Herbst eine Woche lang Holz für den Winter. Danach fahren sie in die Stadt, um im Saloon einen Whisky zu trinken. Auf der Straße begegnet ihnen eine alte Indianerfrau, die immerzu murmelt: »Das wird ein ganz harter und kalter Winter!« Darauf beschließen die beiden, vorsichtshalber noch eine Woche Holz zu hacken.
Als sie nach Ablauf einer Woche in die Stadt kommen, treffen sie wieder die alte Indianerfrau. Sie murmelt: »Das wird ein ganz harter und langer Winter, oh, was werden wir frieren!« Die beiden Männer machen sich Sorgen und beschließen, lieber noch eine Woche länger Holz für den Winter zu hacken.
Danach kommen sie in die Stadt, und wieder steht da die alte Indianerfrau und klagt: »Das wird ein ganz harter und schlimmer Winter!«
Da geht einer der beiden Männer zu ihr und fragt: »Kluge, alte Frau, woran siehst du das denn?«
Und sie antwortet: »Da oben in den Bergen sind zwei Weiße, die hacken schon seit drei Wochen ununterbrochen und wie besessen Holz!«

Witze über düstere Ahnungen und auch über das, was uns im Jenseits erwartet, haben Erzähler immer parat. Auch sie sollen Angst abbauen oder verdrängen. Sterben passiert dann grundsätzlich nur anderen, nicht einem selber. Himmel und Hölle werden so etwas wie Reiseziele.

Als Machiavelli, der als Schriftsteller ethische Normen für Regierende aufheben wollte, auf dem Sterbebett liegt, wird er von den Umstehenden bedrängt, doch endlich dem Teufel abzuschwören.

Er antwortet: »Werde ich mir denn in dieser Situation neue Feinde machen?«

Zwei englische Lords treffen sich. Der eine erinnert sich bedauernd: »Ach, ich habe gehört, Sie haben Ihre Frau Gemahlin beerdigen müssen?«
»Ja«, sagt der andere, »was sollte ich machen? Sie war tot!«

Letzter Wunsch eines Todeskandidaten: »Ich möchte auf dem elektrischen Stuhl die Hand meines Verteidigers halten!«

Ein Pastor läßt sich seine Heimatzeitung in den Urlaub nachschicken und findet darin eines Morgens seine eigene Todesanzeige. Da hat sich aber einer einen bösen Scherz erlaubt, sagt er sich, ruft aber trotzdem den Bischof an. »Haben Sie meine Todesanzeige gesehen?« fragt er.
»Natürlich«, bestätigt der Bischof.
Der Pastor setzt nach: »Aber Sie haben den Unsinn doch hoffentlich nicht geglaubt?«
»Natürlich nicht«, bestätigt der Bischof, »aber sagen Sie, von wo rufen Sie an?«

Drei Bestattungsunternehmer klagen bei einem Treffen über die schlechte Lage. Das Wetter ist zu gut, die Menschen sind zu gesund.
»Ich hatte im letzten Monat nur sieben Erd- und drei Feuerbestattungen«, sagt der erste, »und noch eine Seebestattung, das war alles.«
»Bei mir war es kaum besser«, sagt der zweite, »acht Erd-, drei Feuer- und zwei Seebestattungen.«
»Bei mir war es nicht ganz so schlimm«, meldet sich der dritte, »ich hatte zwar auch nur sieben Erd-, vier Feuer- und zwei Seebestattungen, aber dann sechs Kompostierungen ...«
»Kompostierungen?« fragen die beiden erstaunt.
»Nun, die Grünen kommen ja jetzt auch in die Jahre!«

Zu dieser Sammlung gehörten auch Beichtwitze, die in katholischen Regionen von jeher beliebt waren. Allerdings mehr auf dem Land als in Großstädten.

Elisabeth hat gerade gebeichtet, als ein Verehrer versucht, Hand an sie zu legen.
»Warte bitte einen Moment«, sagt sie, »noch bin ich ja im Stande der heiligmachenden Gnade. Aber ich komme da auch wieder heraus!«

Samuel Weizenbaum, soeben erst Katholik geworden, kniet zum ersten Mal im Beichtstuhl.
»Ich habe mit der Frau meines Kompagnons geschlafen.«
»Wie oft, mein Sohn?«
»Nu«, entgegnet Weizenbaum, »bin ich gekommen, mich zu zerknirschen, oder bin ich gekommen, mich zu berühmen?«

Die Deutschen warfen sich selber vor, den Mitbürgern ihr Geld und ihren Besitz nicht zu gönnen, eine Neidgesellschaft entwickelt zu haben. Die Gerichte stöhnten über die Unzahl von Verfahren, mit denen Nachbarn sich bedrohten, statt miteinander zu reden. So kamen auch Nachbarschaftswitze auf. In denen wurde allerdings geredet:

Sagt die Frau zu ihrer Nachbarin: »Wissen Sie, daß Ihre Katze heute morgen meinen Wellensittich gefressen hat?« – »Ach, gut, daß Sie es sagen«, antwortet die, »dann kriegt sie heute nichts mehr.«

Eine Nachbarin beschwert sich: »Ihr Sohn hat gesagt, ich sähe aus wie eine Kuh!«
Antwortet die Mutter: »Dabei habe ich ihm immer gesagt, er soll nicht nur nach äußerlichen Eindrücken urteilen.«

Daß »Made in Germany« nicht mehr unbedingt eine Garantie für Qualität sein mußte, scheint auch eine Folge der neuen wirtschaftlichen Entwicklung zu sein. Das betraf natürlich zuerst das Handwerk.

Der Friseur fragt einen Kunden nach seinen Wünschen. Der sagt: »Ich möchte gern die linke Seite ganz glatt, rechts zehn bis elf Stufen, vorn ein paar Haare in die Stirn, und hinten eine Strähne, die über die Anzugjacke fällt.«
Der Friseur schüttelt den Kopf: »Das kann ich nicht.«
»Wieso nicht?« fragt der Kunde. »Vor drei Wochen haben Sie mir die Haare doch auch so geschnitten.«

Danach ist der Friseur vermutlich zu einem Psychotherapeuten gegangen.

Ein Mann, der zum Psychotherapeuten will, kommt in ein Wartezimmer mit zwei Türen. Über der einen steht »Mutter geliebt«, über der anderen »Mutter gehaßt«. Er geht durch die Tür mit »Mutter geliebt« und steht erneut in einem Zimmer mit zwei Türen. Über der einen steht »Vater geliebt«, über der anderen »Vater gehaßt«. Na, denkt er, ein bißchen Ödipus-Komplex wird vielleicht sogar erwartet. Also geht er durch »Vater gehaßt«.
Wiederum kommt er in ein Zimmer mit zwei Türen. Über der einen steht »Über 100.000,-- Mark Einkommen«, über der anderen »Unter 100.000,-- Mark Einkommen«. Er wählt die mit »Unter 100.000,-- Mark Einkommen« und steht wieder auf der Straße.

Walter Dirks, der Schriftsteller und Publizist, hatte in den sechziger Jahren über die Bundesrepublik geurteilt: »Es bleibt viel anzuerkennen und zu loben, aber im Endergebnis dieser Jahre haben wir eine nur scheinbar stabile, in Wahrheit äußerst labile, ihrer selbst nur scheinbar sichere Gesellschaft, die in der Gefahr ist, in schweren Belastungsproben zu versagen.« Das bleibt vermutlich länger wahr.

Der Berliner Professor Arnulf Baring schrieb 1997 ein Buch mit dem Titel ›Scheitert Deutschland?‹. Der Autor bejahte diese Frage in fast allen Kapiteln. Das Buch wurde ein Bestseller.

Die Wiedervereinigung hatte finanzielle und soziologische Probleme zur Folge, die das Land noch nicht bewältigt hat.

Dazu paßt eine Geschichte, die 1960 ein alter Jude in Israel erzählt hatte:

Ein Jude geht in Jerusalem an die Klagemauer. »Gott der Herr«, betet er, »zweitausend Jahre haben wir dich angefleht: Laß uns heimkehren in das Land unserer Väter. Und ausgerechnet uns muß es passieren!«

Professor Valentin Braitenberg, der ehemalige Direktor des Max-Planck-Instituts für biologische Kybernetik in Tübingen, schrieb 1998 in der ›Zeit‹: »Die herrliche Perversion, die aus der Gehirnfunktion Lust bezieht, entschädigt uns für manche Schwäche auf animalischem Gebiet und macht uns schicksalhaft zu Wissenschaftlern. Und zu Erzählern von Witzen.«

Fällt uns noch ein Witz ein? Keiner mehr? – So ernst sind die Zeiten geworden!

Zugaben

Michael Lentz

Drei Riesen

Als Chris Howland, Dieter Thoma und ich zum ersten Mal in einer Kneipe über Witze nachdachten und unsere reichhaltige Bestandsaufnahme dem Tonband anvertrauten, erzählte ich einen meiner Lieblingswitze: den von den drei Riesen.

Als ich die Pointe servierte, war ich der einzige, der schallend lachte. Später wurde ein Protokoll ausgefertigt, in dem alle Witze, die unbedingt berücksichtigt werden sollten, mit zwei oder drei Kreuzen markiert wurden. Meine »Drei Riesen« tauchten gar nicht erst auf.

Bei der nächsten Sitzung sagte ich: »Ihr habt meinen Lieblingswitz, den von den ›Drei Riesen‹ vergessen.« Und weil ich ihn so gut fand, erzählte ich ihn noch mal. Peter Jamin, der ebenfalls zur Runde gestoßen war, blickte mich zweifelnd an, als ich nach der Pointe in Gelächter ausbrach. Ich fand kein Echo. Chris Howland bestellte ein Mineralwasser und pfiff durch die Zähne, was er immer tut, wenn ihm etwas peinlich ist. Dieter Thoma strich mit dem Daumen seine Brauen zurecht, und sagte in einem Tonfall, der eindeutig meinen Humor in Frage stellte: »Sag mal, findest du diesen Witz wirklich gut?«

»Ja«, sagte ich, »ja, ja, ja! Und ich lasse mir die ›Drei Riesen‹ von euch auch nicht austreiben. Das ist ein Schmuckstück unserer Sammlung.« Betretenes Schweigen. Chris Howland pfiff. Jamin fixierte mich wie jemanden, dem ein Fauxpas unterlaufen ist, der aber von seinen Gesprächspartnern rücksichtsvoll überhört wird. Thoma wölbte die Lippen und sagte: »Also wenn du den Witz wirklich so gut findest, kannst du ihn ja unter deinem Namen in einer persönlichen Notiz unterbringen.«

Das tue ich hiermit:

Drei Riesen unterhalten sich darüber, wer von ihnen den größten Vater hatte. Sagt der eine:
»Wenn mein Vater morgens aufstand und die Füße voreinandersetzte, stand er mit einem Bein in Frankreich und mit dem anderen in Australien.«
»Das ist noch gar nichts«, sagt der zweite Riese. »Wenn mein Vater morgens aufstand und sich mal so richtig reckte, hatte er in jeder Hand einen Planeten.«
»Waren die Planeten warm?« fragt der dritte Riese.
»Ja, warum?«
»Dann waren das die Eier von meinem Alten.«

Dieter Thoma

Die Tochter des Gastgebers

Lieblingswitze verraten viel über den Menschen, der sie preisgibt, sagen die Psychologen. Ich verknüpfe deswegen Witze untrennbar mit Menschen, die sie mir erzählt haben, als seien sie ihr geistiges Eigentum. Über vierzig Jahre hinweg konnte ich manchmal behalten, wer mir bei einer bestimmten Gelegenheit welchen Witz weitergab. Das gilt auch für Erlebnisse, in denen ein Witz anders wirkte als sonst, weil er auf eine besondere Situation traf.

Nur Musik vermittelt noch vergleichbare Erinnerungsbrücken; das erste Sinfoniekonzert, die erste Oper, die neue Freundin, die damals einen schrägen Schlager schätzte. Sobald ich die Musik höre, lebe ich in dieser Vergangenheit, werden alte Freunde wieder aktuelle Gesellschafter.

Auch *wo* man einen Witz erzählt, kann wichtig sein, die Stimmung, die Zuhörer, der Vorlauf, die Tageszeit. Und manchmal kommt dann noch eine Überraschung dazu.

Auf einer Reise hatte mich ein Gesprächspartner abends zum Essen an den Familientisch eingeladen. Seine Frau und zwei Töchter, 16 und 14 Jahre alt, saßen auch dabei. Nach dem Essen tischte der Gastgeber einen Witz auf. Ich fügte einen anderen hinzu, und so tauschten wir eine Zeitlang Pointen aus, streng darauf bedacht, sie nur aus der obersten Schublade zu nehmen, geeignet für jedes katholische Lyzeum.

Da meldete sich die vierzehnjährige Tochter und fragte, ob auch sie einen Witz erzählen dürfe.

»Natürlich«, erlaubte der Vater und lehnte sich nicht ohne väterlichen Stolz zurück. Und Tochter Ulrike begann:

Es gibt Anstandsunterricht bei der Bundeswehr. Der Spieß fragt die Rekruten, wie sie sich in folgender Situation verhalten würden: »Sie sitzen mit einer Dame in einem Lokal und müssen mal austreten. Was sagen Sie?«
Der erste antwortet: »Was soll ich schon groß erklären? Ich werde sagen: ›Mädchen, ich muß mal zum Klo.‹«
»Unmöglich«, urteilt der Spieß, »und Sie?«
Der zweite antwortet: »Ich würde sagen: ›Meine Dame, jeder Mensch muß mal müssen, und das ist jetzt bei mir der Fall.‹«
»Schon besser«, meint der Spieß, »aber noch nicht gut. Und Sie?«
Der dritte steht auf, verbeugt sich leicht und sagt: »Gnädiges Fräulein, ich muß leider mal eben vor die Tür und einem guten Freund die Hand geben, dessen Bekanntschaft Sie auch bald machen werden!«

Ich brauchte eine ganze Weile an diesem Abend, um den Vater davon zu überzeugen, daß seine Tochter noch nicht völlig mißraten sei.

Eine andere Situation ... Wir hatten Modefotos für ›twen‹ machen lassen und saßen bei mir zu Hause: Willy Fleckhaus als Chef der Zeitschrift, ein Modefotograf und vier Models oder Mannequins, wie man zu der Zeit noch sagte. Und wieder wurden irgendwann Witze erzählt. Auf ein passendes Stichwort hin gab ich die Geschichte vom Fuchs und dem Hasen zum besten.

Ein Fuchs und ein Hase spielen zuweilen miteinander Karten. Es ist spät geworden an einem Abend, und da sagt der Fuchs: »Paß auf, ich bringe dich schnell nach Hause, setz dich nur auf meinen Schwanz!« Der Hase sitzt auf und kommt auch schnell und relativ bequem zurück.

Das nächste Mal besucht der Fuchs den Hasen. Wieder wird es spät, der Hase will sich revanchieren und sagt ebenfalls: »Jetzt bringe ich dich nach Hause, setz dich nur auf meinen Schwanz!« Dort aber findet der Fuchs keinen Halt, rutscht jedesmal ab, wenn der Hase starten will. Da geht der Hase ärgerlich zur Garage, fährt einen Cadillac heraus und bringt damit den Fuchs heim.
Moral: Wer einen zu kleinen Schwanz hat, braucht einen Cadillac!

Auf diese Pointe hin, sprang eines der Models begeistert vom Sessel hoch und juchzte: »Ja, genauso ist es, genauso ist es!«

Michael Lentz

Jiris Erzählungen

Manchmal gibt es geringfügige Erlebnisse, die lange zurückliegen und sich in unseren trügerischen Erinnerungen als Anekdoten etablieren. Wenn die Anekdoten altern, lassen sie Federn. Dann könnte ein Witz daraus werden.

Es ist die Rede von dem tschechischen Dienstwagenfahrer Jiri, der im Herbst 1966 drei deutsche Filmkritiker vom Flughafen abholte, um sie nach Prag zu kutschieren. Dort sollte unsere kleine Delegation Filme für das Programm der »Oberhausener Kurzfilmtage« aussuchen. Auf dem Bildschirm meiner Erinnerungen erscheint Jiri als ein rundlicher, behender Mann, der so tat, als hätte er mit uns schon vor vielen Jahren Brüderschaft getrunken. Er hatte seine letzten Haarsträhnen eitel über den Kahlkopf gestriegelt, und während er mit hoher Geschwindigkeit der »Goldenen Stadt« entgegenfuhr, stieß Jiri bisweilen unerwartet einen Mittelfinger ins rechte Ohr. Hektisch bewegte er ihn dort hin und her, als gelte es, einen quälenden Juckreiz zu lindern.

»Aah, grieß Gott, liebe Leut' aus scheene Bundesrepublik«, hatte Jiri zur Begrüßung gesagt und unsere schweren Reisetaschen wie Federbälle in den Kofferraum geworfen. Am Steuer schwieg er einen Augenblick gedankenvoll, bis er seine nächsten Sätze gefunden hatte: »Hab ich Freund in scheene Bundesrepublik – den Erwin aus Wuppertal. Besucht mich jedes Jahr im Friehling, der Erwin. Haben wir sehr scheene Zeit.«
»Aha«, sagte ich.

»Wissen Sie«, fuhr Jiri fort, »wenn er kommt, der Erwin aus Wuppertal, gehen wir erst mal gut essen. Ente und Knödel, Schweinsbraten mit Kraut. Dazu trinken wir viele, viele Pilsener und Marillenschnäpse. No, und wenn wir bissken betrunken sind, sagt mein Freund Erwin: »Und nu, Jiri, was ist mit veggeln?«

»No – kenne ich viele scheene Mädchen in Prag, kosten bissken Geld, aber bezahl ich gern für meinen lieben Freund Erwin aus Wuppertal.«

Jiri lächelte versonnen und schüttelte das rechte Ohr, ehe er seinen Monolog fortsetzte. »Wissen Sie ... hat er mich jetzt fünftes Mal besucht, der Erwin, immer in Friehling. Und letztes Mal hat er mich eingeladen in scheene Bundesrepublik.

Bin ich nach Wuppertal gefahren, hat mich mein Freund vom Zug abgeholt und gesagt: »Meine Frau hat wat Leckeres zu essen gemacht, du kannst auch bei uns wohnen. No – wissen Sie, was gab es zu essen? Kalte Platte! Bissken Wurst, bissken Käse, paar kleine Gurken. Zwei Flaschen Bier haben wir getrunken und hinterher Kaffee und einen warmen Schnaps. Erwins Frau, heißt sie Renate, hat mich angeguckt wie einen Feind, als ich auf leeres Bierglas gezeigt habe. Dann hat sie warmes Selterswasser auf Tisch gestellt und abgeräumt. Als sie in Kiche war, hab ich zu meinem Freund gesagt: ›Und nu, Erwin, was is' mit veggeln?‹ War ihm peinlich. Hat er mit Kopf geschüttelt und gemeint, das ginge heute nicht, Renate würde uns nicht allein aus dem Haus lassen. No – hab ich warmes Selterswasser getrunken und auf Luftmatratze geschlafen.«

Hier endeten die Erzählungen des Dienstwagenfahrers. Aber kurz vor Prag reichte Jiri noch einen Kommentar nach, der seiner schelmischen Betrachtung über unterschiedliche Freundschaftsdienste den Hintersinn gab: »Also wissen Sie, liebe Leut' ... scheene Demokratie wie Bundesrepublik haben wir nicht in Tschechoslowakei. Aber sehr scheenes Leben ...«

Dieter Thoma

Fröhliche Nachrufe

Darf man mit Witzen Verstorbener gedenken? Ich habe keinen Einwand gefunden, der dagegen spräche. Ich sehe sie dann lachend vor mir, vergnügt und liebenswert. Ich könnte mir denken, daß sie gern so in der Erinnerung weiterleben. Mit fröhlichen Nachrufen.

So verbinde ich eine meiner Lieblingsgeschichten mit dem Schweizer Kollegen Guido Baumann. Es war in der Zeit, als er noch nicht als »Ratefuchs« im Fernsehen populär war. Wenn ich sie erzähle, ist es so, als wenn er sie selber vortrüge:

Eine Züricher Beamtenfrau lernt auf einem Karnevalsfest einen charmanten Mann kennen und verliebt sich in ihn. Sie bleibt mit ihm befreundet, sie treffen sich auch heimlich. Er ist Unternehmer, nicht arm, er will ihr Geschenke machen. Einen Pelzmantel zum Beispiel möchte er ihr kaufen. »Wie soll ich das denn meinem Mann erklären?« fragt sie verzagt. Der Freund läßt sich jedoch etwas einfallen. Er nimmt sie eines Tages mit in ein Pelzgeschäft und probiert Mäntel an. Am Ende wählt er einen schwarzen Nerzmantel für 22.000,-- Franken aus und instruiert den Verkäufer: »Diesen Mantel, bitte schön, zahle ich mit 21.500,-- Franken an. Ich lasse ihn aber hier. Und wenn diese Dame hier später mit einem anderen Herrn wiederkommt, dann verkaufen Sie ihn bitte für 500,-- Franken.«
Und seiner Freundin erklärt er: »Du sagst einfach deinem

Mann, dies sei ein Mantel mit kleinen Fehlern, deswegen so preiswert, er sei dir als Gelegenheitskauf angeboten worden.«

Am nächsten Tag kommt die Beamtenfrau wirklich mit ihrem Mann vorbei. Der läßt sich den Mantel zeigen, aber er will ihn noch nicht kaufen. Er möchte zum Vergleich auch andere Mäntel prüfen. Und am Ende wählt er einen Mantel für 1.000,-- Franken aus. Er sagt zu seiner Frau: »Weißt du, wenn wir uns schon eine so teure Anschaffung leisten, dann will ich auch keinen Mantel mit Fehlern, dann soll es etwas Gutes sein.«

Sobald es möglich ist, ruft die Frau ihren Geliebten an und erzählt, warum es nicht wie geplant gelaufen ist. »Das macht nichts«, beruhigt er sie, »irgendwann schaffen wir das schon.« Er fährt zum Pelzgeschäft und ruft den Verkäufer. Er erklärt ihm: »Wir werden etwas anderes unternehmen, aber diesen Kauf muß ich leider rückgängig machen.« Da schüttelt der Verkäufer den Kopf und bedauert: »Das geht leider nicht.« – »Wieso geht denn das nicht?« – »Wissen Sie, eine Viertelstunde später war gestern der Herr noch einmal da und hat den anderen Mantel auch genommen.« Und so kommt es, daß die Sekretärin des Beamten jetzt einen schwarzen Nerzmantel für 22.000,-- Franken trägt.

Wiederum ein Witz erinnert mich an Karl-Heinz Wocker, den brillanten London-Korrespondenten von NDR/WDR. Wir tauschten gern Geschichten aus, saßen noch vier Tage vor seinem Tode einen langen Abend zusammen. Viele seiner Geschichten hatten mit Musik zu tun, über die er so viel wußte. Behalten habe ich eine andere, weil sie so sehr englisch ist.

Ein Bräutigam versucht vor der Hochzeit, unbedingt noch ein aufklärendes Gespräch mit seiner Auserwählten zu führen. Die wehrt das jedoch immer wieder ab und versichert, ihr sei ganz egal, was in seinem Vorleben gewesen

und passiert sei, das spiele doch jetzt alles keine Rolle mehr.
»Aber ich muß dir unbedingt noch etwas sagen«, drängt der künftige Ehemann.
»Und ich will nichts davon wissen«, beharrt die Braut.
Die beiden heiraten also und gehen auf Hochzeitsreise. Am zweiten Tag telegrafiert die Tochter ihrer Mutter:
»Stell dir vor, Albert hat nur einen Fuß!«
Die Mutter telegrafiert sofort zurück: »Keine Sorge, Vater hatte nur drei Zoll. Trotzdem glücklich geworden!«

Manchmal stimmt es mich traurig, wenn die Distanz zu groß wird, wenn Lieblingswitze aus dem Repertoire gestrichen werden müssen, weil sie sich überlebt haben. Historische Assoziationen kann kaum noch einer nachvollziehen, oder die handelnden Personen werden mit der Zeit unbekannt. Das ist auch deswegen bedauerlich, weil damit die gute Erinnerung an die Erzähler schwindet. Bei der folgenden Geschichte sehe ich Ulrich Gembardt vor mir, Chefredakteur von ›Magnum‹ und danach Stellvertretender Chefredakteur beim WDR. Sein Witz:

Ein Angler an der Donau fängt einen besonders großen Fisch. Stolz will er ihm gerade die Kiemen durchschneiden, da sagt der Fisch: »Laß den Quatsch, Junge!«
»Du kannst ja reden!« staunt der Angler.
»Kann ich«, sagt der Fisch, »und wenn du mich wieder ins Wasser wirfst, hast du drei Wünsche frei.«
»Drei Wünsche«, überlegt der Angler, »drei Wünsche?«
»Du hast nicht soviel Zeit«, mahnt der Fisch, »du weißt, ich überlebe hier nicht lange!«
»Also, ein Schloß möchte ich haben«, sagt der Angler.
»Gut«, sagt der Fisch, »und der zweite?«
»Reich möchte ich sein!«
»Auch gut«, sagt der Fisch, »und der dritte!«
Der Angler überlegt lange.
»Gleich ist es vorbei«, warnt der Fisch.

»Und eine Prinzessin möchte ich haben«, entscheidet der Angler.
»Gemacht«, sagt der Fisch, »die Zeit ist egal?«
»Die Zeit ist egal«, meint der Angler und wirft den Fisch wieder ins Wasser.
Als er am nächsten Morgen wach wird, sieht er blau-goldenen Stuck an der Decke und eine riesige Flügeltür, die zu einer Parkterrasse führt. Das Schloß, stellt er fest. Auf einer edlen Kommode in der Ecke sieht er Juwelen und denkt: Reich bist du offenbar auch. Er dreht sich auf die andere Seite und sieht dort in einem benachbarten Himmelbett die Prinzessin liegen. Sie lächelt ihn an und sagt: »Bist du endlich wach, Franz Ferdinand? Wir fahren nämlich heute nach Sarajewo.«

Ein Witz fürs dritte Programm. Aber wer denkt heute bei dem Namen Sarajewo noch an den Beginn des Ersten Weltkriegs und das Attentat auf den österreichischen Thronfolger?

Hier ist noch eine andere Geschichte, die langsam historisch wird. Dabei sehe ich das ironisch-skeptische Gesicht von Willy Haas vor mir, dem ich sie auf einer Reise als meinen Lieblingswitz erzählte. Es war eine Art Eintrittskarte in seinen Freundeskreis, seitdem mochte er mich. Willy Haas war in den zwanziger Jahren Chefredakteur der ›Literarischen Welt‹ gewesen und steckte selber voller Anekdoten.

Max Reinhardt, der berühmte Regisseur der zwanziger Jahre, hat sich bei Salzburg ein Schloß gekauft, Leopoldskron, und feiert dort ein großes Fest. Die Besucher strömen festlich gekleidet durch eine Allee, links und rechts stehen livrierte Diener mit brennenden Kandelabern, auf dem See schwimmen, angestrahlt, 300 weiße Schwäne, ein Orchester sitzt auf der Freitreppe und spielt zur Begrüßung. Einer der Besucher sieht Alfred Kerr da gehen, den berühmten Kritiker jener Zeit. Er spricht ihn an und sagt: »Hören Sie mal, Herr Kerr, das ist doch nicht mehr im Lot, oder? Ist das

nicht völlig übertourt? Ein kleiner Opernregisseur aus Berlin kauft sich hier ein richtiges Schloß, Leopoldskron, und dann dieses Fest! Livrierte Diener mit brennenden Kandelabern, ein Orchester auf der Freitreppe, zwei bis dreihundert Schwäne, angestrahlt, das ist doch hemmungslos, maßlos übertrieben, einfach nicht in Ordnung!«
Und Alfred Kerr nickt und erwidert: »Sie haben ja so recht! Wissen Sie, ich kannte den Reinhardt ja schon, als er in Berlin angefangen hat. Da wohnte er in einer kleinen Mansarde im sechsten Stock, mit schrägen Wänden. Wenn man da hinkam, sah man einen Schrank, einen Tisch, zwei Stühle, ein Bett, zwei, drei Schwäne – das war alles.«

Willy Haas verwies auf Egon Friedell. Der habe zu diesem Fest, das es wirklich gegeben habe, eine mißgünstige Kritik Franz Molnars zitiert. Ich suchte später danach und fand sie auch. Molnar hatte geschrieben: »Er (Reinhardt) hat es doch nicht nötig, daß er für eine Party ein paar Statisten vom Landestheater als Erzherzöge und Bischöfe verkleidet und den Gästen einreden will, daß wirklich lauter prominente Leute kommen ...«

Viele können gar nicht verstehen, was an dieser Anekdote von Schloß Leopoldskron witzig sein soll. Das muß man hinnehmen. Sie sind mir immer noch lieber als andere, die sich genau auskennen und mir erklären, daß Schloß Leopoldskron gar keine Allee neben einem See besitzt ...

Quellennachweis

Seite 39: »Es hallte im Land ein Protestschrei ...«
Seite 53: »In einem Eisenbahnabteil ...«
Aus: Lutz Röhrich: Der Witz. J.B. Metzlersche Verlagsbuchhandlung und Carl Ernst Poescher Verlag GmbH, Stuttgart 1977.

Seite 53: »Nach langer Abwesenheit ...«
Seite 73: »In der Straßenbahn ...«
Seite 77: »Sie fahren Mercedes ...«
Seite 218: »Samuel Weizenbaum, soeben erst Katholik geworden, ...«
Aus: Eike Christian Hirsch: Der Witzableiter. Hoffmann und Campe Verlag, Hamburg 1985.

Seite 79 bis 80: »In einer mährischen Judengemeinde ...«; »Im Speisewagen eines Schnellzuges ...«; »In einer Wirtsstube ...«
Friedrich Torberg in: ›Der Monat‹, Heft 157, Oktober 1961. Rechte am Gesamtwerk Toberg: Langen Müller in der F.A. Herbig Verlagsbuchhandlung GmbH, München.

Seite 131: »Ein Mann betritt eine Eisenwarenhandlung ...«
Seite 133: »Ulbricht ist mit seiner Frau im Auto unterwegs ...«
Seite 191: »Ein Korrespondent der ›Prawda‹ ...«
Clement de Wroblewski: Wo wir sind ist vorn. Hamburg 1986.

Die Autoren und der Verlag danken für die freundlich erteilten Abdruckgenehmigungen. Rechteinhaber, die trotz eingehender Bemühungen nicht benachrichtigt werden konnten, bitten wir, sich an den Verlag zu wenden.

Danksagung

Die Autoren danken Oliver Hohengarten, Bernd Holzrichter, Wolfgang Kohlhaase, Stefanie Kowalewski, Kathrin Lenzer, Heinz Ungureit und Andrea Wulff für ihre witzigen Anregungen.

Horst Bosetzky im dtv

»Horst Bosetzky ist allen Krimi-Fans und Liebhabern schillernder historischer Romane ein Begriff: als *der* Mann fürs Schmökern.«

Hans-Christian Winter in der ›Nordsee-Zeitung‹

Hoch zu Roß
Der Aufstieg derer von Bosetzki unter Friedrich II.
Roman

ISBN 3-423-20466-4

Ein fesselnder historischer Roman aus der Preußenzeit.

Zwischen Kahn und Kohlenkeller
Roman

ISBN 3-423-20621-7

Eine mitreißende Familiengeschichte, von der Weimarer Republik bis zum Ende des Zweiten Weltkriegs.

Brennholz für Kartoffelschalen
Roman eines Schlüsselkindes

ISBN 3-423-20078-2
und dtv großdruck

ISBN 3-423-25170-0

Kindheitserinnerungen an die Nachkriegszeit.

Wie ein Tier
Der S-Bahn-Mörder
Dokumentarischer Roman

ISBN 3-423-20021-9

Berlin 1940: Eine Serie grausiger Morde schreckt die Berliner Bevölkerung auf.

Der kalte Engel
Dokumentarischer Kriminalroman aus dem Nachkriegs-Berlin

ISBN 3-423-20745-0

Zwei Menschen verschwinden 1949 im Westen Berlins. Ihre Leichen werden Stück für Stück im kommunistischen Osten aufgefunden …

Berliner Bahnen

ISBN 3-423-20380-3

Eine Liebeserklärung an drei nicht mehr ganz junge Damen: die Berliner U-, S- und Straßenbahn.

Das Berlin-Lexikon

ISBN 3-423-20545-8

Lieber Sport als Mord
Fünfzig ganz persönliche Betrachtungen zur Körperertüchtigung

ISBN 3-423-20580-6

Das Wandern ist des Mörders Lust
Eine literarische Sitcom

ISBN 3-423-20704-3

50 abenteuerliche Streifzüge durch deutsche Lande.

Bitte besuchen Sie uns im Internet: www.dtv.de